Ingeborg Wagner

Flüsternde Stimmen

Unter Palmen im Wind

Ingeborg Wagner

Flüsternde Stimmen

Unter Palmen im Wind

Concorde
Verlag

ISBN 3-933448-01-8

Titelbild: mauritius images / age

Flüsternde Stimmen

Pamela sah aus dem Bordfenster. Tief unter ihr glitzerte die Karibik, als hätte man alle Diamanten der Welt dort ausgegossen.

»Wie weit ist es noch?« rief Pamela dem Piloten zu.

Steve Carter hatte sie nicht verstanden, aber er wandte ihr das Profil zu.

»Was haben Sie gesagt, Miß King?«

»Wie lange fliegen wir noch?«

»Sie können langsam anfangen, sich anzuschnallen. Wir gehen in ein paar Minuten runter.«

Pamela griff nach den beiden Gurten und beugte sich dann noch einmal zu Steve Carter vor.

»Hat die Insel eine anständige Landepiste?«

Steve Carter riskierte einen Blick nach hinten und grinste:

»Angst, Miß King?«

»Nicht die Spur. War eine rein informative Frage. Schließlich habe ich keine Ahnung, was mich dort unten erwartet.«

»Eine prachtvolle Insel.« Steve Carters Stimme durchdrang das Motorengeräusch. »Zwei Meilen lang, bis zu einer Meile breit. Die Landepiste ist okay.«

»Und wer wohnt auf der Insel? Wem gehört sie?«

Steve Carter wandte den Kopf.

»Das müssen Sie doch besser wissen als ich, Miß King.«

»Wieso? Ich denke, Sie sind der Privatpilot von Mr. Winston Steinberg.«

»Keine Spur. Ich arbeite für eine Charterfluggesellschaft in Grenade. Wer ist Winston Steinberg?«

»Ein Verleger, ein Filmproduzent. Winston Steinberg. Ist Ihnen der Name kein Begriff? Er hat mich auf die Insel eingeladen, um mit mir einen Vertrag durchzusprechen, wenn ich die Sache richtig verstanden habe. Und ich hoffe, ich habe richtig verstanden. Ich ...«

»Sehen Sie nach unten, Miß King! Da ist die Insel. Ich gehe jetzt runter. Schnallen Sie sich fest!«

Pamela verband die beiden Gurte miteinander und klappte den Verschluß zu.

Dann sah sie zum Bordfenster hinaus. Über die abwärts zeigende Tragfläche hinweg sah sie das Eiland. Ein Tupfen Grün, von einer Sandbank umrandet. Darum herum schimmerte das Meer hellblau. Und Pamela erkannte auch das Korallenriff, das die Insel umschloß.

»Sie wissen nicht, wem die Insel gehört? Sind Sie denn überhaupt schon mal hier gelandet?«

Steve Carter hörte die Frage nicht. Der Motorenlärm durchdröhnte jetzt die Maschine. Der Rumpf der Maschine neigte sich mal auf die rechte, mal auf die linke Seite.

Pamela sah gespannt nach unten. Sie erkannte bereits die Landepiste, dann, als das Flugzeug noch eine halbe Schleife zog, auch ein Gebäude am Strand.

Im Anflug auf die Landepiste standen die Tragflächen waagerecht. Ein kurzer Ruck noch, und die Maschine rollte über den flimmernden Beton.

*

Steve Carter half Pamela aus dem Flugzeug. Seine grauen Augen leuchteten Pamela entgegen. Er sah ausgesprochen gut aus, hatte bronzen getönte verwegene Züge und phantastisch breite Schultern.

Er hielt Pamela ein paar Sekunden lang in seinen Armen, bis sie den Boden, auf dem sie stand, auch tatsächlich fühlte.

Über seine Schulter hinweg sah sich Pamela um.

»Kein Mensch da.«

»Bin ich niemand?« grinste Steve.

Pamela trat einen Schritt zurück und lächelte ihn an.

»Sicher, aber ich habe doch erwartet ...«

»Ein Empfangskomitee, nicht wahr?«

Pamela schüttelte den Kopf.

»Na ja, irgend jemanden, der mich irgendwohin bringt.« Pamela strich sich die Haare aus der Stirn, während sie sich suchend umsah. Aber es war nichts da außer der gleißenden Piste und dem Tropenwald, der diese umgab. Allerdings sah sie in etwa 40 Fuß Entfernung einen Weg, der von der Landepiste in den Dschungel hinein führte. Pamela streckte den Arm aus.

»Ich denke, das Haus, das ich gesehen habe, liegt dort drüben am Strand.«

Steve Carter nickte.

»Es ist das einzige Gebäude, das ich gesehen habe. Also kann ich wohl nicht fehlgehen.«

Steve Carter lächelte.

»Sicher nicht. Schade, daß ich keine Zeit habe, Sie zu begleiten, Miß King. Aber ich ...« Steve Carter sah auf seine Armbanduhr. »Ich muß um 15 Uhr in Grenada sein, um einen Kunden auf eine andere Insel zu fliegen. Tut mir ehrlich leid!« Steve Carters Augen blitzten Pamela an. »Sie sind seit langem mein hübschester Passagier gewesen. Glücklicher Mr. Steinberg! Wie alt ist der Kerl?«

Pamela zuckte die Achseln.

»Keine Ahnung. Steve, sind Sie die Insel schon vorher einmal angeflogen?«

»Nein, aber ich wußte, daß die Piste in Ordnung ist, weil der Boß es mir gesagt hat.« Steve Carter legte kurz die Hand zum Gruß an die Stirn. »Ich hoffe, ich kann Sie wieder von hier abholen.«

»Ja, und hoffentlich mit einem Vertrag von Mr. Steinberg in der Tasche.«

Steve kletterte schwungvoll an Bord. Minuten später hob das Flugzeug mit dröhnenden Motoren von der Piste ab. Ein grüßendes Schwenken der Tragflächen, dann zog die Maschine in den strahlend blauen Himmel hinauf.

Pamela wandte sich dem Weg zu, der von der Piste wegführte. Mit ihrem Koffer und ihrer Reisetasche betrat sie einen gepflasterten Pfad. Ein paar Schritte, und Pamela befand sich im dichtesten Tropenwald. Papageien kreischten, unzählige andere Vögel pfiffen, die einen schrill, die anderen melodisch.

Der Pfad war frisch ausgehauen. Pamela sah es an den grünen Schnittflächen mancher Zweige. Es konnte auch gar nicht mehr lange dauern, bis das Haus in Sicht kam.

Pamela wußte, daß der Strand nahe war, als zunehmend Sand unter ihren Sandalen knirschte. Nach kaum einer Minute trat sie auch schon aus dem Wald hinaus und setzte den ersten Schritt in den weißen Sand.

Das Haus lag rechts von ihr. Es war ein eingeschossiges Gebäude aus Backsteinen mit viel Glas und einer riesigen Terrasse mit eingelassenem Swimmingpool, zu der man vom Strand her über ein paar Steinstufen hinaufgelangte.

»Hallo, ist da jemand?« rief Pamela am untersten Treppenabsatz.

Pamela erwartete, daß jeden Augenblick jemand unter die offenstehende Terrassentür träte.

»Hallo!«

Es blieb noch immer still im Haus! Zu hören waren der Wind in den Palmen, das Heranglucksen der Wellen, das Vogelgeschrei aus dem Wald, aber keine menschliche Stimme.

Pamela stellte ihr Gepäck auf der Terrasse ab und ging zögernd zu der offenstehenden Tür.

»Mr. Steinberg!«

Ihre Stimme klang hell durch die Halle, aber es meldete sich niemand.

Pamela wandte sich zur Terrasse zurück. Ihr Blick ging suchend über den Strand hin. So weit sie sehen konnte, war auch da niemand. Und im Wasser? Pamela sah kein Boot und auch keinen Schwimmer, überhaupt keine Menschenseele.

Ein aufgespannter roter Sonnenschirm und ein bunttapezierter Strandkorb am Pool luden zum Hinsetzen ein.

Sie setzte sich an den Pool und suchte in ihrer Kroko-Tasche nach Zigaretten und dem Feuerzeug. Ein Drink wäre jetzt nicht zu verachten! Bei dem Gedanken an einen Whisky mit viel Eis seufzte Pamela auf.

Jemand schien diesen sehnsüchtigen Gedanken zu erraten.

»Gehen Sie doch ins Haus! Die Bar finden Sie in der Halle rechts, Miß King!«

Pamela fuhr aus dem Strandkorb auf. Jemand hatte gesprochen, aber da war niemand, nicht unter der Terassentür und auch nicht dahinter, soweit es Pamela erkennen konnte. Und außerdem war es gar keine Stimme gewesen, sondern nur ein lautes deutliches Flüstern, das von irgendwoher zu kommen schien.

Pamela drehte sich ängstlich im Kreis und rief:

»Wer sind Sie? Wo sind Sie?«

Es kam keine Antwort.

»Mr. Steinberg, ich bitte Sie, treiben Sie keine solchen Scherze mit mir!«

*

Pamela hatte angsterfüllt das ganze Haus durchsucht. Sie hatte einen Salon, eine Bibliothek, ein Speisezimmer, eine Küche, zwei Schlafzimmer und zwei Bäder gefunden.

Die Bar befand sich tatsächlich in der Halle rechts. Pamela sah sich im Spiegel zwischen einer Flasche Scotch und einer Flasche Bourbon vor dem marmornen Tresen stehen, sah ihrem Spiegelbild zu, wie es ihr langes blondes Haar über den Handrücken hinweg auf die Schulter zurückstrich.

»Ich sehe ja scheußlich aus!« redete sie zu sich selbst.

Ihr Gesicht sah ihr entgegen, blaß und schmal.

»Ich habe nichts als Augen im Gesicht! Wie ein Kobold-Maki.«

Pamela ging um den Tresen herum und holte die Flasche Scotch vom Spiegelregal.

»Gräßlich.« Sie schnitt eine Grimasse in den Spiegel.

Das Eis fand sie in einem eingebauten Kühlschrank. Und das passende Glas stand im Spiegelregal.

Mit dem Whiskyglas kehrte sie auf die Terrasse zurück. Dort stand noch immer ihr Koffer am Treppenabsatz. Pamela ließ sich im Strandkorb nieder und setzte das Whiskyglas an die Lippen.

Sie hatte im Haus niemanden angetroffen. Aber das Ganze war vermutlich nur ein dummer Scherz von Mr. Steinberg. Der Mann hielt die Sache wohl für einen Gag. Man mußte Ruhe bewahren und sich ganz gelassen in Geduld üben.

Aber gerade das fiel Pamela zunehmend schwerer. Wie lange war sie jetzt schon hier? Die Uhr ... Pamela trug sie niemals auf dem Handgelenk, sondern irgendwo in ihrer Suitecase. Aber mindestens eine halbe Stunde war es schon her, daß sie die Terrasse betreten hatte. Und eine weitere halbe Stunde verging, bis sich Pamela aufraffen konnte, ihren Koffer in eines der Schlafzimmer zu bringen.

Sie zwang sich dann, ihre Toilettensachen ins Badezimmer zu bringen und die Zahnbürste in die dafür vorgesehene Halterung zu stecken.

Ein Geräusch ließ sie herumfahren, als sie die Zahnpasta in ein Glas stellte.

Ein Räuspern! Sie hatte ein leises Räuspern gehört!

Pamela lief in das Schlafzimmer zurück und von dort in die Halle.

»Mr. Steinberg! Hallo! Ist da jemand? Verdammt, das ist doch kein Spaß mehr!«

Pamela beruhigte sich erneut mit einem Drink an der Bar. Nach einer Weile kam sie zu dem Schluß, daß sie sich getäuscht hatte, daß sie gar nichts gehört haben konnte, nachdem sie noch einmal durch sämtliche Räume des

Hauses gegangen war, hinter jede Tür und in jeden Schrank hineingesehen hatte.

»Ach was! Ich gehe jetzt schwimmen. Wozu wäre ich sonst auf einer Insel in der Karibik!«

In einem azurblauen winzigen Bikini lief Pamela wenig später in das Meer. Gischtgekrönte Wellen rollten über das Riff her gegen ihre Beine. Dann wurde das Wasser endlich tief genug zum Schwimmen. Das Wasser war wunder bar warm, aber doch erfrischend! Pamela vergaß während der nächsten Stunde all die seltsamen Eindrücke, die sie bis jetzt auf dieser Insel gewonnen hatte.

*

Der Sonnenuntergang war ein grandioses Naturschauspiel. Trotzdem wünschte sich Pamela auf die Staten Island Ferry nach New York zurück, wo sie sich um diese Zeit auf dem Heimweg befände, wenn sie dieser merkwürdigen Einladung in die Karibik nicht gefolgt wäre.

Dort wäre sie nämlich unter Menschen gewesen. Und die Sonne ... sie hing jetzt wie ein roter Feuerball zwischen den himmelstürmenden Gebäudetürmen von Lower Manhattan.

Mr. Steinberg war bis jetzt nicht aufgetaucht. Niemand, keine Menschenseele hatte sich bis jetzt dem Haus genähert. Dabei mußte Mr. Steinberg doch über irgendwelches Personal verfügen, hatte sich Pamela längst überlegt.

Das Ganze war jedenfalls höchst merkwürdig. Ein Irrtum vielleicht?

Pamela hatte die Einladung ein paarmal gelesen, nachdem sie vom Baden zurückgekommen war. Nein, Datum, Ort, Zeit, alles stimmte. Außerdem hatte Mr. Steinberg dafür gesorgt, daß man sie von Grenada aus auf die Insel gebracht hatte. Er mußte sie also erwartet haben! Aber wo war er jetzt? Kam er vielleicht erst morgen? Aber wer hatte dann die Terassentür geöffnet? Schwer anzunehmen, daß man so ein Haus einfach offenstehen ließ, wenn man die Insel verließ.

Und vor allem, jemand hatte im Flüsterton mit ihr gesprochen! Wenn sie sich schon das Räupsern eingebildet hatte, die Aufforderung, ins Haus zu gehen, und den Hinweis, wo die Bar zu finden war, hatte sie sich ganz bestimmt nicht eingebildet.

Mein Gott … und jetzt stand die Nacht bevor! Die Dunkelheit kam sehr schnell, kaum daß die Sonne untergegangen war.

Pamela saß auf der Terrasse. Hier hatte sie weniger Angst als im Haus. Mit der Finsternis verstärkten sich die Geräusche um sie, das Meer rauschte jetzt stärker, auch der Wind. Dafür wurde es im Dschungel ein wenig stiller. Nur noch vereinzelt schwang der Pfeifton eines Papageis in der Luft.

Pamela drückte eine Zigarette aus. Was sollte sie jetzt tun? Freunde in New York anrufen? Sie hatte überall im Haus Telefonapparate gesehen, sogar in den Badezimmern.

Daß ihr der befreiende Gedanke nicht früher gekommen war! Pamela lief in das Haus und von der Halle weg sofort in das Schlafzimmer, das sie belegt hatte. Sie warf sich über das Bett und griff nach dem Telefonapparat im Elfenbeingehäuse, nahm den Hörer von der vergoldeten Gabel, fing an, die Nummer der Staaten zu wählen, dann die von New York. Daß der Apparat tot war, konnte sie dann in ihrer Verzweiflung kaum glauben!

Pamela lief in das Badezimmer, versuchte es dort. Auch dieser Apparat war tot, genau wie alle anderen in diesem Haus!

In Panikstimmung lief sie in ihr Schlafzimmer zurück, warf sich diesmal aufschluchzend über das Bett. Zum ersten Mal dachte Pamela jetzt daran, daß sie in eine Falle geraten sein könnte. Aber wer hatte die Falle aufgestellt? Und weshalb?

Noch schlimmer wurde die Situation für Pamela, als sie erkannte, daß sich die Terrassentür und keine der anderen Türen in diesem verwünschten Haus abschließen ließen. Es gab keine Schlüssel und keine Möglichkeit der Verriegelung!

Es gab nur eines: eine Beruhigungstablette in ihrer Suitecase!

Pamela schluckte zwei Pillen mit purem Whisky. Danach rauchte sie, auf dem Bett liegend, eine Zigarette nach der anderen, bis die Wirkung der Tabletten einsetzte.

*

Das Licht in dem Kristallglasgehäuse über dem Bett brannte noch, als Pamela mit Kopfschmerzen erwachte. Draußen war es inzwischen hellichter Tag.

Pamela fuhr im Bett auf. Es dauerte ein paar Minuten, bis sie mit ihren Gedanken klar kam. Dann erst fiel ihr wieder ein, was ihr gestern widerfahren war.

In der Hoffnung, daß der Spuk heute zu Ende wäre, schwang sie die Beine aus dem Bett. Sie lächelte sogar ein wenig über sich selbst. Sie war noch im Bikini, den sie gestern zum Baden im Meer angezogen hatte.

»Hallo, ist jemand da?« Ihre Stimme hörte sich fremd an.

Ihr Blick hing gespannt an den gegenüberliegenden Türen. Jetzt mußte doch jeden Augenblick Mr. Steinberg oder sonst irgend jemand auf ihr Rufen hin in die Halle treten.

Aber wie gestern schon, kam auch heute niemand.

Pamela erschauerte ein wenig. Verflogen war die Hoffnung, die sie Minuten nach dem Aufwachen noch genährt hatte. Barfüßig lief sie zur Terrassentür und zog sie auf.

Draußen auf der Terrasse dieselbe Einsamkeit wie drinnen im Haus. Keine Menschenseele zu sehen, nicht am Strand und nicht im Wasser!

Mein Gott, war sie am Ende gar allein auf dieser Insel? Pamela wankte in das Schlafzimmer zurück, blieb dann eine Weile unschlüssig unter der Badezimmertür stehen. Schließlich trat sie an die Wanne heran und probierte an den vergoldeten Armaturen.

Es überraschte sie dann, daß in diesem menschenleeren Haus tatsächlich warmes Wasser in die Wanne sprudelte. Fast automatisch setzte sie dem einfließenden Wasser ein Schaumbad zu.

Eigentlich war sie hungrig. Pamela registrierte es, als sie in die Wanne stieg und ihr Magen knurrte. Sie würde anschließend in die Küche gehen und sehen, was es da so an Eßbarem gab. Vielleicht würde ein anständiger Kaffee ihre Kopfschmerzen vertreiben.

Mitten in die Gedanken an ein gutes Frühstück hinein geschah es dann. Sie hörte einen Schritt in der Halle! Und noch einen!

Pamela erstarrte, konnte gar nichts mehr tun, als gegen die offenstehende Tür zum Schlafzimmer hinzustarren.

Ein dumpfer Schritt im Schlafzimmer, nachdem vorher die Tür von der Halle her leise in den Angeln gequietscht hatte.

Und dann sah sie ihn! Einen Mann aus Fleisch und Blut! Einen ganz normalen Menschen! Aus lauter Erleichterung darüber hörte sich Pamela die Worte sagen:

»Du lieber Himmel!«

*

Er war groß, dunkelhaarig, braungebrannt, trug nur eine Badehose und Sandalen, und in seinem gutgeschnittenen Gesicht lag nichts als Überraschung.

Als er sich davon erholt zu haben schien, kam er an die Wanne heran, kauerte sich nieder und lächelte Pamela an.

»Was tun Sie hier?«

»Ich bade, wie Sie sehen. Sind Sie Mr. Steinberg?« fragte Pamela ungläubig und fuhr im selben Atemzug fort: »Wenn Sie es sind, dann haben Sie sich einen schlechten Scherz mit mir erlaubt. Ich war schon halb verrückt vor Angst. Oder sind Sie nicht Mr. Winston Steinberg?«

Nein, er war es nicht! Pamela wußte es, noch ehe der Mann den Kopf schüttelte und sie dabei anlächelte. Winston Steinberg mußte älter sein, viel älter! Er hatte schließlich schon in den fünfziger Jahren Filme produziert, hatte Autoren verlegt, die schon längst gestorben waren. Dieser Mann war zu jung, um Winston Steinberg zu sein. Er bestätigte es jetzt auch.

»Nein, ich bin nicht Winston Steinberg.«

»Wer dann? Oh, es ist mir egal, wer Sie sind! Ich bin so froh, daß es außer mir überhaupt noch einen Menschen auf dieser Insel gibt!«

Pamela wollte sich in der Badewanne aufrichten. Im letzten Augenblick fiel ihr ein, daß das nicht ging. Statt dessen trieb sie zwei dicke Schaumwolken von der Seite her über die Stelle, wo ihre Brüste unter dem Wasser schimmerten.

Der Mann war jedenfalls ein Kavalier. Er sah ihr nur in das Gesicht. Allerdings grinste er ein bißchen bei Pamelas Brustverdeckungsmanöver.

»Ich freue mich, Ihnen so willkommen zu sein, Miß ...?«

»King. Ich heiße Pamela King.«

Eigentlich erwartete Pamela, daß er jetzt seinen Namen nannte. Aber er tat es nicht.

»Miß King«, wiederholte er lächelnd. »Wie sind Sie auf die Insel gekommen? Wieso sind Sie hier?«

»Ich bekam eine Einladung von Mr. Steinberg. Aber ich fand hier nichts als ein leeres Haus und ...«

»Was noch?« Seine Stirn schob sich über der Nasenwurzel leicht zusammen. Er hatte wirklich sympathische

Züge, sehr dichte schwarze Haare und breite muskulöse Schultern ...

»Was noch?« wiederholte er seine Frage, als Pamela mit der Antwort zögerte.

»Jemand hat mit mir gesprochen. Das klingt vielleicht unglaublich für Sie. Ich kann es selbst kaum glauben. Aber denken Sie sich, ich hatte mich draußen auf die Terrasse gesetzt und dachte an einen Drink, da sagte irgend jemand, ich solle ins Haus gehen, ich würde die Bar rechts in der Halle finden. Ich war ganz starr vor Schrekken. Ich ...« Pamela sah dem Fremden forschend in die Augen, sah dort am Grund des grauen Blicks etwas wie Belustigung aufzucken.

Jetzt fuhr sie wirklich in der Badewanne auf und vergaß dabei, daß sie ihre Brüste entblößte.

»Oh, sind Sie das gewesen? Die Stimme flüsterte, ich konnte nicht erkennen, ob es ein Mann war oder eine Frau ... Waren Sie es! Sagen Sie es schon!«

Er schüttelte schon die ganze Zeit den Kopf. Nach der Belustigung in seinem Blick hatte er für einige Augenblicke finster dreingesehen. Jetzt lächelte er wieder und grinste in Pamelas Gesicht.

Pamela entging vor Zorn das kurze Abschweifen seines Blicks auf ihre hochangesetzten festen Brüste.

»Ich war es nicht! Regen Sie sich ab, Miß King. Und führen Sie mich nicht in Versuchung!«

Als Pamela begriff, was er meinte, rutschte sie errötend bis zum Hals unter das schaumgekrönte Wasser.

»Ich hatte bei Gott nicht die Absicht«, zischte sie. »Gehen Sie hinaus. Ich komme sofort. Warten Sie auf der Terrasse auf mich!«

Er nickte und lächelte. Dann erhob er sich neben der Badewanne.

»Wissen Sie, daß Sie sehr nett aussehen, Miß King?«

»Machen Sie schon, daß Sie rauskommen. Wie heißen Sie eigentlich?«

Er drehte sich an der Badezimmertür noch einmal um und beantwortete ihre Frage mit einem umwerfenden Lächeln.

»Alan. Ich heiße Alan.«

*

»Alan?«

Pamela rief den Namen des Mannes noch in der Halle, ehe sie im kurzen Bademantel auf die Terrasse hinaustrat.

»Alan!« Ihr zweiter Ruf klang bereits verzweifelt, als sie ihn auf der Terrasse nicht sah.

»Alan!« schrie Pamela diesmal, lief zurück ins Haus, riß alle Türen auf.

Wieder zurück auf die Terrasse! Vielleicht war er schwimmen gegangen! Vielleicht konnte sie seinen Kopf zwischen den gischtgekrönten Wellen erkennen!

Pamela lief die Stufen zum Strand hinunter, lief in das Wasser, blieb dann irgendwann verzweifelt und resignierend stehen, kehrte um und ging mit hängenden Schultern zum Haus zurück.

Auf der Terrasse ließ sie sich in den Strandkorb fallen. Pamela weinte selten, aber jetzt ließen sich ihre Tränen einfach nicht mehr zurückhalten.

Pamela wußte später nicht mehr, wie lange sie so dagesessen und ihrer Verzweiflung freien Lauf gelassen hatte, wieviel Zeit verstrich, bis sie etwas auffahren ließ. Eine Frauenstimme! Eine Stimme, die irgendwo aus dem Dach zu kommen schien.

»Sie weint …« Pamela fiel es erst viel später ein, daß die Frauenstimme etwas brüchig geklungen hatte, im Augenblick hatte sie nicht die Nerven, dem Klang nachzuhorchen, denn ein Mann sagte jetzt:

»Findet ihr nicht, daß ihr die Sache …«

Knacks! machte es noch irgendwo.

Tränenlos starrte Pamela noch eine Weile zu dem Dach hinauf. Dann floh sie an den Strand, lief wie gehetzt über den Sand, ließ sich irgendwann atemlos niederfallen.

Und dann hörte sie durch das eigene Keuchen hindurch von irgendwoher das Dröhnen eines Flugzeugmotors. Da wußte sie auf einmal, daß sie eine Chance verpaßt hatte. Sie hätte anstatt sinnlos den Strand entlangzulaufen, lieber den Weg zur Landepiste nehmen sollen.

Pamela sprang auf, lief ein paar Schritte ins Wasser, um über den Dschungel hinweg die Maschine besser aufsteigen zu sehen.

Und dann sah sie das Flugzeug. Die Maschine erhob sich aus dem tropischen Wald und zog silbrig schimmernd in den Himmel hinauf.

*

Pamela hatte immer gedacht, daß Robert der einzige Mensch sei, den sie im Leben nicht wiedersehen wollte, aber als er am nächsten Morgen neben ihrem Bett stand, da streckte sie aufschluchzend die Arme nach ihm aus.

»Robert, du bist hier?«

Robert sah mit einem dunklen abweisenden Blick auf sie herunter.

»Pamela! Wenn ich gewußt hätte, daß du hier bist, hätte ich Mr. Steinberg abgesagt.«

Pamela fühlte Zorn in sich aufsteigen. Sie ließ die erhobenen Arme sinken und bemühte sich um Fassung.

»Glaub' mir, wenn ich gewußt hätte, was mich hier erwartet, hätte ich auch abgesagt.«

»Dann sind wir uns ja ausnahmsweise einmal einig. Wo ist Mr. Steinberg? Was ist das überhaupt für ein komisches Haus? Ich stand eine Weile draußen auf der Terrasse, aber niemand nahm mich in Empfang. Hast du mich nicht rufen gehört? Wenigstens habe ich die Bar sofort gefunden. Dann sah ich in ein paar Räume hinein. Und jetzt finde ich dich hier im Schlafzimmer. Wo aber finde ich Mr. Steinberg, zum Teufel?«

Pamela schüttelte den Kopf. Und anstatt ihm eine Antwort zu geben, stellte sie eine Frage.

»Wie bist du hergekommen?«

»Womit schon? Mit einem Flugzeug. Ich flog Linie bis Grenada und von da ab mit einer Charterfluggesellschaft.«

»Mit Steve Carter. Ich meine, hieß der Pilot …«

»Was weiß ich, wie der Pilot hieß! Ich habe ihn nicht gefragt«, antwortete Robert ungeduldig.

»Ich bekam eine Einladung hierher auf diese Insel, um mit Winston Steinberg einen Vertrag durchzusprechen. Die Sache interessiert mich natürlich, wie du dir denken kannst. Ich …«

»Robert«, unterbrach Pamela ihren Exehemann aufgeregt. »Das hier ist eine Falle! Ich wurde mit demselben Angebot hierhergelockt. Ich bin seit fast zwei Tagen hier. Aber es gibt keinen Winston Steinberg auf dieser Insel. Jedenfalls hat sich bis jetzt niemand dieses Namens hier blicken lassen. Ich habe überhaupt keine Menschenseele hier gesehen, außer …«

Robert war an das Fußende des Betts getreten und stand dort mit verschränkten Armen, wie es Pamela so gut an ihm kannte.

»Was erzählst du mir da für einen Unsinn?« fragte er kalt. »Was für eine Falle soll das sein? Bist du neuerdings ganz hysterisch geworden?«

Pamela fuhr auf, fühlte ein Schluchzen in ihrer Kehle.

»Ich war niemals hysterisch! Es ist nur völlig unmöglich für eine Frau, mit dir zu leben.«

»Für dich unmöglich, Pamela.« Robert lächelte nur mit den Mundwinkeln.

»Meinetwegen. Das steht im Augenblick auch gar nicht zur Debatte. Ich bin jedenfalls froh, daß du hier bist, so komisch es klingen mag. Ich war schon halb verrückt vor Angst.«

»Wieso Angst? Wer tut dir was auf dieser Insel?«

»Du weißt ja nicht …« Pamela brach hilflos ab.

Da stand er am Bettende, mittelgroß, schlank, mit seinem überlegenen Gesichtsausdruck. Manches an ihm erinnerte an Humphrey Bogart, seine Züge und gewisse fahrige Bewegungen.

Er zog die Brauen hoch.

»Was weiß ich nicht?«

»Ich habe Stimmen gehört ...«

»Ich sagte ja, du bist hysterisch.«

»Robert, hör zu! Ich stand vor zwei Tagen genau wie du auf der Terrasse und rief nach Mr. Steinberg. Ich setzte mich an den Pool, als ich niemanden fand. Da sagte jemand: ›Warum gehen Sie nicht ins Haus und machen sich einen Drink? Die Bar finden Sie rechts in der Halle.‹ Ja, du siehst ungläubig drein, Robert, aber das sagte jemand. Es klang wie ein Flüstern, das man ... Oh, jetzt weiß ich es! Es muß aus einem Lautsprecher gekommen sein!«

Robert schüttelte den Kopf.

»Unsinn!«

Pamela schlug die Decke zurück.

»Denke, was du willst. Du wirst es ja erleben.«

Pamela wollte die Beine aus dem Bett heben, da fiel ihr ein, daß sie sich Robert nackt präsentierte. Sein Blick saugte sich auch sofort an ihrem Körper fest, noch ehe sie sich schnell die Decke überziehen konnte.

»Geh' bitte hinaus in die Halle! Ich möchte mich anziehen«, sagte sie in seinen begehrlichen Blick hinein.

Robert sagte mit dunkler Stimme, während er sein beiges Seidenjackett von den Schultern gleiten ließ:

»Wir sind hier also ganz allein im Haus, sagst du?«

Pamela begriff sofort und fühlte Widerwillen in sich aufsteigen, Widerwillen vor allem gegen sich selbst in Erinnerung an zahlreiche Szenen dieser Art, wo sie jedesmal ihren Vorsatz aufgeben mußte, nie wieder mit diesem Mann zu schlafen.

Sie fühlte sich auch jetzt wie das Kaninchen vor der Schlange, als Robert das schwarze Seidenhemd aufknöpfte und seine dicht behaarte Brust sichtbar wurde.

Robert Morland! Bestsellerautor amerikanischer Gesellschaftsromane! Pamela hatte bereits über ein Jahr lang nach seinem Diktat geschrieben, als es sie reizte, eine seiner Romanszenen, in denen Frauen agierten, umzuarbeiten.

Am nächsten Morgen war sie dann absichtlich später zur Arbeit gekommen. Als sie dann kam, merkte sie sofort, daß Robert Morland die umgearbeitete Szene gelesen und für besser als seine Version gehalten hatte.

Eine Woche später hatte er sie geheiratet. Pamela war so gut wie nicht gefragt worden. Es war Roberts Entscheidung gewesen. Und von da an hatte Pamela King die von Frauen getragenen Szenen von Robert Morlands Romanen geschrieben, ohne auf den Buchtiteln mit ihrem Namen zu erscheinen. Die Sache war allerdings brancheninterm bekannt geworden.

Robert kam um das Bett herum, und Pamela zog die Decke bis über ihr Kinn hinauf.

Aber sie wußte, was als nächstes kam. Und es kam auch. Robert nahm die Decke von ihrem Körper.

»Nein!« versuchte Pamela noch bestimmt zu sagen.

»Sag nicht nein, wenn du ja meinst. Das war schon immer dein größter Fehler!«

Sein Knie senkte sich auf das Bett herunter. Als nächstes glitten seine Arme unter ihren Rücken, und er fing an, sie zu küssen.

In Pamela wehrte sich alles dagegen. Das war schon immer so gewesen. Aber dieser Mann besaß eine seltsame körperliche Anziehungskraft. Und in der Umarmung war Robert auch ein ganz anderer Mensch, nicht gerade zärtlich, aber immerhin darauf bedacht, einer Frau Vergnügen zu bereiten. Außerdem hatte sie seine Leidenschaft immer mitgerissen, wenngleich Pamela auch oft genug die Erfüllung versagt geblieben war.

Robert tat auch diesmal alles, was ein Mann für eine Frau tun konnte.

»Komm! Entspanne dich! Genieße es!« sagte er zärtlich, während seine Lippen von ihrem Nacken zur rechten Schulter hinglitten.

Danach drehte sich Robert auf den Rücken und nahm Pamela mit. Gekonnt und ohne Unterbrechung!

*

Robert war durch und durch ein Mensch der Logik. Als er sich anzog, fragte er:

»Hast du das Haus genau durchsucht? Ich meine, jeden Winkel?«

Es hatte danach nur noch eine kurze stumme Umarmung gegeben.

Pamela zog ein weißes Badekleid über den Bikini.

»Ich habe in jeden Raum hineingesehen.«

»Ich meine, genau durchsucht. Die Schubladen und so weiter.«

»Nein. Wozu?«

»Um zu erfahren, ob dieses Haus überhaupt Winston Steinberg gehört.«

»Ich denke, du glaubst nicht an eine Falle.« Pamela sah zu ihm auf.

»Ich kann es mir nicht vorstellen. Es gibt kein Motiv dafür. Aber wenn die Sache sich so verhält, wie du gesagt hast ...«

»Denkst du, ich lüge?« fuhr Pamela auf.

Robert ging nicht auf ihre Entrüstung ein. Statt dessen überlegte er, griff dabei in seine Jackett-Tasche und holte eine Packung Parliament hervor. Typisch für ihn war, daß er Pamela keine Zigarette anbot. Aber vor dem Frühstück hätte sie ohnehin nicht geraucht.

»Was weiß ich. Jedenfalls, wenn sich Steinberg bis jetzt nicht blicken ließ ... Zeig' mir das Schreiben, das du von ihm bekommen hast!«

Pamela griff nach ihrer Handtasche und holte den Brief heraus.

Robert rauchte hastig, während er das Schreiben überflog.

»Das ist haargenau dasselbe, das ich bekommen habe. Pamela, ist die ganze Sache etwa ein Trick von dir?« Da war er wieder, der für Robert typische mißtrauisch-lauernde Blick, nachdem er den Brief auf das Bett gelegt hatte.

Pamela glaubte, explodieren zu müssen.

»Bist du verrückt? Denkst du, daß ich das nötig habe? Glaubst du, es gibt für mich keinen anderen Mann auf der Welt als dich? Habe ich mich von dir scheiden lassen oder du dich von mir?«

Die Fragen überging er natürlich.

»Die Sache sieht dir nur ähnlich. Du bist romantisch genug.«

»Aber nicht blöd, verstehst du? Ich hatte es satt mit dir, und dieser Meinung bin ich nach wie vor. Wie sehr, das ist mir gerade jetzt wieder voll bewußt!«

Robert winkte ab.

»Reg' dich nicht künstlich auf, Pamela. Das bringt nichts.«

»Wie wäre ich denn an dieses Papier mit Steinbergs Briefkopf gekommen? Und wie hätte ich alles andere bewerkstelligt? Habe ich vielleicht die Insel hier gemietet, gleich mit dem Haus darauf? Du selbst weißt am besten, wie schlecht ich finanziell aus unserer Ehe ausgestiegen bin. Dafür konnte ich mir bestenfalls ein Sandwich kaufen. Aber vielleicht ist das Ganze deine Idee? Ich weiß von Paul Sanders, daß deine letzten beiden Romane, was gewisse Dinge betrifft, von denen du wahrhaftig nichts verstehst, ein bißchen mager ausgefallen sind. Dein Verlag bedauert es, daß ich nicht mehr mit dir arbeite. Deine Frauengestalten sind wenig einfühlsam dargestellt.«

Robert fuhr auf.

»Sanders versteht davon einen feuchten Staub!«

»Immerhin ist er der beste Redakteur, den dein Verlag hat. Ich weiß auch, daß du Probleme mit dem Verlag hast. Sie erwägen, aus dem Vertrag auszusteigen. So gesehen, muß dir Steinbergs Brief sehr willkommen gewesen sein. Was mich betrifft ... ich habe einen ganz guten Job bei der Manhattan-News ...«

»Die Rubrik Gesellschaftsklatsch!« unterbrach Robert wegwerfend.

»Was auch immer. Ich verdiene gut. Und es ist eine Arbeit, die mir liegt. Ich bin eigentlich nur aus Neugierde hergekommen. Wenn ich auf irgend etwas hoffte, dann auf ein Angebot Steinbergs, Filmdialoge zu schreiben. Das würde mich reizen. Aber was dich betrifft, Robert, so geht es bei dir um viel mehr. Du brauchst Winston Steinberg.«

Robert gab keine Antwort. Er klemmte die Zigarette in seinen rechten Mundwinkel und knöpfte sein Hemd zu.

Pamela fühlte einen leichten Schauer der Lust, als er die Rippen blähte und das Hemd in die helle Hose steckte. Robert war ein toller Mann, das stand fest, gut aussehend, leidenschaftlich, versiert in der Liebestechnik, in der Umarmung und, gemessen an seiner Persönlichkeit, auch bemerkenswert rücksichtsvoll. Aber im normalen Umgang ein unmöglicher Mann, kühl, hart bis zur Rücksichtslosigkeit. Pamela hatte das alles am eigenen Leib erfahren und nach zweijähriger Ehe die Konsequenzen gezogen. Es war ihr nicht leicht gefallen. Sie hatte ihn im Bett lange Zeit vermißt. Vor allem die Tatsache, daß er sie bis zum Schluß begehrt hatte.

Robert verließ das Schlafzimmer und suchte die Küche. Pamela folgte ihm. Robert trat an den Eisschrank und öffnete ihn.

»Immerhin, Lebensmittel gibt es genug. Brate uns ein paar Eier! Und mach Kaffee!«

»Bitte«, sagte Pamela trocken.

Er fuhr herum.

»Was?«

»Du könntest ruhig ›bitte‹ sagen.«

»Hast du mich das jemals sagen hören?«

»Nein, deshalb wird es Zeit, daß du es lernst.«

Er sagte es natürlich nicht, statt dessen verließ er die Küche. Pamela seufzte und nahm die Eier aus dem Eisschrank. Immerhin hatte sie es gewagt, ihn aufzufordern, sie um etwas zu bitten. Das war das erste Mal gewesen.

Er kam nach zehn Minuten zurück, roch den Kaffee und warf einen zufriedenen Blick auf die Bratpfanne. Wenigstens enthielt er sich einer Äußerung darüber, daß sie nachgegeben hatte.

»Ich habe mich ein wenig umgesehen. Es gibt keinen Hinweis darauf, daß dieses Haus Winston Steinberg gehört.«

»Ich sagte dir ja, daß man uns in eine Falle gelockt hat.«

»Erst einmal brauche ich ein Frühstück. Dann werden wir weitersehen. Ich gehe auf die Terrasse! Bring es mir raus!«

Pamela ballte ihre Fäuste erst, als Robert schon in der Halle war. Auch noch das Frühstück nachtragen! Das war einfach die Höhe! Aber sie wußte, daß sie es tun würde, und das erboste sie an der Sache am meisten.

Während sie das Tablett durch die Halle trug, fiel ihr ein, daß es keinen geeigneten Tisch auf der Terrasse gab, nur den kleinen Beistelltisch neben dem Strandkorb. Um so größer war ihre Überraschung, als sie links von der Tür einen weißen, runden Tisch und ein paar verspielte Stühle bemerkte.

»Hast du das aufgestellt? Wo hast du die Sachen entdeckt?« fragte Pamela, während sie ins Freie trat.

Robert saß auf einem der Stühle, hatte die Beine übereinandergeschlagen und genoß sichtlich die angenehme Meeresbrise.

»Was meinst du?«

»Den Tisch. Die Stühle!«

»Wieso? Das Zeug stand schon hier, als ich herkam.«

»Du meinst, es hat alles so dagestanden?«

»Sicher. Warum erstaunt dich das so sehr?«

»Das ... war gestern alles noch nicht da, Robert!« Pamela fühlte, wie das Tablett in ihrer Hand zitterte. Schon klirrten auch die zwei Kaffeetassen.

»Laß es nicht fallen! Stell es ab!«

Pamela tat, was er gesagt hatte, aber sie war außer sich.

»Aber verstehst du denn nicht? Gestern stand dieser Tisch noch nicht da. Jemand muß ihn während der Nacht aufgestellt haben!«

»Und wenn schon! Was macht das?«

»Aber ...«

»Jemand erlaubt sich einen Scherz mit uns. Zu diesem Schluß bin ich gekommen, verstehst du? Wir werden uns nachher auf dieser Insel genau umsehen. Ich bin sicher, wir begegnen diesen Witzbolden.«

Pamela beruhigte sich etwas. Aber ihre Hand zitterte noch, als sie den Kaffee in Roberts Tasse eingoß.

»Denkst du an jemand bestimmten?«

»Mein Gott, ich kenne so viele Leute. Möglich, daß sich die Leute von Spencer & Co diesen Gag einfallen ließen.«

»Dein Verlag?« rief Pamela dazwischen.

»Um uns wieder unter einen Hut zu bringen.«

»Aber da mache ich keinesfalls mit!«

»Denkst du, ich?« sagte Robert, während er sich über die gebratenen Eier hermachte.

»Ich bin froh, dich los zu sein«, fuhr er fort und warf Pamela einen kurzen spöttischen Blick zu.

Pamela holte tief Luft.

»Und was glaubst du, wie froh ich erst bin, dich los zu sein.«

Robert senkte den Blick auf den Toast, den er gerade mit Butter bestrich, und antwortete gelassen und lauernd zugleich:

»Aber immerhin hat es dir vorhin Spaß gemacht.«

»Das war eine rein körperliche Angelegenheit. Glücklich war ich nicht dabei.«

»Wo liegt da der Unterschied?« fragte er, kurz aufsehend.

»Soll ich mich jetzt damit abquälen, einem Blinden die Farben zu erklären? Du würdest es ohnehin nicht verstehen. Also lasse ich es«, antwortete Pamela erbost.

Ihr Zorn legte sich etwas später, als ihr Robert, ganz gegen seine Gewohnheit, eine Zigarette anbot und auch noch Feuer gab.

*

Robert war dafür, die Insel zu umrunden.

»Mal sehen, ob das hier wirklich das einzige Haus auf der Insel ist.«

»Woran schreibst du im Augenblick?« erkundigte sich Pamela auf dem langen Marsch zur nördlichen Spitze der Insel.

Robert wirkte mit Sonnenbrille noch unpersönlicher als gewöhnlich.

»Ich versuche mich an einem neuen Metier. Östliche Betriebsspionage in den Vereinigten Staaten. Jemand hat mir dafür Material angeboten, gutes authentisches Material. Aber bevor ich mich über die Sache hermache … Du hast recht, ich wäre scharf gewesen auf eine Kontaktaufnahme mit Winston Steinberg. Wenn der Roman das wird, was ich mir vorstelle, so möchte ich nicht, daß Spencer & Co diesen Happen kriegt. Die Kerle haben mich während der letzten Zeit nur genervt.«

Pamela fiel etwas ein, das sich auf ihre derzeitige Situation bezog.

»Aber Robert, wenn du solches Material zugespielt bekommen hast, wie kannst du dann sagen, es gäbe kein Motiv für eine Falle, die man dir stellen könnte?«

Robert blieb stehen, starrte auf seine Füße hinunter, die halb vom Sand verdeckt waren.

»Blödsinn! Davon weiß doch niemand etwas.«

»Ich weiß es. Denk' mal nach, wem du es noch erzählt hast.«

Robert zögerte, ehe er antwortete:

»Niemandem.«

»Und dein Informant? Er könnte es jemandem gesagt haben.«

»Hm, das wäre möglich, aber ...«

Robert schüttelte den Kopf und ging weiter. Er machte riesige Schritte, und Pamela mußte ihm nachlaufen.

»Kennst du einen Mann, der Alan heißt?« rief sie ihm nach.

»Ich kenne eine Menge Alans. Der Barkeeper im Club 57 heißt auch Alan. Warum fragst du?«

Pamela ging jetzt wieder neben ihm. Vom Meer her wehte eine kühlende Brise über ihre Köpfe hinweg gegen das Land. Eigentlich eine recht romantische Situation, ging es Pamela durch den Kopf. Ein Mann und eine Frau allein auf einer phantastischen Insel in der Karibik; Meer, Sand, Sonne, ein komfortables Haus ...

Robert schien demselben Gedanken nachzuhängen.

»Wenn wir zurückkommen, muß ich mir ansehen, woher das Haus die Elektrizität bezieht. Wahrscheinlich gibt es einen Generator, der mit Öl betrieben wird.«

»Ich habe dir noch nicht erzählt, daß mich gestern morgen ein Mann im Haus besucht hat. Er hieß Alan. Seinen Nachnamen nannte er nicht. Darum habe ich dich gefragt, ob du jemanden kennst, der Alan heißt.«

Robert blieb erneut stehen, nahm die Sonnenbrille kurz ab, setzte sie aber gleich wieder auf, nachdem er einen kurzen Blick über Pamelas Körper geworfen hatte, der nur mit dem blauen Bikini bekleidet war.

»Wie sah er aus?«

»Gut!« antwortete Pamela ein wenig provozierend.

»Gut ist keine Beschreibung. Wie hat er ausgesehen?«

»Groß, dunkelhaarig, sehr sympathisch. Ich saß gerade in der Badewanne, und du kannst dir denken, wie sehr ich erschrak. Aber ich war so froh, einen Menschen zu sehen! Ich schickte ihn auf die Terrasse. Als ich rauskam, war er verschwunden. Ich war schrecklich enttäuscht. Und dann ...« Bei dem Gedanken, was danach geschehen war, erschauerte Pamela, ehe sie die Sache Robert erzählte.

»Mein Gott, du phantasierst doch! Das Ganze kannst du dir nur eingebildet haben. Stimmen, die von irgendwo hergekommen sein sollen! Ich will dir einmal etwas sagen, Pamela. Die Sache ist ganz einfach. Winston Steinberg hat uns zu einem Gespräch hierher eingeladen. Aber er konnte den Termin bis jetzt nicht einhalten. Der Mann kommt sicher heute oder morgen hier an, und alles ist okay.«

Pamela schüttelte den Kopf.

»Wo bleibt deine Logik, Robert? Deine Version hat einen Haken. Denke an die Tische und an die Stühle, die gestern noch nicht auf der Terrasse standen!«

»Bist du dessen sicher?«

»Aber ja! Stimmen und dergleichen kann man sich vielleicht einbilden, aber so etwas nicht.«

Robert zuckte die Achseln.

»Ich nehme an, wir werden auf der Insel die Behausungen des Dienstpersonals finden. Die Leute haben vielleicht von Steinberg die Anweisung, die Gäste nicht zu stören. Der Tisch und die Stühle standen wahrscheinlich in einem angebauten Schuppen hinter dem Gebäude. Dort gibt es auch noch jede Menge Liegestühle und dergleichen mehr. Ich habe mich umgesehen, während du das Tablett in die Küche zurücktrugst.«

Pamela lächelte erleichtert.

»Meinst du wirklich, daß die Erklärung so einfach ist?«

»Ja, und vielleicht gibt es von diesen Personalhäusern eine Sprechverbindung in das Strandhaus, und du bekamst von den Leuten nur ein paar harmlose Anweisungen ...«

»Das kann sein! Ja, das kann wirklich sein, Robert«, mußte Pamela lachen. »Oh, bin ich froh, daß du hier bist!« entfuhr es ihr noch.

Darauf gab Robert keine Antwort.

Sie hatten die nördliche Spitze der Insel erreicht. Dort gab es auf einer Landzunge eine mächtige Kokospalme, die sich stetig im Wind wiegte.

*

»Dachte ich es mir doch, daß es auf dieser Insel auch so etwas Ähnliches wie einen Hafen geben müßte«, sagte Robert, als sie die Insel fast umrundet hatten.

Pamela streckte den Arm gegen das Meer aus.

»Und ich sehe eine Yacht dort draußen!«

Robert warf nur einen kurzen Blick in die Richtung. Sein Interesse galt den Bojen, die die Einfahrt durch das Riff markierten, der Tiefe des Hafenbeckens und den einfachen baulichen Anlagen. Einen natürlichen Hafendamm bildete gegen Norden eine felsige Landzunge, die dicht von Kriechgehölzen überwuchert war. Die einzige Stelle übrigens, wo der Sandgürtel der Insel unterbrochen war.

»Vom Haus her kann man den Hafen nicht sehen«, stellte Pamela überflüssigerweise fest.

Robert schüttelte den Kopf.

»Nein, auch nicht ein Schiff, das hier liegt.«

»Aber man müßte sehen, wenn ein Schiff einläuft.«

»Sicher, auch beim Auslaufen müßte man es sehen«, sagte Robert spöttisch.

»Sehr logisch«, gab Pamela mit demselben Spott zurück.

Robert nahm ihren Arm und drückte in seiner üblichen Art stark zu.

»Komm jetzt! Ich brauche einen Drink. Laß uns zum Haus zurückkehren.«

Robert fand mühelos einen kleinen Pfad über die Felsen. Auf der anderen Seite der Felsen setzte sich der Sandgürtel fort.

Eine Viertelstunde später trat Robert als erster auf die Terrasse.

»Mach' uns eine Kleinigkeit zu essen. Vielleicht findest du im Eisschrank ein Steak oder etwas dergleichen.«

Pamela stemmte die Hände an die Hüften.

»Sag' einmal, wie redest du eigentlich mit mir? Ich lasse mich von dir nicht mehr herumkommandieren wie zur Zeit unserer Ehe. Das ist vorbei, und das solltest du endlich begriffen haben!«

Robert trat sichtlich umgerührt an die Bar.

»Tu, was ich dir sage«, meinte er, während er um den Tresen herumging.

»Einen feuchten Staub werde ich ... Ich bin nicht hungrig. Ich nehme mir selbst einen Drink, und dann gehe ich schwimmen, verstehst du?«

Robert sagte nichts mehr, und Pamela stand ein paar Minuten ziemlich hilflos in der Mitte der Halle.

Eigentlich war sie schon wieder versucht nachzugeben. Schließlich war sie heilfroh, daß Robert hier war. Aber seiner anmaßenden, rücksichtslosen Art wollte sie einfach nicht nachgeben!

Sie trat neben Robert an das Spiegelregal, in dem die Flaschen standen. Sie mixte für sich einen Manhattan und trat mit dem Glas hinaus an den Pool.

Gleich darauf hörte sie ganz deutlich eine brüchige weibliche Stimme im Rücken.

»Das machen Sie ganz richtig, Miß King.«

Pamela ließ ihr Glas fallen.

»Robert!« schrie sie.

Ein paar Sekunden später klammerte sie sich an der Bar an Roberts Hals.

»Sie ... hat gerade mit mir gesprochen«, schluchzte Pamela an Roberts Hals.

»Wer?«

»Weiß ich doch nicht.«

»Du bist hysterisch, das sagte ich ja. Geh' in die Küche und mach' uns was zu essen! Das wird deine Nerven beruhigen.«

*

Robert kam nach einer Weile auch in die Küche.

»Ich habe mich umgesehen. Ich bin sogar auf das Dach gestiegen. Ich habe keinen Lautsprecher gefunden.«

»Was aber nicht heißen muß, daß keiner da ist.«

»Nein, das muß es nicht heißen. Ich habe schließlich nicht alle Grasbüschel auseinandergenommen, mit denen das Dach gedeckt ist.«

»Es müssen nicht nur Lautsprecher hier sein, Robert. Die sehen uns auch, vielleicht sogar hier in der Küche! – Im Schlafzimmer«, setzte sie noch leise hinzu.

Robert grinste.

»Und wenn schon. Du hast eine phantastische Figur, und ich bin ein guter Liebhaber.«

»Du bist unmöglich!« schrie ihn Pamela an.

Robert lächelte ihr zu, diesmal sogar mit einem Anflug von Zärtlichkeit. Er legte seine Hände auf Pamelas nackte Schultern.

»Der Gedanke regt mich an. Wie weit sind die Steaks?« meinte Robert mit einem kurzen Abschweifen seines Blicks zum Grill hin.

Als Pamela begriff, was er meinte, mußte sie erst einmal tief Luft holen, ehe sie sagte:

»Du mußt verrückt sein!«

»Pamela.« Robert legte die Arme um ihren Rücken, drückte ihren Körper gegen den seinen.

»Ich bin nach wie vor verrückt nach dir. Wir passen gut zusammen. Das ist mir heute morgen wieder klargeworden.«

»Aber mir nicht! Was du brauchst, ist eine willenlose Sklavin!« protestierte Pamela.

»Ganz im Gegenteil, es gefällt mir, daß du so rebellisch bist.«

Pamela prustete ihre Worte heraus:

»Ja, weil du trotzdem immer gewinnst. Das ist es, was dir gefällt! Mich zu schikanieren, um mich anschließend zu umarmen. Du bist ... Du weißt schon, wie man das nennt! Ich ... Ist das nicht ein Flugzeug?«

Robert hörte schon längere Zeit nicht mehr auf das, was Pamela sagte.

Jetzt lief er zur Küchentür, und Pamela folgte ihm.

Vom Terrassenaufgang aus war das Flugzeug zu sehen. Es zog bereits eine steile Bahn in den gleißenden Himmel hinauf, hatte also nicht die Absicht zu landen. Aber dort oben zog es eine Schleife und kam in den Inselbereich zurück.

»Vielleicht landet er doch? Vielleicht ist es Steinberg?« rief Pamela aus.

Man hörte, wie der Pilot den Motor drosselte. Pamela legte die Hand über die Augen. Etwas schien aus der Maschine geworfen worden zu sein.

»Ich glaube kaum, daß Steinberg mit dem Fallschirm ankommt«, sagte Robert trocken, noch ehe der Fallschirm sich öffnete und auch Pamela erkannte, worum es hier ging. »Trotzdem bin ich gespannt, wer uns besuchen kommt«, fügte Robert hinzu.

Die Landung wurde zu einer spannenden Sache. Mal schien es, als ginge der Fallschirm im Meer nieder, dann hatte es wieder den Anschein, als gerate der Springer in den Dschungel, der die Insel bedeckte.

In dreihundert Fuß Höhe war es dann zu erkennen. Der Mann war ein Spezialist. Er würde genau zwischen Terrasse und Meer auf dem Sand landen.

»Alan! Das ist Alan!« rief Pamela wenig später aus.

Der Springer löste sich von seinen Gurten und kam ein wenig unsicher auf die Terrasse zu.

Ja, es war Alan in einem khakifarbenen Overall. Sein Blick war nur auf Pamela gerichtet, Robert übersah er gekonnt.

Er lächelte Pamela zu.

»Da bin ich wieder«, sagte Alan und stellte ein Bein auf die unterste Terrassenstufe.

»Sie sind nicht zu übersehen«, ging Pamela auf seinen Ton ein. »Aber wieso sind Sie gestern morgen verschwunden? Es hat mir fast das Herz gebrochen.«

Alan grinste, während seine Hand wie ein Kamm durch die Haare strich.

»Das dachte ich mir fast. Ich hatte noch ein paar wichtige Dinge zu regeln, ehe ich Ihnen Gesellschaft leisten konnte. Aber wie ich sehe, haben Sie Ersatz gefunden.« Alan sagte es, ohne Robert auch nur eines Blicks zu würdigen.

Doch Pamela versuchte, seinen Blick auf Robert zu lenken.

»Das ist Robert Morland, mein Exehemann.«

Endlich bequemte sich Alan doch zu einem Blick auf Robert. In Robert kochte es bereits, das sah Pamela an dem verbissenen Zug um seinen Mund.

Jetzt nickten sich die Männer wenigstens zu.

»Alan und weiter?« fragte Robert schneidend.

»Das tut auf dieser Insel nichts zur Sache. Alan genügt«, antwortete der Neuankömmling mit einem nicht sehr freundlichen Lächeln.

»Warum ist das Flugzeug nicht gelandet?« fragte Robert weiter.

»Das ist doch meine Sache, nicht? Aber ich verrate es Ihnen, Robert Morland. Ich wollte Ihrer Frau imponieren, Ihrer Exfrau, meine ich.«

»Oh, wenn Sie nichts anderes haben, um Pamela zu beeindrucken ... Aber wir wollten die Insel verlassen. Jemand verschaukelt uns hier.«

»So, das verstehe ich nicht.« Pamela bemerkte etwas Gespanntes in Alans Blick. Robert sah es offensichtlich auch.

»Ich glaube, Sie verstehen sehr gut. Sind Sie es, der das ganze Affentheater mit uns aufführt?« fragte Robert gespielt lässig.

Aber wer ihn kannte, und Pamela kannte ihn, der ahnte den Zorn, der in ihm schwelte.

»Was für ein Affentheater?«

»Ich denke, ich muß es Ihnen nicht erklären. Sie wissen genau Bescheid. Aber verraten Sie mir, worum es bei der

Sache geht. Ich habe nämlich keine Ahnung«, sagte Robert schneidend.

Alan schüttelte den Kopf, tat unschuldig und lächelte dazwischen Pamela kurz zu.

»Ich noch viel weniger. Ich kam neulich ganz zufällig auf diese Insel.« Alan sah Robert an, und Robert preßte die Lippen zusammen. »Da fand ich eine reizende junge Dame in einer Badewanne. Leider war das Wasser mit dichtem Schaum bedeckt«, grinste Alan, »aber schon ihr Gesicht war eine Offenbarung für mich. Ich ...«

»Mein Gott, Pamela«, unterbrach Robert gespielt heiter, indem er sich lächelnd zu Pamela hindrehte. »Der Mann muß dir aus der Seele sprechen ... so romantisch bist du auch!«

Pamela ging auf diesen Ton ein.

»Er spricht mir aus der Seele, Robert. Ich leugne es nicht. So hungrig nach Komplimenten, wie ich aus der Ehe mit dir hervorgegangen bin, sind seine Worte Balsam für mich. Ich ...«

Robert unterbrach Pamela. Sein Gesicht wirkte finster, seine Stimme schneidend und spöttisch zugleich:

»Was ist mit den Steaks, Pamela? Hast du sie verbrennen lassen?«

*

Robert schwamm außerhalb des Riffs. Sein Kopf war ein dunkler Punkt in dem goldglitzernden Band, das die untergehende Sonne vom Horizont her gegen den Strand malte.

Alan planschte mit Pamela im seichten Wasser.

»Habe ich Ihnen etwas vermasselt, Pamela?«

Pamela mußte ihn anlächeln.

»Nein, nicht die Spur!«

»Aber ihm, das weiß ich ganz genau. Wenn Sie mich fragen, Pamela King, dann könnte er die ganze Sache inszeniert haben.«

Pamela schüttelte den Kopf.

»Nein, das Ganze hätte er in New York billiger arrangieren können. Sie müssen wissen, Robert ist ein äußerst sparsamer Mensch.«

»Ein Geizkragen, meinen Sie. Sie haben doch, soviel ich weiß, an seinen Büchern mitgeschrieben ...«

»Das wissen Sie?« unterbrach ihn Pamela erstaunt. Der Mann vor ihr im Wasser lächelte. Er wirkte sportlich und unbeschwert, und trotzdem sah man ihm an, daß er auch geistig allerhand auf dem Kasten hatte. »Ich weiß auch, daß Sie bei der Scheidung praktisch ohne jeden Dollar ausgestiegen sind.«

Pamela sah Alan forschend in die Augen. Aber in der golddurchwirkten Dämmerung konnte sie nur noch deren Form erkennen und ein leichtes Schimmern.

»Oh, Sie sind doch derjenige, der uns hierhergelockt hat, sonst wüßten Sie nicht so gut Bescheid über mich!«

Er hob den rechten Arm aus dem Wasser und formte seine Finger zur Schwurhand.

»Nein, Pamela, bei Gott und allen Heiligen. Damit habe ich nichts zu tun!«

»Sie wollen behaupten, Sie wissen so spezielle Dinge über mich rein zufällig? Das kann ich Ihnen nicht glauben«, versuchte sich Pamela in einem feindseligen Ton gegenüber Alan.

»Das habe ich auch nicht behauptet. Aber ich hatte Gelegenheit, mich zwischen gestern und heute nach Pamela King und Robert Morland zu erkundigen.«

Goldenes Abendrot lag auf seinen Zügen. Seine Haut und besonders seine Lippen schimmerten bronzen. Ein gut geschnittenes Gesicht, und sehr sympathisch! Fast zu sympathisch, wie Pamela bei sich feststellen mußte. Sie hatte nämlich zunehmend Lust, nach diesem Gesicht zu tasten, die Hand an seine Wange zu legen.

»Sie hatten Gelegenheit, sich nach uns zu erkundigen? Wo? Und bei wem?«

Er lächelte fast entschuldigend.

»Das muß vorläufig mein Geheimnis bleiben, Pamela. Nicht böse sein.«

»Erfahre ich es aber irgendwann?«

Alan lächelte und antwortete dann sehr vielsagend:

»Sie erfahren von mir alles irgendwann.« Alans Blick ging gegen das Riff hin. »Robert kommt zurück. Ich will Sie also nicht länger stören, Pamela.«

Alan watete mit der Abendsonne im Rücken durch das Wasser, dann schritt er über die Sandbank hin zu den Terrassenstufen. Pamela sah ihm nach. Alan hatte eine phantastische Figur. Robert war auch nicht schlecht gebaut, aber einem Vergleich mit Alan hielt er nicht stand.

Pamela wartete nicht auf Robert, der jetzt über das Riff schwamm. Sie watete ebenfalls gegen den Strand zu und lief hin zur Terrasse.

Alan hatte bereits die Halle betreten und dort Licht gemacht. Dieses Licht flutete auf die Terrasse. Pamela ging auf den Pool zu, der mit Süßwasser gefüllt war, als ganz plötzlich jene Flüsterstimme erklang, die sie schon einige Male so sehr erschreckt hatte.

»Glauben Sie Alan kein Wort, Pamela King.«

Pamela schrie:

»Verdammt, wer sind Sie? Und wo sind Sie?«

Alan kam aus der Halle auf die Terrasse.

»Was ist los?«

Pamela fuchtelte mit den Armen, deutete gegen das Dach, auf einen überhängenden Palmzweig.

»Man hat schon wieder mit mir gesprochen. Und wissen Sie, was man mir geraten hat, Alan?«

Alan grinste ungläubig, und Pamela schrie ihn an:

»Ich solle Ihnen kein Wort glauben!«

*

Alan hatte sich erbötig gemacht, das Abendbrot zuzubereiten.

»Schließlich hat Pamela einen Schock, und außerdem ist es nicht einzusehen, warum sie für uns Männer, die wir viel kräftiger sind als sie, den Hanswurst abgeben soll.«

Sie saßen auf den lederbezogenen Stühlen in der Halle. Alan hatte die Drinks gemixt, hatte Robert und Pamela bedient, als sei er der Hausherr.

Robert sagte trocken und mit einem Blick auf das Glas, das er zwischen seinen Fingern drehte:

»Sie betreiben Schleichwerbung, Mann. Aber ich glaube nicht, daß Sie Pamela damit beeindrucken können, daß Sie das Abendbrot zubereiten. Pamela ist nämlich einen richtigen Mann gewöhnt.«

Alan grinste.

»Sie meinen, einen rücksichtslosen Mann? Immerhin hat sie sich schließlich von Ihnen scheiden lassen.«

Robert warf einen fast gelangweilten Blick auf Alan.

»Was wollen Sie eigentlich, Mann? Mir Pamela ausspannen? Da sind Sie zu spät gekommen. Das Rennen ist längst gelaufen.«

Alan streckte Pamela seine Zigarettenpackung entgegen, ließ aber keinen Blick von Robert.

»Stimmt. Aber das hier ist ein neues Rennen, Robert Morland, und das wissen Sie ganz genau. Sie wollen Pamela zurückhaben. Ihre Romane haben den Pepp verloren, seit Pamela King nicht mehr daran arbeitet!«

Robert unterbrach Alan mit einem wütenden Blick auf Pamela.

»Hast du ihm das gesagt?«

»Ich? Nein. Aber die Sache scheint sich herumgesprochen zu haben, Robert. Alan hat vorhin schon Andeutungen gemacht.«

Robert zuckte die Achseln.

»Und wenn schon! Pamela hat bestenfalls ein paar Szenen gewürzt, weiter nichts. Bei meiner zukünftigen Arbeit spielt das keine Rolle. Ich steige in ein härteres Metier um.«

»Erzählen Sie!«

Pamela fiel auf, daß Alan für einige Augenblicke mehr als nur interessiert wirkte.

Robert winkte ab.

»Ich denke, das geht Sie nichts an.«

Die Spannung in Alans Blick wich ganz schnell. Er lächelte wieder und wechselte das Thema.

»Wenn sich Pamela nicht getäuscht hat, muß es draußen irgendwo ein Sprechfunkgerät geben, vielleicht mit einem Verstärker kombiniert.«

Robert grinste spöttisch.

»Denken Sie mal an, Alan, darauf bin ich selbst schon gekommen. Ich war auf dem Dach ... Übrigens, Alan ... wie heißen Sie sonst noch?«

Die Antwort kam nach kurzem Zögern.

»Fisher. Alan Fisher.« Alan stand auf und streckte sich ein bißchen. »Ich gehe jetzt in die Küche und brate uns ein paar Eier.«

Pamela traf Anstalten, sich ebenfalls zu erheben.

»Du bleibst hier!« sagte Robert scharf. Und als sich die Tür hinter Alan geschlossen hatte, fuhr Robert fort: »Ist dir eben etwas aufgefallen an ihm, Pamela?«

Pamela nickte. »Irgend etwas, glaube ich, hat er mit dieser seltsamen Geschichte zu tun, in der wir hier stecken. Außerdem denke ich, er heißt nicht Fisher.«

»Er war verdammt interessiert an dem, was ich jetzt schreibe. Weißt du was, Pamela? Ich fange an zu glauben, daß du recht hast, was das Motiv betrifft, weswegen man uns hierhergelockt hat.«

»Du meinst das Material, das man dir angeboten hat?«

Robert legte den Finger auf den Mund.

»Laß uns an den Strand gehen. Hier im Haus sollten wir über solche Dinge nicht mehr sprechen!«

Draußen watete Pamela ein paar Schritte ins Meer hinein, und Robert folgte ihr.

Es war stockdunkel. Der Mond war nicht zu sehen. Dafür blinkten die Sterne um so intensiver.

»Was ist das da draußen?« Pamela deutete mit der ausgestreckten Hand auf ein paar schwach flimmernde Lichter über dem Horizont. »Sind das dicht beieinanderstehende Sterne oder was ist es sonst?«

»Das dürfte ein Schiff sein«, sagte Robert.

»Aber es bewegt sich nicht.«

»Hm, ja.«

»Robert, vielleicht ist es die Yacht, die wir vom Hafen aus gesehen haben. Vielleicht ankert die dort draußen.«

»Möglich.«

»Könnte es nicht sein, daß diese Yacht etwas mit uns zu tun hat, Robert?«

»Du hast eine ziemlich rege Phantasie, muß ich sagen, Pamela«, versuchte Robert zu spötteln. Aber seiner Stimme war es auch anzuhören, daß er Pamelas Gedanken ernst nahm. »Sollte das Ganze kein Scherz und kein Irrtum sein, dann bin ich seit Alans Auftauchen sicher, daß es sich um das Material handelt, das man mir überlassen hat.«

»Um diese Spionageunterlagen?«

»Ja.«

»Wo sind sie? Hat man dir Beweise zugespielt, ich meine ...«

Pamela sah trotz der Dunkelheit, daß Robert nickte.

»Es sind ein paar handfeste Fakten darunter. Darum liegt das Zeug auch bei meinem Anwalt im Safe.«

»Hm. Vielleicht will man dich zwingen, das Material herauszugeben, Robert. Das würde bedeuten, daß man dir auf dieser Insel noch hart zusetzen wird.«

»Hm, ja.«

»Aber was hat das Ganze mit mir zu tun?«

»Du bist vielleicht ein zusätzliches Druckmittel, Pamela.«

»Robert, hast du eine Waffe in deinem Gepäck?«

»Ja, eine Pistole.«

»Alan ist allein im Haus, er könnte ...«

»Verdammt!«

Robert lief in das Haus zurück und Pamela folgte ihm. In der Halle trennten sich ihre Wege. Robert wandte sich seinem Schlafzimmer zu, während Pamela in die Küche stürmte.

»So hungrig?« Alan stand am Herd und sah Pamela lächelnd entgegen. In seinem Blick lag unverhüllte Zärtlichkeit, die Pamela einen Schauer über den Rücken jagte.

Wir tun ihm unrecht, war Pamelas nächster Gedanke. Robert kam in die Küche und schüttelte, zu Pamela gewandt, leicht den Kopf. Die Pistole war also noch in seinem Gepäck.

Pamela trat neben Alan. Ihr Arm streifte kurz den seinen. Sie zuckte zurück, aber sie hatte danach ein eigenartiges Gefühl der Verbundenheit mit diesem Mann und wünschte sich, ihn wieder zu berühren.

»Ich helfe Ihnen, Alan. Was kann ich tun?«

*

Robert räumte provokatorisch das zweite Schlafzimmer und trug seine Sachen in Pamelas Zimmer.

»Sparen Sie sich die Mühe, Morland«, sagte Alan, der an der Bar einen Drink für sich und Pamela mixte. »Auch wenn Sie das Zimmer räumen, ich schlafe auf der Couch im Salon.«

Robert grinste hintergründig.

»Sie hätten nicht herkommen sollen, Alan, wenn es Ihnen an die Nieren geht, daß Pamela und ich in einem Bett schlafen.«

Pamela konnte nicht umhin, einen erschrockenen Blick in Alans Gesicht zu werfen, seine Augen zu suchen. Wenn sie nur wüßte, wer dieser Mann war! Ob er etwas Schlimmes im Schild führte? Seltsam war in diesem Zusammenhang, daß diese verdammte Geisterstimme sie vor ihm gewarnt hatte. »Glauben Sie Alan kein Wort«, hatte die Stimme gesagt. Das deutete immerhin auf zwei Parteien hin, die in die ganze Geschichte verwickelt waren. Die Frage war: Was wollten die einen, was wollte Alan? Wer waren die Leute? Waren sie gefährlich? Wenn es um Roberts Spionagematerial ging, dann war die Sache auf alle Fälle brisant.

Gab es vielleicht zwei Gruppen, die diesem Material nachjagten? Die eine, die das Haus präpariert hatte und wer weiß wie viele Abhörgeräte, Kameras und dergleichen installiert hatte, und Alan, der es auf seine Art versuchte. Jedenfalls kannten sie sich gegenseitig, das zeigte die Warnung vor Alan. Wie hatte er sich noch genannt? Fisher? Jedenfalls hatte Alan bei der Nennung dieses Namens nicht gerade professionell gelogen.

Nach Roberts boshaften Worten war Alans Gesicht für einen Moment betroffen. Pamela hatte das Gefühl, ihm zu Hilfe kommen zu müssen.

»Robert, wenn Alan wirklich so freundlich ist, auf das Schlafzimmer zu verzichten, dann wäre es mir lieber …«

»Oh, Pamela! Denk' an heute morgen«, rief Robert aus Pamelas Schlafzimmer.

Pamela zuckte zusammen, senkte vor Alan den Blick, wußte, daß sie vor Scham errötete. Wäre Robert jetzt in der Nähe gewesen, sie hätte ihm ins Gesicht geschlagen. Diese Geschmacklosigkeit! An sich war das nicht Roberts Stil, aber Robert mußte wohl gefühlt haben …

Was hatte er gefühlt?

Pamela hob langsam den Blick zu Alan, der gerade den Eispickel aus einer Lade holte. Auch er hielt den Blick gesenkt. Alan trug jetzt eine helle Hose und ein dunkelblaues Seidenhemd, das vom Kragen herab bis auf die halbe Brust offenstand.

Pamelas Blick saugte sich auf seinem Gesicht fest, umfaßte das eng anliegende, schön geformte linke Ohr, die bronzen getönte Wange, die am Kinn mit der anderen Gesichtshälfte in einer leichten Kerbe zusammenlief, Alans

Mund, der männlich und sensibel zugleich wirkte und der so umwerfend sympathisch lächeln konnte.

»Ich will allein schlafen«, hörte sich Pamela sagen. Und ihre Worte, das wußte sie im selben Augenblick, waren mehr an Alan gerichtet als an Robert, der eben an die Bar kam. »Wenn Alan schon so freundlich ist und dir das zweite Schlafzimmer überläßt ...«

Robert sagte nichts dazu, griff sich statt dessen die Whiskyflasche und nahm Alan den Eispickel aus der Hand.

»Er soll uns lieber sagen, was er mit uns vorhat.« Der Eiswürfel fiel klirrend in das Glas, als Robert diese Worte sagte.

Alan sah schnell auf. Sekundenlang hing sein Blick an Pamelas Gesicht. Überraschung lag darin. Dann sah er Robert an und seine Augen verdunkelten sich.

»Was ich mit Ihnen vorhabe, Morland? Wie soll ich das verstehen?«

»Wie ich es gesagt habe«, antwortete Robert schneidend. »Oder denken Sie, ich sei von gestern? Man lockt mich unter einem Vorwand auf diese gottverlassene Insel ... Draußen auf See ankert eine Yacht. Sind das Ihre Komplizen? Wann schlagt ihr zu? Ich möchte Sie jedoch warnen, Alan. Ich werde mich zu wehren wissen.«

Alans Wimpern zuckten nervös. Und sein Blick flakkerte für einige Augenblicke. Pamela spürte ein Bedauern, das sie sich nicht zu erklären wußte, nicht in diesem Moment.

»Ich weiß nicht, wovon Sie sprechen, Robert.«

»Ich denke doch. Aber solltet ihr die Absicht haben, mich hier auf dieser Insel fertig zu machen, so möchte ich euch warnen. Das gesamte Material, das mir zur Verfügung steht, geht an den CIA, falls ich nicht zu einer bestimmten Zeit wieder in New York bin. Haben wir uns verstanden, Alan?«

Alan schüttelte den Kopf.

»Nicht die Spur. Was spinnen Sie sich da zusammen, Morland?«

»Okay, dann sagen Sie uns der Reihe nach: Wer sind Sie? Welchen Beruf haben Sie? Wo sind Sie zu Hause?« Robert steckte sich nach der letzten Frage eine Zigarette an, ließ Alan jedoch keinen Moment aus den Augen.

Pamela sah gespannt auf Alan. Alan lächelte sie kurz an. Er hatte weiße kräftige Zähne.

»Ich habe es Ihnen doch schon gesagt, Morland. Ich heiße Fisher. Ich ...«

»Fisher ist nicht Ihr richtiger Name. Oder haben Sie Papiere bei sich, die das beweisen?« fuhr Robert dazwischen.

Alan zuckte die Achseln.

»Tut mir leid. Mein Gepäck und meine Papiere befinden sich auf einer Nachbarinsel.«

Robert wandte sich an Pamela, sagte eindringlich und warnend:

»Er lügt wie gedruckt.«

Pamela wandte sich an Alan.

»Gestern morgen kamen Sie doch mit einem Flugzeug hierher. Warum? Was wollten Sie hier, Alan?«

Alan antwortete lächelnd:

»Einen Besuch machen, Pamela.«

»Wen wollten Sie besuchen?«

»Eine entzückende junge Dame in einer Badewanne.«

»Er veralbert uns«, fiel Robert ein.

»Wieso haben Sie nicht auf der Terrasse auf mich gewartet?« fuhr Pamela mit ihren Fragen fort.

Alan grinste. »Ich hatte noch etwas Wichtiges zu erledigen. Schließlich wollte ich ja heute wiederkommen.«

»Warum sind Sie nicht heute, wie gestern, mit einer Maschine auf der Insel gelandet? Warum sind Sie abgesprungen?«

»Das ist doch klar«, mischte sich Robert in das Gespräch. »Damit wir beide nicht die Möglichkeit hatten, mit dem Flugzeug die Insel zu verlassen.«

»Können Sie denn fliegen, Morland?«

Robert antwortete verächtlich:

»Vermutlich besser als Sie. Ich war beim Militär auf einem Flugzeugträger im Pazifik.«

»Schade. Von mir aus hätten Sie die Insel ruhig verlassen können, Morland. Sie allein natürlich.« Alan setzte sein Glas an die Lippen und sah beim Trinken Pamela an.

Pamela spürte, wie Wärme ihren Körper durchflutete.

Gleich darauf packte Robert sie am Arm.

»Dabei kommt nichts raus. Er lügt uns nur an. Komm, es ist Zeit, schlafen zu gehen!«

»Robert!« sträubte sich Pamela, hob den Arm, wollte Roberts Hand abschütteln. Aber Roberts Griff lockerte sich nicht, und Pamela wollte vor Alan kein Schauspiel bieten.

Sie stellte ihr Glas auf den Tresen, senkte den Blick, nickte Alan noch zu, ohne ihn anzusehen und ließ sich von Robert wegführen.

*

Als sich die Schlafzimmertür geschlossen hatte, protestierte Pamela sofort.

»Was fällt dir ein, mich einfach ins Schlafzimmer zu zerren? Ich bin nicht mehr deine Frau! Du kannst nicht mit mir machen, was du willst.«

Robert preßte statt einer Antwort seine Lippen auf ihren Mund. Pamela stemmte ihre Fäuste gegen seine Brust und drängte Robert ab.

»Ich glaube fast, die Situation macht dir Spaß! Du bist unmöglich! Glaubst du, ich schlafe jetzt mit dir, während er draußen in der Halle ...«

Robert sagte nichts. Mit einem harten Griff zog er die Badejacke von Pamelas rechter Schulter. Als nächstes waren seine Lippen an ihrem Hals.

»Willst du mir vielleicht erzählen, dir sei dieses Milchgesicht da draußen lieber als ich?«

»Laß mich in Ruhe, Robert! Was hat das damit zu tun?«

»Der Kerl gefällt dir, das kann ich auch verstehen. Er sieht nicht gerade übel aus. Aber du vergißt wohl, warum er hier ist.«

»Wir haben uns geirrt. Er hat nichts mit der Sache zu tun«, protestierte Pamela, während sie noch immer ihre Fäuste gegen Roberts Brust stemmte.

Robert ließ sie endlich los, griff nach der Zigarettenpakkung in seiner Hemdtasche und setzte sich auf das Bett.

Pamela ging in das Badezimmer und räumte ihre Toilettensachen in den Handkoffer. Robert rief ihr nach:

»Sicher hat er mit der Sache zu tun! Wenn das Ganze eine Sache ist! Ich würde glauben, wir täuschen uns, wenn ich nicht verschiedene Reaktionen im Blick deines Anbeters gesehen hätte, die unsere Annahme bestätigen.«

»Ich habe aber meine Meinung geändert, Robert.« Pamela trat unter die Badezimmertür. »Soll ich dir sagen, was ich glaube? Es muß zwei Gruppen von Leuten geben, die sich hier auf dieser Insel für uns interessieren. Die einen sind vielleicht gefährlich, sind hinter deinem Spionagematerial her. Aber Alan ... Von ihm glaube ich so etwas nicht, wenngleich er die anderen kennen muß und sie ihn, sonst hätte man mich nicht vor ihm gewarnt. Weißt du, was ich denke? Alan arbeitet gegen die anderen.«

»Blödsinn, dann hätte er uns von der Insel weggebracht.«

»Es wird Gründe geben, warum er das nicht getan hat. Vielleicht arbeitet Alan für den CIA. Kann man es wissen?«

Robert bekam einen bösen Blick und seine Stimme wurde schneidend:

»Frauen! So etwas von unlogisch und inkonsequent! Verdammt, braucht euch denn ein Mann nur schöne Augen zu machen, und schon ist er reingewaschen? Wer hat denn heute abend daran gedacht, daß Alan mir die Pistole abnehmen könnte? Du oder ich?«

»Ich. Er hat es aber nicht getan, obwohl er die Möglichkeit dazu hatte, nicht wahr?«

»Das sagt gar nichts. Alan ist schließlich nicht auf sich allein gestellt wie ich, wenn es ernst wird. Er hat Helfer. Die Sache ist sicherlich gut durchorganisiert.«

Pamela ging auf die andere Seite des Bettes, holte dort ihr hüftlanges Nachthemd unter dem Kissen hervor, ging noch einmal in das Badezimmer zurück und holte ihren Toilettenkoffer.

Als sie an die Tür zur Halle trat und dort die Klinke niederdrückte, fuhr Robert auf.

»Was tust du? Was willst du?«

»Ich gehe ins andere Zimmer zum Schlafen.«

»Sei nicht albern. Wenn du es unbedingt willst, lasse ich dich in Ruhe.«

»Dieses Versprechen hältst du nicht. Dazu kenne ich dich zu genau, Robert.«

»Du willst vor dem Kerl dort draußen doch nur demonstrieren, daß du nicht mit mir schläfst.«

»Ich schäme mich jedenfalls, wenn er denkt …«

»Heute morgen hast du dich nicht geschämt.«

»Du auch nicht, als du mich nicht fragtest, ob ich … Ach, ich habe es satt, darüber auch noch zu debattieren. Gute Nacht, Robert.«

Pamela drückte die Klinke herunter und schlüpfte aus dem Schlafzimmer.

Während sie sich zur nächsten Tür wandte, sah sie, eigentlich nur verschwommen, Alan in einem der Lederfauteuils sitzen. Trotzdem war ihr, als sähe sie seine Augen zufrieden aufleuchten.

*

Pamela wälzte sich im Bett von einer Seite auf die andere. Sie konnte einfach keinen Schlaf finden.

Irgendwann sah sie auf die Uhr. Ein Uhr nachts! Als sie dann eine halbe Stunde später noch wacher war als zuvor, setzte sich Pamela erst einmal im Bett auf.

Sollte sie noch ein Schlafmittel nehmen? Oder in die Küche gehen und sich etwas heiße Milch machen? Ein Bad im Pool wäre vielleicht so gut wie ein Schlafmittel, oder auch ein anständiger Drink.

Pamela zog ihr Nachthemd aus, schlüpfte in den Bikini und dann noch in die weiße ärmellose Frotteejacke, die mit einem Gürtel in der Taille zu binden war. Dann streifte sie noch die Sandalen über.

Als sie die Schlafzimmertür geöffnet hatte, befiel sie etwas Angst.

Die Halle war schwach beleuchtet. Das Licht kam aus dem Spiegelregal der Bar und schimmerte über den Marmorboden. Die Terrassentür stand offen.

Pamela überwand ihre Angst und huschte zur Küchentür hinüber. Mit einem Glas heißer Milch trat sie Minuten später auf die Terrasse hinaus, setzte sich in den Strandkorb am Pool. Dabei spürte sie die Zigarettenpackung in der Jackentasche, griff danach und ertastete auch das Feuerzeug.

Die ersten Züge inhalierte sie tief. Eigentlich doch keine so schlechte Sache, der Aufenthalt auf dieser Insel. Zu Hause in New York wehte um diese Jahreszeit eiskalter Wind den Hudson herunter. Aber hier war ewiger Sommer. Man müßte eben vergessen können, daß man hier in Gefahr war, daß irgend jemand ein Spiel mit ihnen trieb.

Pamela fuhr zusammen, als sie jemanden aus der Halle auf die Terrasse treten hörte. Sie wollte schon aus dem Strandkorb auffahren. Aber etwas lähmte sie. Und aus irgendeinem Instinkt heraus hielt sie die Hand vor das glimmende Ende der Zigarette.

War es Robert oder Alan?

Sekunden später erkannte Pamela, daß es Alan war. Alan in der Badehose. Wollte er noch schwimmen?

Nein, Alan lief die Terrassenstufen hinunter. Na schön, Alan nahm wohl sein Bad im Meer!

Pamela erhob sich aus dem Strandkorb, machte mit dem Fuß die Kippe ihrer Zigarette aus, ließ die Badejacke von ihren Schultern gleiten und lief ebenfalls die Stufen zum Sandstrand hinunter.

Dann erkannte sie, ehe ihr der Ruf nach Alan entschlüpfte, daß Alan sich nicht zum Meer, sondern nach rechts gewandt hatte, in südliche Richtung also, wo hinter einer felsigen Landzunge der Hafen der Insel lag.

Pamela fühlte ihr Herz klopfen. Den Herzschlag fühlte sie bis zum Hals. Aufregung durchzitterte ihren ganzen Körper: Alan hatte etwas vor!

Für einige Augenblicke blieb Pamela wie angewurzelt auf dem Sandboden stehen. Sollte Sie Robert wecken? Robert, der eine Pistole hatte? Aber vielleicht verlor Robert die Nerven und schoß auf Alan.

Pamela spürte, wie sie weiterging. Es war mehr ihr Instinkt als ihr ausdrücklicher Wille. Dabei sah sie Alan jetzt gar nicht mehr. Sie erkannte nur die dunklen Höhlen seiner Fußstapfen im hell schimmernden Sand und folgte ihnen.

Alan war zum Inselhafen unterwegs! Pamela wußte es eigentlich die ganze Zeit und nicht erst, als sie ihm auf dem Pfad folgte, der über die Felskuppe führte und der in der Dunkelheit gar nicht leicht zu begehen war.

Und sie mußte auch erwartet haben, ein Schiff im Hafen zu sehen. Trotzdem war sie wie vom Donner gerührt, als sie die Yacht im Hafenbecken erkannte.

Pamela blieb wie angewachsen auf der Kuppe der Landzunge stehen und starrte dort hinunter, wo auf dem dunklen Wasser ein weißes Schiff lag.

Sie erkannte Alan unten am Strand, sah trotz der Dunkelheit, wie Alan in das Wasser ging und auf die Yacht zuschwamm.

Also hatte Robert doch recht! Alan spielte ein falsches Spiel. Er stand sehr wohl mit den Leuten in Verbindung, die hinter Roberts Spionagematerial her waren.

Pamela fühlte nichts als Enttäuschung. Sie hatte Alan so gern gemocht, trotz der kurzen Zeit, die sie sich erst kannten. Aber er war ihr eigentlich viel liebenswerter vorgekommen als Robert, der von je her ein Egoist gewesen war. Noch etwas: Sie hatte sich nicht nur einmal an diesem Abend gewünscht, Alan zu berühren, seinen Arm zu streicheln oder seine Schulter ...

Pamela sah, wie Alan das Deck betrat. Lichter schimmerten aus drei nebeneinanderliegenden Bullaugen über das Hafenbecken hin.

Was geschah jetzt dort unten? Was wurde besprochen? Welche Aktionen wurden vorbereitet? Ein Überfall auf Robert Morland und Pamela King in dieser Nacht?

Pamela sagte sich, daß sie sofort kehrtmachen und Robert warnen sollte. Aber war es nicht früh genug, es zu tun, wenn Alan und vielleicht noch ein paar Männer mit ihm die Yacht verließen. Pamela würde dann immer noch schneller bei Robert sein. Sie konnten ja ohnehin nichts anderes tun, als sich im Schlafzimmer einzuschließen oder eventuell noch versuchen, im Pflanzendickicht Schutz zu suchen.

Pamela blieb also und wartete. Ein paarmal war ihr, als sähe sie Alan hinter einem der Bullaugen.

Die Digitaluhr an Pamelas Handgelenk zeigte zwei Uhr siebzehn an, als sie von unten Stimmen heraufdringen hörte, Männerstimmen! Ihr Herz fing wieder an, wie wild zu klopfen. Schwärmten sie jetzt von da unten aus, um die Aktion gegen Robert und sie zu starten? War es Zeit, zum Haus zurückzulaufen und Robert zu wecken?

Etwas hielt Pamela noch zurück. Sie erkannte einen weiß uniformierten Mann an Deck. Und dann hörte sie ganz deutlich Alans Stimme.

»Also dann, gute Nacht, Captain.«

Gleich darauf sah sie, wie Alan vom Deck der Yacht in das Wasser sprang. Oder war es ein anderer Mann? Jedenfalls ging nur einer von Bord.

Es war Alan! Sie erkannte ihn deutlich, als er dort unten aus dem Wasser watete. Sein Körper hob sich gegen den hellen Sand ab.

Im nächsten Augenblick brummte ein Motor. Lief die Yacht aus? Pamela ging durch den Kopf, daß der Bootsführer die Hafeneinfahrt durch die Korallenriffe sehr gut kennen mußte, um die Yacht in der Dunkelheit dort unbeschädigt durchzubringen.

Ja, das Schiff verließ das Hafenbecken! Und nur Alan war von Bord gegangen.

Pamelas Gedanken überschlugen sich. Sie wußte nicht mehr, was sie von der ganzen Sache halten sollte. War Alan jetzt ein Feind oder war er ein Freund?

Es war an der Zeit, ins Haus zurückzukehren.

Minuten später hatte Pamela wieder Sand unter den Füßen. Von jetzt an lief sie, um vor Alan dazusein.

*

Pamela trat an Roberts Zimmertür, legte die Hand auf die Klinke und wollte sie langsam niederdrücken. Doch dann krümmte sie ihren Mittelfinger und war darauf und dran anzuklopfen. Sie sollte Robert informieren! Aber vielleicht verlor Robert die Nerven, vielleicht kam es zwischen ihm und Alan zu einem Kampf, wobei Robert im Augenblick in Vorteil wäre, weil er sein Zimmer sicherlich nicht ohne die Waffe verlassen würde.

Pamela wandte sich nach einigen Sekunden des Überlegens von Roberts Tür ab und ging zurück auf die Terrasse. Sie trat an den Pool und ertastete mit den Füßen die Stufen in das Wasser.

Sie tauchte unter, schwamm eine Länge und verharrte dann am Beckenrand.

Alan schlenderte Minuten später, aus der Dunkelheit kommend, auf die Terrassenstufen zu. Das schwache Licht aus der Halle erfaßte ihn. Wassertropfen glitzerten noch an seiner Schulter.

Pamela verhielt sich ganz still, vermied es, auch nur eine Bewegung zu machen.

Alan betrat die Halle. Gleich darauf flammte im Salon Licht auf. Pamela schwamm auf die andere Seite des Pools und schwang sich über den Beckenrand.

Jetzt sah sie durch das Fenster in den Salon hinein. Alan ging schon wieder zur Tür und löschte das Licht. Kam er auf die Terrasse zurück?

Pamela fühlte ihr Herz bis zum Hals klopfen. Aus der Halle hörte sie Geräusche. Alan machte sich einen Drink, und vermutlich kam er damit auf die Terrasse zurück.

Ja, er kam. In seinem Mundwinkel hatte er eine brennende Zigarette, in der Hand trug er ein Glas.

Pamela duckte sich bis zum Hals unter Wasser. Hoffentlich setzte sich Alan drüben an den Eßtisch!

Aber Alan kam auf den Pool zu und steuerte den Strandkorb am Beckenrand an. Er würde sie sehen, sobald sich seine Augen an die Dunkelheit gewöhnt hatten.

Eine halbe Minute später war es soweit.

»Pamela. Sind Sie das?« Ein Unterton von Angst war in seiner Stimme.

»Ja, ich bin es.«

»Was machen Sie mitten in der Nacht im Pool?«

»Ich konnte nicht schlafen. Aber dasselbe müßte ich Sie fragen. Was machen Sie mitten in der Nacht am Strand?«

Er zögerte mit der Antwort. Dafür glimmte die Zigarette auf.

»Ich ... konnte auch nicht schlafen. Erst habe ich einen Spaziergang gemacht, dann war ich noch im Wasser.«

Pamela drehte den Kopf gegen das Meer. Die Landzunge im Süden verwehrte ihr den Blick auf die Yacht. Das Schiff mußte sich in südliche Richtung gewandt haben, sonst hätte man es jetzt draußen auf See erkennen müssen.

Alan verschwieg also seinen Besuch auf dieser Yacht. Das bedeutete, daß Roberts Verdacht gegen ihn begründet war. Alan hatte etwas mit jenen seltsamen Umständen zu tun, denen Robert und sie hier ausgesetzt wurden.

Pamela schwang sich mit dem Gesäß auf den Beckenrand und behielt die Beine im Wasser.

Alan erhob sich aus dem Strandkorb.

»Warten Sie! Ich hole Ihnen ein Handtuch und einen Drink. Was möchten Sie?«

»Etwas Gin und Orangensaft, wenn Sie so freundlich wären.«

Alan kam ein paar Minuten später auf die Terrasse zurück. Er setzte sich neben Pamela an den Beckenrand, nachdem er ihr den Drink in die Hand gedrückt hatte.

Und jetzt legte er das Handtuch um ihre Schultern. Einige Sekunden blieb dabei sein Arm um ihren Rücken geschmiegt.

»Was für ein Spiel spielen Sie, Alan?« hörte sich Pamela fragen.

Alan drehte sich um und streckte den Arm nach dem Strandkorb aus, neben dem sein Glas abgestellt war.

»Ich weiß nicht, was Sie meinen, Pamela.«

»Warum sind Sie auf die Insel zurückgekommen?«

»Ich glaube, das sagte ich schon. Ihretwegen. Ich sah Sie, hatte einiges von Ihnen gehört ...«

»Von wem?« unterbrach Pamela rasch.

»Ist das wichtig?«

»Ja, sehr. In Anbetracht der seltsamen Lage, in der Robert und ich uns hier befinden.«

»Was hat Robert Morland denn zu fürchten?« fragte Alan, und Pamela hatte das Gefühl, daß die Frage überflüssig war. Schließlich hatten sie heute abend schon darüber gesprochen.

»Das wissen Sie doch besser als ich«, versuchte Pamela sich in einem harten Ton, der ihr jedoch nicht recht gelingen wollte.

»Ich habe keine Ahnung. Ich weiß, Morland faselte da von Material und vom CIA. Ich könnte mir vorstellen, daß man ihm etwas für ein neues Buch zugespielt hat, und da er es im Ernstfall dem CIA zukommen lassen will, kann es sich nur um Spionagematerial handeln ...«

»Robert glaubt, daß Sie hinter diesem Material her sind, Alan. Oder welchen Grund könnten Sie sich dafür denken, daß man uns auf diese Insel gelockt hat?«

»Ich weiß es nicht. Aber wenn es darum geht, dann kann ich mir nicht vorstellen, warum man Sie auch auf die Insel gelockt hat, Pamela.«

»Vielleicht denkt man, ich wüßte etwas davon. Schließlich war ich Roberts Frau, wir leben nach wie vor beide in New York, und vielleicht nehmen die an, wir hätten noch Verbindung miteinander gehalten.«

»Hatten Sie Verbindung?« kam die schnelle Frage.

»Nein! Wozu glauben Sie, habe ich mich scheiden lassen? Ich hatte die Nase voll von Robert! Man kann nicht mit ihm leben! Er ist ein Egoist. Robert ist ein Mensch, der sich einfach nimmt, was er will.«

Pamela hatte ein bißchen zu laut gesprochen. Daß Robert davon aufwachen könnte, fiel ihr erst ein, als Alan seinen Zeigefinger auf ihre Lippen legte.

Und dann fing Alan an, ihre Lippen zärtlich zu berühren, während sein Gesicht näherkam. Pamela sah seine Augen schimmern, sie erkannte die Form der eigenwillig geschnittenen Lippen und fühlte Sehnsucht in sich aufsteigen.

»Ich wollte, das könnte ich auch«, flüsterten Alans Lippen schon sehr nahe.

»Was?« fragte Pamela noch überflüssigerweise.

»Mir nehmen, was ich will.«

Im nächsten Augenblick berührten Alans Lippen ihren Mund. Sie taten es zuerst suchend und fast unerträglich zärtlich, bis Pamela ihre Hände um Alans Nacken legte. Dann war auch sein Arm um ihren Oberkörper und seine Hand an ihrem Nacken.

Danach wurde sein Kuß leidenschaftlich fordernd. Und trotzdem war noch Zärtlichkeit da, ganz anders als bei Robert.

»Alan!« stöhnte Pamela etwas später an seinem Hals.

»Pamela!«

Alan drückte ihren Oberkörper an seine Brust und ihren Kopf an seinen Hals. Pamela empfand unendliche Vertrautheit und den Reiz des Neuen, Unbekannten zugleich.

Aber das Vertrauen war es, das ihr die Frage auf die Lippen zwang:

»Alan, was hast du vorhin auf dieser Yacht gemacht?«

*

Alan erstarrte ein wenig. Pamela spürte es ganz deutlich und empfand Bedauern über ihre Frage.

Sekunden danach umspannten seine Hände ihre Oberarme, und er war einige Handbreiten von ihr entfernt.

»Du bist mir nachgegangen?«

Pamela forschte in seinen Zügen. Seiner Stimme war nicht zu entnehmen, ob Alan jetzt böse war.

»Es tut mir leid. Ich … saß hier im Strandkorb, da kamst du auf die Terrasse. Ich sah dich in Richtung Hafen gehen. Ich weiß nicht genau, was ich erwartete, als ich dir nachging.«

»Und? Was hast du gesehen?«

»Die Yacht, von der dir Robert schon erzählt hat. Sie lag im Hafen. Und du gingst an Bord. Wer sind die Leute auf dieser Yacht, Alan? Was wollen Sie von uns?«

Im nächsten Augenblick zuckte Pamela zusammen und auch Alan machte eine erschrockene Bewegung zur Tür, als von dort Roberts Stimme herüberklang, schneidend, spöttisch und überlegen:

»Das ist ja höchst aufschlußreich, Alan … hm … Fisher. Überhaupt alles, was ich gesehen habe.«

Pamela wußte, daß Robert den Kuß meinte. Wie lange stand er schon dort neben der Terrassentür? Und dann zuckte Pamela noch einmal zusammen, als sie erkannte, daß Robert die Pistole in der Hand hielt, daß er auf Alan zielte.

Sie reagierte übernervös.

»Robert, nicht schießen!«

Robert kam zwei Schritte auf den Pool zu; er wirkte gefährlich.

»Wieso nicht? Wir werden den Kerl als Geisel nehmen. Ich ...«

Robert unterbrach sich, als Alan vom Poolrand aufschnellte.

Und dann hielt Pamela den Atem an, als die beiden Männer aneinandergerieten. Jeden Augenblick erwartete sie den Schuß, erwartete, daß Alan zu Boden sank.

Alan war auch gleich darauf auf dem Terrassenboden. Aber er nahm Robert mit. Pamela hörte etwas auf dem Steinboden aufklirren und dachte sofort an die Pistole. Hatte Robert sie bei dem Handgemenge verloren?

Ja! Pamela sah etwas Dunkles gegen den Poolrand gleiten. Sie streckte sich, faßte die Pistole, während die beiden Männer sich auf dem Boden balgten, zu einem Knäuel ineinander verschlungen über den Boden rollten.

»Pamela!« stöhnte Robert. »Die Pistole! Gib sie mir! Ich mach' den Kerl fertig!«

Pamela schüttelte nur den Kopf. Sagen konnte sie im Moment gar nichts. Aber sie sprang auf, erreichte die Terrassenstufen, lief dem Wasser zu ...

Mit dem Stöhnen der kämpfenden Männer im Rücken und dem Glucksen der heranrollenden Meereswellen vor sich, rannte Pamela ein Stück in das Wasser hinein, hob den Arm mit der Pistole und schleuderte die Waffe, so weit sie konnte, in die Dunkelheit.

*

Pamela stand weinend an der Bar. Gegen ihre Tränen half die Zigarette nicht und auch nicht der Gin.

Alan kam schwankend wie ein Betrunkener an die Bar. Seine Stirn war am Haaransatz aufgeschlagen und blutete.

Robert hantierte auf der anderen Seite des Tresen am Spiegelregal. Man sah es ihm an, er hätte am liebsten alles kurz und klein geschlagen. Er hatte einen Riß über der Augenbraue und einen blauen Fleck rechts neben dem Kinn.

»So ein Wahnsinn, die Pistole ins Meer zu werfen. Jetzt können die mit uns machen, was sie wollen!« schrie er Pamela noch einmal an. »Du bist dem Kerl aufgesessen! Mein Gott, wenn irgendwo im Leben Weiber im Spiel sind, dann ist schon alles verkorkst! Du dumme Gans! Bist du denn nicht imstande, zwei und zwei zusammenzuzählen?«

Zum ersten Mal sah Pamela Robert derart aufgebracht. Bei allen Streitereien, die sie früher miteinander hatten, hatte Robert nur mit messerscharfem Spott gekontert. Aber jetzt hatte auch er die Nerven verloren, war ausfallend geworden.

Pamela fiel auf, ohne daß sie es richtig registrierte, daß Alan ein eher befriedigtes Gesicht machte und daß er sich, als würde er dort Zustimmung suchen, zur Zimmerdecke wandte und sogar ein wenig lächelte.

Als nächstes legte er aber seinen Arm um Pamelas Schultern, als wollte er sie vor Roberts Angriffen schützen. Und kalt sagte er:

»Halten Sie die Schnauze, Morland! Lassen Sie sich kein zweites Mal einfallen, Pamela zu beschimpfen.«

»Ah, und wer sollte es mir verwehren?« Robert hatte sich gefangen, jedenfalls äußerlich. Seine Stimme war ruhiger, klang aber gefährlicher. Und er spielte mit dem Eispickel in seinen Händen, tat es herausfordernd.

Alan griff nach dem Glas mit Gin, das Pamela vor sich stehen hatte.

»Darf ich?« Er sah Pamela an, dann warf er einen verächtlichen Blick auf Roberts Hände.

»Ein Eispickel als Mordwaffe ist nicht Ihr Stil, Morland, das weiß ich. Und jetzt regen Sie sich ab! Von mir hat niemand etwas zu befürchten. Habe ich Ihnen das nicht schon gesagt?«

Robert hatte noch etwas auf der Zunge, aber er unterdrückte es. Aber er legte den Eispickel weg.

Er war angeschlagen. Pamela sah es, als er mit einem Whiskyglas in der Hand um den Tresen herumkam.

»Wir sprechen uns morgen«, sagte Robert noch dumpf, dann ging er auf seine Schlafzimmertür zu.

Pamela verabschiedete sich wenig später von Alan.

»Ich weiß nicht, was ich von dir halten soll.«

Alan lächelte.

»Dafür weiß ich um so besser Bescheid. Du willst nicht, daß mir etwas geschieht, darum hast du die Pistole ins Wasser geworfen.«

Pamela suchte in Alans Zügen. Er sah so ehrlich und so sympathisch aus. Und trotzdem, sie wußte bestimmt, daß Alan ihr etwas verschwieg, etwas, das mit Roberts und ihrer Anwesenheit auf dieser Insel zu tun hatte.

»Ich ... bin jetzt nicht mehr fähig, irgend etwas zu tun, irgend etwas zu denken, Alan. Ich kann dir nicht einmal anbieten, deine Wunde zu versorgen ...«

Pamela konnte Alan plötzlich nicht mehr richtig ansehen. Nach dieser fürchterlichen Aufregung konnte sie sich nur noch in ihr Zimmer schleppen und das nasse Badezeug abstreifen. Pamela lag keine Sekunde im Bett und schon war sie eingeschlafen.

*

Pamela spürte die Nachwirkungen der vergangenen Nacht noch, als sie am hellen Vormittag auf die Terrasse trat. Sie fühlte sich schwindelig, und die Sonne blendete sie. Und dabei war es ein Bilderbuchparadies, das sich ihrem Blick bot. Sonne, Sand und ein phantastisch blaues Meer, dazu sanft wehende Palmen, Vogelgesang aus dem Wald hinter dem Haus ...

Robert watete draußen im Meer, gebückt, den Blick auf die Wasseroberfläche gerichtet.

Es dauerte eine Weile, bis Pamela begriff, daß er nach der Waffe suchte. Die Erkenntnis hob Pamelas Blutdruck, brachte ihr ein bißchen Kraft zurück.

Sie trat in die Halle zurück.

»Alan?« rief sie.

Keine Antwort!

Pamela sah in die Küche hinein. Dort war einiges in Unordnung, aber Alan war nicht zu sehen. Sie fand ihn auch nicht im Salon und in keinem der anderen Räume.

Minuten später folgte Pamela Robert ins Wasser. Robert sah sich kurz und verächtlich nach ihr um und setzte seine Suche fort.

Dennoch wagte sich Pamela in seine Nähe.

»Wo ist Alan?«

»Verschwunden!«

»Was heißt verschwunden? Hast du ...?« Ein entsetzlicher Gedanke griff Pamela an ihr Herz. Trotzdem fragte sie:

»Hast du ihm etwas getan?«

Robert sah ihr hart entgegen.

»Willst du wissen, ob ich ihn umgebracht habe? Ja, ich habe den Kerl erwürgt und ins Meer geworfen«, antwortete Robert grimmig.

Es war natürlich ein makabrer Scherz, das hörte Pamela aus Roberts Stimme heraus.

»Okay. Und jetzt suchst du die Pistole, nicht wahr?«

»Ja«, antwortete Robert grimmig. »Und ich werde sie auch finden.«

»Wozu noch, wenn du Alan schon erwürgt hast?«

»Es werden noch andere kommen, die uns ans Leder wollen.«

»Vielleicht bilden wir uns das alles nur ein, Robert? Vielleicht erlaubt sich jemand einen schlechten Scherz mit uns.«

»Jetzt laß uns das nicht noch einmal durchkauen, Pamela. Man hat sich die Mühe gemacht, uns hierherzulokken. Also muß etwas dahinterstecken. Und dein Alan ist mit im Bund. Du hast doch selbst gesehen, daß er die Yacht betreten hat. Sie liegt übrigens draußen am Horizont, wenn du deine schönen Augen einmal in die Richtung lenken wolltest.«

Pamela hielt die Hand über die Augen. Ja, dort draußen lag eine Yacht.

»Ob die neulich, als ich noch allein auf der Insel war, den Tisch und die Stühle auf die Terrasse gestellt haben?« Pamela schauderte es bei dem Gedanken.

Robert warf ihr einen feindseligen Blick zu.

»Vermutlich haben sie uns die ganze Zeit unter Beobachtung, horchen uns ab, machen diese Einschüchterungsversuche mit den Stimmen, die bezeichnenderweise bis jetzt nur du zu hören bekommen hast. Es muß sich um eine ganz raffinierte technische Anlage handeln. Ich habe heute morgen noch einmal alles abgesucht. Ich bin leider kein Spezialist für solche Dinge, aber es dürfte denen da draußen nichts entgehen, was wir hier tun.«

»Trotzdem halte ich Alan für unschuldig. Wo ist er übrigens?«

Robert hatte heute morgen eine gefurchte Stirn, etwas schlaffe Wangen, eine geschwollene Stelle über dem rechten Auge, die mit einem Heftpflaster zugeklebt war, und den blauen Fleck am Kinn. Und er hatte ein sarkastisches Lächeln um die Lippen.

»Was weiß ich. Ich habe ihn noch nicht gesehen. Möglich, daß er Angst gekriegt hat und abgehauen ist. Die da draußen haben ihn vielleicht im weiteren Verlauf dieser hektischen Nacht von hier abgeholt.«

Robert wandte sich ab, heftete seine Blicke wieder auf das Wasser.

Pamela tauchte ein paarmal unter, schwamm ein kurzes Stück gegen das Riff, kehrte dann um und ging an Land zurück.

In der Küche gab es allerlei zu tun, Geschirr in den Spüler zu schichten, den Herd abzuwischen. Sie erledigte es, während sie sich ein Frühstück zubereitete.

Als sie mit der Kaffeetasse und einer Zigarette auf die Terrasse trat, sah sie draußen im Meer Robert noch immer nach der Pistole suchen.

Pamela setzte sich an den runden Tisch. Sie hatte nichts an als ihren nassen Bikini, der unter der Sonne schon wieder zu trocknen begann. Wenigstens etwas Gutes hatte der Aufenthalt auf der Insel: Ihre Haut begann sich bereits goldbraun zu färben.

»Pamela!«

Pamela zuckte zusammen. Ihre nächste Bewegung war, sich umzuwenden gegen das Haus, von wo sonst immer die Stimmen gekommen waren.

Aber dann sah sie Alan. Er stand auf der rechten Seite unter der Terrassenbrüstung im Schutz eines Hibiskus wohl, um von Robert nicht gesehen zu werden. Für einen Augenblick wollte Pamela dieser Umstand verdächtig vorkommen, aber dann siegte ihre Sympathie für diesen Mann. Sie stand auf und lief über die Terrasse.

»Komm, ich will dir eine ganze Menge zeigen.«

»Was denn, Alan? Wo bist du die ganze Zeit gewesen?«

»Auf Entdeckungsreise. Komm! Spring über die Mauer!«

Alan streckte die Arme aus und Pamela ergriff sie, nachdem sie die Terrassenbrüstung überstiegen hatte. Sie landete mit ihrem Sprung direkt in Alans Armen.

»Ich sollte Robert Bescheid sagen«, wandte Pamela schwach ein.

»Laß ihn! Er ist so beschäftigt! Er will doch unbedingt die Pistole wiederfinden. Bis er merkt, daß du nicht mehr da bist, sind wir längst wieder zurück.«

Pamela hatte das Gefühl, daß sie Alan nicht glauben sollte, daß sie ihm überhaupt mehr mißtrauen müßte. Immerhin kannte sie Robert wenigstens soweit, daß sie wußte, wer er war und was ungefähr in ihm vorging, wozu er fähig war und wozu nicht. Aber von Alan wußte sie schließlich so gut wie nichts, außer, daß er aufregend und zärtlich küssen konnte und daß er ihr sympathisch war.

Alan zog sie bereits auf den Weg, der zur Flugpiste hinaufführte.

»Was willst du mir zeigen?« hörte sich Pamela kleinmütig fragen.

»Du wirst schon sehen.«

Sie blieben nicht lange auf dem Weg, den Pamela schon kannte. Alan zog sie nach kaum fünfzig Metern in südliche Richtung. Daß der Weg hier eine Abzweigung hatte, hatte Pamela vor Tagen nicht bemerkt.

Alan gab eine Erklärung dafür.

»Ich schnappte mir heute morgen ein Küchenmesser in Ermangelung eines Buschmessers und schnitt den Pfad aus. Aber Robert muß uns nicht unbedingt folgen können!«

Mit diesen Worten faßte Alan nach ein paar Zweigen und tarnte damit die Weggabelung. Davor und auch vor Alan bekam Pamela jetzt wieder leise Angst. Alan sah es ihr an.

»Du vertraust mir noch immer nicht?«

»Hast du mir etwa erklärt, was du auf der Yacht gemacht hast? Wer die Leute da draußen überhaupt sind?«

»Ich werde es dir erklären, sobald die Zeit reif dafür ist.«

»Und wann ist das?«

Alans Augen strahlten sie an.

»Das liegt an dir, Pamela.«

»An mir? Das verstehe ich nicht.«

»Ich kann es dir im Augenblick nicht sagen. Ich … hab's versprochen.«

»Was und wem?«

Alan schüttelte den Kopf, faßte wieder nach Pamelas Hand und zog sie den frisch ausgehauenen Pfad entlang.

»Komm! Du mußt wissen, das hier war einmal eine Pirateninsel. Du wirst Augen machen!«

Der Weg war holprig und schwer zu begehen.

»Die ganze Insel ist ein Korallenriff«, erklärte Alan dazu.

»Wieso hast du vorhin gesagt, es läge an mir, wann die Zeit reif sei zu erfahren, was hier überhaupt gespielt wird? Sag' mir doch, worum es geht, Alan! Will man Robert dieses Material abjagen, du weißt schon, was ich meine?«

»Hm. Man will ihm etwas abjagen. Ja, soweit stimmt es«, sagte Alan.

»Aber dann ... Ich muß zurück! Robert ist allein am Strand ...«

Pamela wollte Alan ihre Hand entreißen, aber sein Griff war eisern.

»Keine Panik, Pamela! Es geschieht ihm nichts!«

Pamela warf einen zweifelnden Blick auf Alan, der in der Badehose wie ein junger Gott aussah. Aber sie ließ sich von ihm weiterziehen.

Der Weg führte in eine enge Schlucht hinab. Nach Pamelas Richtungsverständnis mußten sie sich in der Nähe des Hafens befinden, irgendwo oberhalb der Landzunge, die einen natürlichen Hafendamm bildete.

Aber Pamela konnte nichts sehen, das Pflanzendickicht rundum verwehrte ihr jeglichen Ausblick.

Der Schluchtboden war kaum zwei Schritte breit. Danach ging es wieder aufwärts. Aber jetzt ließ Alan Pamelas Hand los und griff nach ein paar Zweigen. Pamela erkannte, daß es abgeschnittene Zweige waren, die sich zur Seite schaffen ließen. Dahinter tauchte eine Höhlenöffnung auf, gerade groß genug, um einen gebückten Menschen hindurchzulassen.

»Was ist das? Wohin führst du mich?« fragte Pamela ängstlich.

»Das wirst du sofort sehen.«

»Eine Höhle?«

»Ja. Komm!«

Pamela ließ sich widerwillig durch den Höhleneingang ziehen. Drinnen vergaß sie allerdings vor Überraschung fürs erste jeglichen Widerstand.

In einer alten Schiffslaterne flackerte ein Licht. Die Laterne stand auf einem grob gezimmerten Holztisch, an dessen Längsseiten zwei primitive Bänke standen. Es gab noch Fässer und Tröge, Stricke und dergleichen. Soweit Pamela erkennen konnte, war es eine geräumige Höhle. Das Licht in der Laterne war gar nicht imstande, sie auszuleuchten. Es verlor sich an den hochaufragenden feuchten Wänden.

»Hast du das Licht angemacht?« fragte Pamela ein wenig einfältig.

»Ja, als ich vorhin hier war.«

»Wie hast du die Höhle gefunden?«

Alan lächelte, während er die Arme über der Brust verschränkte.

»Das war, als ich noch ein Junge war. Mein Bruder Dave und ich, wir ...«

»Du hast einen Bruder?« fragte Pamela, um irgend etwas zu fragen. Die Überraschung darüber, daß Alan die Insel von Kind auf kannte, trieb ihr die belanglose Frage auf die Lippen.

»Dave, ja. Er starb als Siebzehnjähriger bei einem Autounfall. Wir hatten schöne Zeiten hier auf dieser Insel. Wir nannten sie natürlich ›Die Pirateninsel‹. Was glaubst du, wie es uns erging, als wir zum ersten Mal die Höhlen betraten. Das hier ist nämlich nicht die einzige. Dort hinten geht es durch einen schmalen Gang weiter. Der andere Ausgang liegt gut getarnt in der Nähe des Hafenbekkens.«

»Was ich nicht verstehe ... Du kennst also diese Insel von Kind auf. Dann mußt du auch wissen, wem sie gehört, wem das Haus gehört ... Und du mußt auch wissen, wer uns auf diese Insel gelockt hat.«

»Ich ... habe es herausgefunden, ja. Aber mehr kann ich dir im Augenblick wirklich nicht sagen, Pamela. Du mußt mir einfach vertrauen!« Alan wand sich sichtlich bei dieser Antwort, und Pamela fühlte etwas wie Zorn in sich aufsteigen. Daß es kein richtiger Zorn gegen Alan war, machte sie wütend gegen sich selbst. Und so klang auch ihre nächste Frage.

»Wem gehört die Insel? Etwa dir?«

»Nein«, antwortete Alan fest.

»Wem dann? Du weißt es!«

Alan schwieg. Dafür strich seine Hand über Pamelas Schulter bis herauf zum Halsansatz. Wie Alan das machte, vertrieb es sofort alle logischen Gedanken.

Pamela zog den Atem hörbar ein.

»Warum seufzt du?« Alans Gesicht war schon ganz nahe, sein Blick zärtlich und eindringlich.

»Ich ärgere mich über mich!«

»Warum das?«

»Weil ich ...« Sein Gesicht war so nah! Sein Blick so schimmernd, die Männerlippen so verlockend!

Pamela machte die halbe Drehung in seine Richtung und legte ihre Hände um seinen Hals.

»Weil ich ... mir wünsche, daß du mich küßt, obwohl du Dinge vor mir geheimhältst, womöglich ein teuflisches Spiel spielst ...«

»Ein teuflisches Spiel, ja«, flüsterte Alan noch, ehe seine Lippen die letzte Handbreit Raum zwischen ihnen überwanden.

Soweit Pamela dann im Kuß noch denken konnte, fiel ihr nur das eine ein: Alan konnte es einfach nicht schlecht mit ihr meinen! Und er konnte auch nicht der Mensch sein, der Robert ernstlich etwas zuleide tat.

*

Pamela sah auf ihre Armbanduhr, als sie aus der Höhle traten. Kurz vor zwölf Uhr! Sie waren mehr als eine Stunde in der Höhle gewesen, und trotzdem war Pamela die Zeit wie im Flug vergangen.

Eigentlich hatte sich Pamela viel mehr gewünscht, als Alan nur zu küssen. Alan wohl auch! Aber wenn es so weit mit ihr und Alan kommen sollte, dann wünschte sich Pamela eine andere Umgebung dafür.

Die Sonne zauberte goldene Grüntöne aus dem Blattwerk rund um sie, und freudig aufgewühlt, wie sie war, genoß Pamela den Rückweg an den Strand.

Robert war im Wasser nirgendwo mehr zu sehen. Bedeutete das, daß er die Waffe gefunden hatte? Pamela wandte sich erschrocken an Alan.

»Was ist, wenn er die Pistole gefunden hat?«

Alan lächelte und zuckte gleichmütig die Achseln.

»Er wird mich nicht gleich erschießen.«

Pamela betrat neben Alan die Terrasse. Robert war nicht da. Er war auch nicht in der Halle und Pamela rief nach ihm.

»Robert?«

Sie sah eine Minute später in sein Schlafzimmer, ging, als sie ihn nicht gewahrte, an die Badezimmertür.

»Robert?«

Robert war auch nicht im Badezimmer.

Als nächstes sah Pamela in der Küche nach. Alan stand gleichmütig an der Bar und mixte sich einen Drink, während Pamela in den Salon hineinsah, in die Bibliothek.

»Er wird schon irgendwo sein. Auf dieser Insel geht niemand verloren. Was möchtest du trinken?«

Pamela trat neben Alan und er legte sofort den Arm um sie, während er mit der anderen Hand nach der Ginflasche langte.

»Ja, das mag ich. Orange-Gin.«

Alan lächelte.

»Das wußte ich ja.«

Pamela hatte Lust, Alan hinter dem Ohr zu küssen. Und sie tat es auch.

Alan revanchierte sich mit einem zärtlichen Kuß auf ihre Wange.

»Möchtest du, daß ich uns etwas zu essen mache?«

Alan schüttelte den Kopf. Dann sah er Pamela eindringlich in die Augen.

»Wenn ich ehrlich bin, ich habe nur Appetit auf dich«, sagte er leise.

Seine Worte machten, daß ein heißer Strom durch ihren Körper fuhr.

»Aber Robert kann jeden Augenblick zurückkommen. Ich möchte nicht, daß er ... Du verstehst es, Alan?« sagte Pamela.

»Nicht ganz.«

Pamela wandte sich ab und griff nach dem Drink. Außerdem griff sie nach der Zigarette, die Alan ihr anbot. Er hatte die Packung aus der Tasche seiner Badehose gezogen.

Pamela vermied es bei ihren nächsten Worten, Alan anzusehen.

»Ich habe gestern morgen noch einmal mit Robert geschlafen. Ich finde, das müßtest du wissen. Es war, bevor du zurückkamst. Ich war die ganze Nacht über allein, hatte entsetzliche Angst ...«

»Genau mit diesem Faktor haben sie gerechnet«, entfuhr es Alan grimmig.

Pamela horchte sofort auf, hakte nach.

»Wer? Was meinst du?« fragte sie aufgeregt.

Aber Alan schüttelte wieder den Kopf und schwieg.

»Warum sagst du es mir nicht? Ich kann doch nicht mit dir schlafen, ehe ich nicht weiß, daß du in Ordnung bist, Alan! Wen hast du eben gemeint? Wer hat womit gerechnet? Sag es mir!«

»Ich sage nicht mehr und nicht weniger als das, was mir entschlüpft ist« Alan machte eine kleine Pause. Etwas glomm in seinem Blick auf. Es konnte doch nicht Belustigung sein, noch dazu, wo Alan jetzt hinzufügte: »Die bringen mich glatt um!«

»Wer sind die?« drängte Pamela erregt. »Hat es etwas mit dieser Yacht zu tun?«

Alan nickte.

»Aber du warst doch auf der Yacht, letzte Nacht!« stellte Pamela verständnislos fest.

Als Alan wieder schwieg, fühlte Pamela erstmals richtigen Zorn in sich aufsteigen.

»Weißt du was? Robert hat recht. Du spielst ein ganz falsches Spiel mit uns! Und von jetzt ab kannst du mich vergessen. Ich spreche nicht mehr mit dir!«

Pamela rauschte aus der Halle. Auf der Terrasse setzte sie sich schmollend in den Strandkorb und rauchte dort ihre Zigarette zu Ende. Mitten in den letzten Zug hinein sagte eine verstärkte Flüsterstimme:

»Sie sollten anfangen, sich um Robert Morland Sorgen zu machen, Pamela.«

Daraufhin schnellte Pamela aus dem Strandkorb auf und lief schreiend in die Halle, hier sofort und direkt in Alans Arme.

*

Ein goldener Teppich von Sonnenlicht lag über dem violett schimmernden Meer. Es war Abend. Die letzten Sonnenstrahlen züngelten über den Horizont. Und Robert war noch immer nicht zurückgekommen.

Pamela fühlte Panik in sich aufsteigen. Sie stand unten am Strand und starrte über das golden schimmernde Meer.

Was war wirklich los mit Robert? Etwas mußte mit ihm geschehen sein, während sie und Alan in dieser Höhle waren.

Hatte Alan sie dorthin gebracht, damit man sich in der Zwischenzeit leichter an Robert heranmachen konnte? Je mehr Pamela darüber nachdachte, desto einleuchtender erschien ihr dieser Gedanke. Das bedeutete also, daß Alan …

Und wenn man es zu Ende dachte, dann tat es sehr, sehr weh! Dann mußte Pamela von einer Sache Abschied nehmen, die wunderschön zu werden versprochen hatte. Von Alan! Von seiner Zärtlichkeit! Von seiner ganzen ansprechenden Art! Von dieser seltsamen Art Vertrauen, das sie ihm als Frau entgegengebracht hatte. Freilich war sie nie ganz frei von Zweifeln Alan gegenüber gewesen, aber seine Zärtlichkeit hatte sie ernst genommen. Und sie hatte sich ernst genommen gefühlt, etwas, das sie bei Robert stets vermißt hatte, selbst in den intimsten Situationen!

Mit Alan hätte die Liebe so schön werden können! Aber dazu gehörte Vertrauen.

Pamela zuckte zusammen, als sie einen dumpfen Schritt hinter sich hörte. Es war Alan. Er trat neben sie.

Pamela hatte den ganzen Nachmittag über kaum mit ihm gesprochen. Sie hatte sich in ihr Zimmer eingeschlossen und auf dem Bett vor sich hingebrütet.

Jetzt brach Pamela ihr Schweigen ihm gegenüber.

»Robert wird doch nicht beim Suchen nach der Pistole irgendeinen Unfall im Wasser gehabt haben, womöglich ertrunken sein?« formulierte Pamela einen Gedanken, der ihr eben erst gekommen war.

Alan schüttelte den Kopf.

»Sicher nicht. In diesem Fall wäre seine Leiche an Land gespült worden, denn außerhalb des Riffs hat er die Waffe bestimmt nicht gesucht.«

Alan wirkte jetzt ernst. Sein Gesicht schimmerte bronzen wie das Meer, aber seine Augen lagen tief in den Höhlen.

»Pamela, ich habe mit Roberts Verschwinden nichts zu tun. Ich schwöre es dir!«

»Du hast mich in diese Höhle mitgenommen, damit sie ihn entführen können!«

»Wer? Wen meinst du?«

»Deine Freunde auf dieser Yacht. Ich sehe die Yacht heute übrigens nicht.«

»Ich schätze, sie ankert etwas weiter im Süden«, gab Alan seine Verbindung zu den Leuten immerhin zu. »Aber die haben Robert bestimmt nicht entführt. Das würde überhaupt nicht in ihre Pläne passen.«

»Oh, du gibst also zu, daß die Leute auf der Yacht Pläne mit uns haben?« fuhr Pamela Alan an.

»Meinetwegen. Ich gebe es zu. Pamela, ich ...«

»Spar' dir jede weitere Ausrede, Alan. Du belügst mich doch nur!«

Pamela wandte sich ab und ging zum Haus zurück. Sie trat in die Küche, machte den Eisschrank auf und starrte eine Weile unschlüssig hinein, ehe sie eine Fleischkonserve herausnahm.

Das Küchenlicht fiel hinaus gegen eine dichte Pflanzenwand, ließ ein paar wächserne Blätter aufschimmern. Auf einmal glaubte Pamela, zwischen dem Blattwerk ein Gesicht auftauchen zu sehen, Roberts Gesicht. Aber es war eine Täuschung und hatte kaum einen Augenblick gedauert.

Alan machte einen trostlosen Eindruck, wie er an der Bar hantierte, als Pamela in die Halle zurückkam.

»Pamela, ich mache mir auch Sorgen, ehrlich!«

»Dann sag' mir endlich, wer die Leute auf der Yacht sind. Oder laß es und sprich nicht mehr mit mir!«

Alan sagte es nicht, und Pamela zog sich eine Weile später in ihr Schlafzimmer zurück.

Diesmal nahm sie gleich zwei Schlaftabletten, weil sie wußte, daß sie sonst kein Auge schließen würde.

Die Wirkung setzte bei der doppelten Dosis sehr schnell ein. Pamela fühlte erlösende Benommenheit in sich aufsteigen. Die Tatsache, daß sie ihre Schlafzimmertür nicht abschließen konnte, weil es keine Schlüssel gab, versank in Bedeutungslosigkeit.

*

»Pamela!«

Pamela glaubte, ihren Namen zu hören und spürte, daß jemand sie an der Schulter rüttelte.

»Pamela! Wach auf!«

Im Traum erkannte sie, daß es Roberts Stimme war. Es konnte nur ein Traum sein!

»Komm, wach auf! Ich hab ihn!«

Pamela hörte jemanden stöhnen und wußte, daß sie es selbst war. Sie wollte sich auf die Seite drehen, aber der Druck auf ihrer Schulter verstärkte sich.

Auf einmal war ihr klar, daß sie doch nicht träumte. Sie wollte auffahren, aber die Schlaftabletten verlangsamten ihre Reaktion. Trotzdem richtete sie sich auf und versuchte, die Lider zu heben. Es ging erst nach einer ganzen Weile, und dann sah sie als erstes das Licht aus der Halle durch die geöffnete Schlafzimmertür auf ihr Bett fallen.

»Was ist?« hörte sie sich sagen und strich sich über die Stirn.

Dann wandte sie den Kopf zur Seite, sah an der dunklen Gestalt neben ihrem Bett hoch.

Sie erkannte Robert! Ja, es war tatsächlich Robert! Das Lichtband aus der Halle machte seine Züge deutlich. Robert lächelte auf sie herab. Eigentlich war es mehr ein befriedigtes Grinsen.

»Komm, steh auf. Ich möchte dir etwas zeigen.«

»Wo ... bist du gewesen, Robert?« Eigentlich interessierte die Antwort Pamela jetzt gar nicht. Sie wollte nichts, als sich wieder hinlegen und weiterschlafen.

Aber Robert zog sie am Arm, beugte sich herunter zum Bett und hob ihre Beine heraus.

Pamela taumelte an seiner Hand in die Halle und durch die Halle hindurch zur Salontür, die offenstand.

Pamela begriff dann gar nicht so richtig, was sie sah.

Da war Alan. Er lag auf der weißen, ledernen Couch. Sein braungebrannter athletischer Körper hob sich gegen das helle Leder ab.

Was war daran so Besonderes? Daß Alan ihr etwas anklagend entgegensah? Daß er wie demonstrierend seine Hände emporhob? Daß diese Hände wie bittend gefaltet waren?

»Ich will ins Bett! Ich will schlafen!« hörte sich Pamela sagen.

»Okay. Ich bringe dich in dein Zimmer zurück«, antwortete Robert. »Ich wollte dir die Sache nur vorführen, damit du beruhigt bist. Ich konnte die Pistole nicht finden, aber ich fand ...«

Robert sagte noch eine Menge mehr, während er sie ins Schlafzimmer zurückführte. Aber Pamela verstand gar nichts. Sie fühlte dann nur noch die Berührung mit dem Bett und schlief sofort wieder ein.

Als sie das nächste Mal erwachte, war es hell im Zimmer. Pamela setzte sich auf und schüttelte heftig den Kopf. Sie fühlte sich etwas benommen und dachte im Augenblick an nichts anderes als an eine kalte Dusche.

Aber sie brauchte eine Menge Willen, um überhaupt ins Badezimmer zu kommen.

Sie ließ das Wasser über ihren Kopf herabrieseln, tastete dann mit zusammengekniffenen Augen nach dem Haarshampoo in der gekachelten Nische.

Die Ereignisse der vergangenen Nacht fielen ihr bei der Kopfwäsche wieder ein.

Das war natürlich ein blöder Traum gewesen, daß Robert hier gewesen war und sie zu Alan geführt hatte, der ... Was die gefalteten Hände bedeuteten, begriff Pamela urplötzlich! Sie waren gefesselt gewesen. Und auch die Beine!

Pamela beendete hastig ihre Kopfwäsche. Das hatte sie natürlich alles nur geträumt! Es konnte gar nicht anders sein! Trotzdem, sie mußte sich Gewißheit verschaffen.

Sie griff nach dem Badetuch und wickelte es um ihren Körper. Und ein kleineres Handtuch um ihren Kopf!

Mit nackten Füßen lief Pamela dann in die Halle hinaus, hinterließ mit ihren nassen Sohlen Abdrücke auf dem Marmor.

»Alan?« rief Pamela und ihre Stimme brach sich an den Wänden.

Auf ihren Ruf ging die Küchentür auf und … Robert trat heraus. Er hatte ein Tablett auf dem Arm, und Pamela stieg der Duft von gebratenen Eiern und Kaffee in die Nase.

»Robert!« sagte Pamela fast entgeistert.

Robert grinste und war offensichtlich gut gelaunt.

»Guten Morgen, Pamela!«

Pamela hatte das Gefühl, als müsse sie vor Robert zurückweichen. Sie deutete auf die Salontür und flüsterte fast:

»Er liegt da drinnen?«

Robert antwortete mit Triumph in der Stimme:

»Natürlich. Du hast ihn doch heute nacht gesehen!«

»Ich habe es nicht geträumt?«

»Nein, bestimmt nicht.«

»Er ist … gefesselt?«

»Selbstverständlich.«

»Wann … ich meine, wie … Du warst den ganzen Tag verschwunden, und ich habe mir solche Sorgen gemacht. Wo bist du gewesen?«

»Laß uns das draußen auf der Terrasse beim Frühstück besprechen.«

»Nein! Ich will Alan sehen!« rief Pamela aus.

Mein Gott, sie hatte ihm gestern den ganzen Tag über unrecht getan, hatte ihn bezichtigt, Robert entführt zu haben oder womöglich noch Schlimmeres!

Alan! Auf einmal war es wieder da, dieses warme, zärtliche Gefühl für ihn, mehr noch, Pamela fühlte etwas in sich aufsteigen, das noch viel mehr war, den Drang, ihm helfen zu müssen, ihn beschützen zu wollen.

»Ich will zu ihm!«

»Laß ihn! Er schläft jetzt«, sagte Robert sichtlich zufrieden. »Wenn er aufwacht, kannst du ihm sein Frühstück bringen. Meinetwegen darfst du ihn auch füttern, wenn dir daran liegt.«

»Ich will ihn trotzdem sehen!«

Pamela lief zur Salontür, drückte dann leise die Klinke nieder, öffnete die Tür einen Spaltbreit und sah in den Raum.

Alan lag auf der Couch. Er war bis über die Hüfte zugedeckt, sein Oberkörper, über dem die zusammengebundenen Hände lagen, war nackt.

Alan schlief tatsächlich und Pamela wäre am liebsten hingelaufen und hätte sein Gesicht geküßt.

Aber sie trat in die Halle zurück und schloß leise die Tür hinter sich.

Robert stellte draußen auf der Terrasse das Tablett ab und rückte für Pamela einen Stuhl zurecht, als sie herantrat. Und Robert, der sich während ihrer ganzen Ehe nur hatte bedienen lassen, stellte ihr jetzt die Tasse hin und goß den Kaffee ein.

»Ich sah, wie Alan dich gestern von der Terrasse herunterlockte und wie ihr beide in diesem gottverdammten Dschungel verschwandet«, begann Robert zu erzählen, während er sich zum Kaffee eine Zigarette ansteckte.

Pamela griff nach seiner Zigarettenpackung. Ihr war jetzt auch nach blauem Dunst zumute.

»Oh, entschuldige!« Robert gab ihr Feuer. Er benahm sich heute ein wenig anders als sonst, wirkte besonders aufgekratzt und zufrieden. In diesem Zustand war er früher ein ganz angenehmer Partner gewesen.

»Ich sah ein, daß ich die Pistole nicht mehr finden würde. Aber ich hatte in diesem Gartenmöbelschuppen hinter dem Haus Stricke gesehen. Die fielen mir ein, als ihr beide außer Sicht wart.«

»Warum hast du dich den ganzen Tag über nicht blikken lassen?« fragte Pamela wütend. »Ich hatte solche

Angst um dich! Ich machte Alan die schlimmsten Vorwürfe.«

Robert sah sie unter halbgeschlossenen Lidern an. Ein entspannter, zufriedener Robert, der sehr lässig und, wie Pamela sich eingestand, auf jede andere Frau sehr anziehend wirken mußte.

»Na und? Was willst du mit dem Kerl? Pamela, ich habe mir überlegt ... Du gehörst noch immer zu mir! Was glaubst du, warum ich in finanzieller Hinsicht bei der Scheidung so hart gegen dich war? Ich hoffte, du würdest es dir überlegen und bei mir bleiben, verstehst du?«

Er hatte die Beine übereinandergeschlagen. Es waren muskulöse, stark behaarte Beine. Und Roberts Oberkörper war nackt. Sein Gesicht ... Es hatte Pamela einmal sehr gefesselt. Das oft zynische Lächeln hatte sie angeregt, weil sie sich eingeredet hatte, daß unter dieser Fassade ein verwundbarer Kern läge. Aber bis jetzt war sie nicht darauf gestoßen. Daß Robert jetzt Dinge sagte, von denen sie es niemals für möglich gehalten hatte, daß er sie aussprach, kam etwas zu spät!

»Du hast seltsame Mittel, Robert. Und ich denke, du machst jetzt aus deiner Härte eine Tugend, weil dir die Sache gerade in den Kram paßt. Ich glaube dir nicht, daß es dir jemals um mich ging.«

»Weil du mich nicht kennst, nicht verstehst.«

»Dann hättest du dich mir verständlich machen sollen, Robert. Was hast du statt dessen getan? Ich habe für dich gearbeitet, gut gearbeitet, wie mir von verschiedenen Seiten bestätigt wurde. Aber hast du mich jemals in deinen Erfolg mit einbezogen?«

Robert zog die Brauen hoch.

»Ging es dir darum?«

»Nein, es war so, daß ich daran dachte, daß du mich nicht liebtest. Aber das kannst du vermutlich gar nicht. Robert Morland kann nur Robert Morland lieben. Und das wird sich vermutlich nicht ändern, solange du oben bist.«

»Und ich werde noch lange oben sein«, meinte Robert selbstbewußt. »Als ich gestern um die Insel herumwanderte ...«

»Was hast du überhaupt die ganze Zeit gemacht? Wo bist du gewesen?«

»Ich war bis zum Abend an der nördlichen Inselspitze. Mir fiel dabei allerhand für meinen neuen Roman ein. Ich weiß jetzt, wie ich die Sache technisch ablaufen lasse. Das wird ein Roman, Pamela, der wie eine Bombe einschlägt! Danach werden sie sich alle darum reißen, Robert Morland zu verlegen, das kann ich dir sagen.«

»Ich wünsche es dir.«

»Du kannst dabei sein, Pamela. Wir werden uns eine Insel wie diese leisten können und alles dazu, was du willst.« Robert streckte den Arm aus und griff nach Pamelas Hand. Sein Blick wurde besitzergreifend. Er sagte leise, während er ihre Hand drückte:

»Ich hatte allerhand Affären während der Zeit unserer Trennung, Pamela. Ich gebe es zu. Aber es war mit keiner Frau so wie mit dir. Wir passen gut zusammen, Pamela!«

Wie Robert das sagte, fühlte Pamela ein leichtes Erschauern. Und sie stellte widerwillig fest, daß Robert in gewisser Hinsicht noch immer imstande war, sie zu fesseln. Vielleicht, weil sie außer ihm noch keinen Mann davor oder danach so nahe an sich rankommen ließ. Oder war es, weil Robert sein Ziel stets so konsequent verfolgte und ihrem Willen dabei gar keinen Spielraum ließ?

»Hast du gestern die Gelegenheit genützt? Mit Alan, meine ich?«

Roberts Blick war der eines Dompteurs, und Pamela konnte nur den Kopf schütteln.

Robert lächelte hintergründig.

»Vielleicht hättest du es tun sollen, um festzustellen, daß es dir genauso geht wie mir, Pamela! Ich will dich! Zum Beispiel jetzt!«

»Nein!«

»Doch!«

»Aber das mache ich nicht mit! Ich liebe Alan! Ja, ich liebe ihn!«

»Das redest du dir nur ein, Pamela, weil du ausgehungert bist nach Liebe.«

»Rede nicht so häßlich über diese Dinge!«

»Was ist daran häßlich? Es ist die Realität. Komm, Pamela!«

Robert zog sie am Arm und wollte sie offensichtlich auf seinen Schoß hinüberziehen.

»Da mache ich nicht mit! Was du dir einbildest! Denkst du, du kriegst alles, was du willst?«

Pamela sprang vom Stuhl auf, wollte ihre Hand Roberts hartem Griff entziehen.

»Ja, das denke ich, daß ich das kriege.«

Robert hatte Kraft. Es gelang ihm, Pamela zu sich hinüberzuziehen. Als nächstes öffnete er den Knoten des Handtuchs über ihrer Brust.

»Ich liebe Alan! Alan, verstehst du?«

»Ich höre dich«, antwortete Robert ungerührt. Pamela hatte sogar den Eindruck, daß ihn ihr Bekenntnis anfeuerte. Jedenfalls waren gleich darauf seine Hände überall, während sich seine Lippen an ihrer Schulter festsaugten.

»Robert, ich will nicht! Das mußt du respektieren!« hörte sich Pamela sagen.

»So, muß ich?«

Im nächsten Augenblick gelang es Pamela, sich seinem Zugriff zu entwinden. Sie sprang über die Terrassenstufen hinunter und lief über den heißen Sand dem Wasser zu.

Robert lachte. Und er folgte ihr. Aber Pamela hatte genügend Vorsprung, um das Riff vor ihm zu erreichen.

Sie rief zu Robert zurück, der ihr nachgeschwommen war:

»Ich schwimme ins offene Meer hinaus, wenn du mich nicht in Ruhe läßt. Dann bist du schuld, wenn ich absaufe. Willst du das?«

»Okay, ich kehre um«, gab Robert lachend nach.

»Versprich mir, daß du mich in Ruhe läßt, wenn ich aus dem Wasser komme!«

»Okay, ich verspreche es.«

Trotzdem wartete Pamela bis Robert im Haus verschwunden war, ehe auch sie aus dem Wasser stieg. Auf der Terrasse wickelte sie sich sofort in ihr Handtuch und ging anschließend in ihr Zimmer, um sich etwas anzuziehen.

*

Robert war dabei, als Pamela Alan wie ein Baby füttern mußte, weil ihm die Hände gebunden waren.

Pamela flüsterte ihm zu:

»Es tut mir leid, Alan.«

Alans Blick war weich.

»Im Augenblick bin ich ganz zufrieden. Die Situation hat ihre Reize.«

»Du bist mir nicht böse?«

Alan lächelte sie an und schüttelte den Kopf.

»Du kannst nichts dafür, und außerdem ist es nicht schlimm. Er soll seinen Spaß haben. – Es macht Ihnen doch Spaß, nicht wahr, Morland?« wandte sich Alan laut an Robert, der mit übereinandergeschlagenen Beinen in einem Sessel saß und die Szene mit einem unergründlichen Lächeln beobachtete.

Was Pamela daran ärgerte, daß Robert sich ihrer noch immer so sicher war. Jedenfalls deutete seine Miene darauf hin, auch jetzt, wo Pamela Alan all ihre Fürsorge gab.

Die Szene vorhin auf der Terrasse ... Sie schämte sich dafür, daß ihr die Sache doch ein wenig Spaß gemacht hatte. Wahrscheinlich konnte sie sich Roberts Macht wirklich nur entziehen, wenn sie ein Verhältnis mit einem anderen Mann einging.

Mit Alan natürlich, sobald sie wußte, was er alles vor ihr und Robert verheimlichte.

»Hat er dich im Schlaf überrascht?«

»Sicher. Anders hätte er mich nicht gekriegt«, antwortete Alan mit einem heiteren Blick auf Robert. Alan schien tatsächlich keine Angst zu haben und seine Situation auch gar nicht ernst zu nehmen.

»Im Schlaf war es jedenfalls einfacher und sicherer. Und jetzt zu den Details. Mr. Alan ... hm ... Fisher. Wie ist Ihr richtiger Name?«

Alan grinste an Pamela vorbei.

»Soll das ein Verhör werden? Dann würde ich mir an Ihrer Stelle Daumenschrauben besorgen, Morland.«

Robert grinste ebenfalls.

»Ich kann Sie, solange es mir beliebt, gefesselt lassen, nicht wahr? Und ich muß Ihnen weder zu essen noch zu trinken geben. Die Zigaretten dürften Ihnen auch bald fehlen.«

»Also gut«, tat Alan niedergeschlagen. »Was wollen Sie wissen außer meinem richtigen Namen?«

»Sie geben also zu, daß Fisher nicht Ihr Name ist?«

»Okay, das gebe ich zu.«

»Weiter!« Robert zündete sich genüßlich eine Zigarette an. Pamela stand auf, griff in die Tasche ihrer Badejacke, holte ihre eigenen Zigaretten aus der Tasche, entzündete eine und steckte sie Alan zwischen die Lippen.

Sie bekam einen zärtlichen und dankbaren Blick dafür.

Robert sagte sarkastisch dazu:

»Fast wünsche ich mir, in Ihrer Lage zu sein. Das hat Pamela bei mir nie gemacht. Sie ... heißen also nicht Fisher. Wie dann?«

»Das sage ich Ihnen bei Gelegenheit.«

»Warum sind Sie auf die Insel gekommen?«

»Habe ich Ihnen doch schon erklärt, Morland. Das erste Mal durch Zufall, das zweite Mal wegen Pamela. Ich sagte mir, so ein süßes Mädchen lernst du nie wieder kennen ...« Die letzten Worte richtete Alan an Pamela, die ihm daraufhin wieder die Zigarette an die Lippen führte.

»Warum sind Sie abgesprungen und nicht gelandet?«

»Mein Vater brauchte den Jet. Er mußte dringend nach New York.«

»Wollen Sie damit sagen, Sie seien tatsächlich auf einer benachbarten Insel ansässig?« fragte Robert nicht ohne Neid in der Stimme.

Alan nickte stolz.

»Nicht ständig, nur zeitweise.«

Robert wandte sich an Pamela.

»Mir scheint, du bist dabei, einen goldenen Fisch an Land zu ziehen. Ich fange an, dich zu verstehen.«

»Ich weiß bis jetzt genausowenig über Alan wie du«, verteidigte sich Pamela aufgebracht. »Außerdem: Nimm nicht Maß an deinen eigenen Schuhen, Robert. Ich habe andere Wertvorstellungen als du.«

Robert ignorierte Pamelas letzte Worte und wandte sich wieder an Alan.

»Wo sind Sie geboren, wo aufgewachsen?«

»Auf Long Island.«

»Beruf?«

Alan grinste.

»Jetzt muß ich wieder passen, Morland.«

»Sie haben wohl keinen Beruf. Ich nehme an, Sie sind Papis Liebling.«

»Glauben Sie, was Sie wollen, Morland!«

Robert tat jetzt devot.

»Darf man noch fragen, wie alt Sie sind?«

»Sicher, ich bin einunddreißig, also fünf Jahre jünger als Sie, Robert Morland.«

»Sie haben, scheint mir, meinen Steckbrief auf einem meiner Bücher aufmerksam gelesen.«

»Aber klar. Robert Morland, geboren in Cleveland/Ohio als Sohn eines Bauunternehmers und so weiter. Leider gab es auf keinem Ihrer Bücher einen Steckbrief über Pamela. Aber ich weiß auch so einiges von ihr. Pamela ist sechsundzwanzig Jahre alt. Sie absolvierte das St. Patricks College in Richmond und studierte später, als sie bereits Ihre Sekretärin war, Morland, an der City University in New York Journalistik. Zur Zeit lebt sie in einem Apartment in Staten Island und arbeitet für die Manhattan-News. Was ich sonst noch über Pamela wissen möchte, das werde ich noch herausfinden.«

Die letzten Worte richtete Alan mit besonderer Betonung an Pamela.

»Und jetzt machen Sie Schluß mit dem Theater, Morland. Binden Sie mich los!«

»Einen feuchten Staub werde ich! Ehe wir hier nicht wieder wegkommen, bleiben Sie mein Gefangener, meine Geisel sozusagen. Und sollten Ihre Komplizen den Coup gegen mich wagen, dann habe ich Sie zur Hand.«

Robert erhob sich aus dem Fauteuil.

»Komm mit mir, Pamela. Leider kann ich mich auf dich nicht verlassen, wie ich sehe. Du würdest ihm helfen. Also wirst du stets brav in meiner Nähe bleiben!«

Robert ergriff Pamela am Arm und zog sie zur Tür. Pamela trat von Robert geschubst in die Halle. Robert zog die Tür hinter sich zu, aber ehe er sie ganz schloß, hörten sowohl Pamela als auch Robert drinnen im Salon eine brüchige Frauenstimme leise sagen:

»Alan, müssen wir dir da heraushelfen oder schaffst du es allein?«

*

»Verdammt, das ganze Haus muß mit einer raffiniert ausgeklügelten Überwachungsanlage ausgerüstet sein«, regte sich Robert auf und trat an die Bar.

»Man müßte hier alles kurz und klein schlagen!«

»Du hast mir ja bis jetzt nicht geglaubt, daß ich Stimmen höre«, sagte Pamela aufgeregt. »Gib mir auch etwas zu trinken, Robert!«

»Das ganze Haus ist eine einzige Falle! Mit solchen Mitteln arbeiten nur Geheimdienste. Da waren Spezialisten am Werk, sage ich dir. Da oben der Lüster ...« Robert deutete auf den verchromten Beleuchtungskörper an der Hallendecke. »Ich bräuchte eine Stehleiter, um dort hinaufzukommen. Es muß hier überall Spezialkameras geben, raffinierte Funksprechanlagen ... Der ganze Aufwand läßt darauf schließen, daß diese Leute nicht spaßen. Ich gebe ja zu ...« Robert reichte Pamela ein Glas mit purem Whisky und zwei Eiswürfeln darin. »Ich würde es Alan nicht zutrauen, daß er mit solchen Dingen zu tun hat. Und so, wie er dir den Hof macht, Pamela, kann ich durchaus begreifen, daß du es nicht wahrhaben willst. Aber er macht dir etwas vor, sage ich dir. Sie haben uns in der Pfanne, sie lassen uns schmoren!«

Pamela konnte jetzt nicht umhin, Robert recht zu geben. Ja, Alan mußte etwas mit all dem, was Robert und ihr hier auf dieser Insel geschah und noch geschehen würde, zu tun haben.

»Ich weiß nicht mehr, was ich denken soll«, brachte Pamela ihre gegenwärtige Stimmung mit einem tiefen Seufzer zum Ausdruck.

»Versprich mir, daß du ihn nicht losbindest, Pamela!«

»Ich weiß nicht ...«

»Verdammt, sei nicht so idiotisch! Es ist sowieso alles deine Schuld. Hättest du nicht meine Pistole ins Meer geworfen. Wir sind ohnehin verloren. Aber eines ist sicher: Wenn die auf die Insel kommen, dann setze ich Alan ein Messer an die Kehle. Verstehst du also, wie wichtig er für uns ist?«

»Ja, ich verstehe schon, was du meinst.«

»Also gib mir das Versprechen, daß du ihn nicht befreist.«

Pamela überlegte.

»Okay, Robert, ich gebe es dir.«

»Von jetzt an müssen wir uns außerdem beim Schlafen abwechseln, Pamela.«

»Irgendwie, Robert, kann ich das Ganze doch nicht recht glauben. Ich meine, daß wir ernstlich in Gefahr sind. Sie hätten doch längst etwas gegen uns unternehmen können. Warum lassen sie sich und uns so lange Zeit? Und Alan? Er paßt ganz einfach nicht ins Bild ...«

»Weil du voreingenommen bist«, fuhr Robert dazwischen.

»Du bist auch voreingenommen, Robert.«

Pamela wandte sich ab und ging mit ihrem Whiskyglas zur Terrassentür.

»Robert, die Yacht!« entfuhr es ihr im nächsten Augenblick.

Robert war gleich darauf neben ihr.

»Verdammt!«

Die Yacht kreuzte außerhalb des Riffs. So nahe war sie dem Haus bis jetzt noch nie gekommen. Es sah aus wie eine Machtdemonstration und war wohl auch als solche gedacht. Aber man sah keine Menschenseele an Deck.

»Denen werde ich es zeigen!« sagte Robert grimmig.

»Was hast du vor?«

»Ich hole Alan auf die Terrasse und setze ihm das Messer an die Kehle!«

»Nein, das tust du nicht. Sieh mal, sie drehen ab!« rief Pamela aus.

Die Yacht drehte um 90 Grad in Richtung steuerbord und glitt wieder in das offene Meer hinaus.

Robert rief triumphierend aus:

»Die haben natürlich abgehört, was ich gesagt habe. Siehst du jetzt, wie wichtig es ist, daß wir Alan in der Hand haben?«

*

Alan trug sein Los mit Geduld und Humor, wie es Pamela schien. Pamela hatte keine Möglichkeit, mit ihm allein zu sprechen, denn Robert war immer dabei, wenn sie zu Alan in den Salon ging, sei es, um ihm zu essen zu geben oder ihm einen Drink einzuflößen.

Robert hatte Alan natürlich die Geschichte mit der Yacht berichtet.

»Wenn die nicht abgedreht hätten, wären Sie nicht mehr am Leben, Mann!«

Alan grinste dazu.

»Das war natürlich ein starkes Argument.«

»Ich an Ihrer Stelle wäre nicht so guter Dinge«, meinte Robert grimmig.

Aber Alan lächelte Pamela an, die ihm eine brennende Zigarette zwischen die Lippen steckte. Sein Blick war zärtlich genug, um es Pamela warm um das Herz werden zu lassen. Sie hätte sich am liebsten zu seinem Gesicht hinuntergebeugt und ihn geküßt.

In diese Stimmung hinein sagte Robert:

»Rechnen Sie auch nicht auf Pamela! Sie hat mir versprochen, Sie nicht zu befreien.«

Alan verlor sein Lächeln nicht.

»Hast du es ihm tatsächlich versprochen?«

»Ja, weil ich dir leider doch nicht ganz trauen kann. Du müßtest dich dazu bequemen, mir die Wahrheit zu sagen.«

Alan hatte demonstrativ seine gefesselten Hände gehoben.

»Aber es tut dir leid, in welcher Lage ich bin, nicht wahr?«

»Ja, das tut mir sehr leid.«

Robert hatte die Nachtwache übernommen.

»Schade, daß man die Tür nicht verschließen kann!« hatte sie Robert noch sagen hören, ehe sie die Tür ihres Schlafzimmers hinter sich schloß.

Vor einer halben Stunde, bei Tagesanbruch, hatte Robert sie geweckt. Sein Gesicht sah grau und eingefallen aus.

»Ich muß mich jetzt ein paar Stunden aufs Ohr legen. Du weißt, was du mir versprochen hast, Pamela.«

»Sicher, ich werde Alan nicht befreien.«

Robert verschwand hinter seiner Schlafzimmertür. Pamela sah ein paar Minuten später nach Alan. Er schien den Schlaf des Gerechten zu schlafen. Aber als Pamela an die Couch trat, öffnete er die Augen.

»Hallo«, lächelte er Pamela an.

»Möchtest du jetzt frühstücken, oder kann ich etwas anderes für dich tun?«

Alan grinste.

»Robert war so gütig, mich gegen Morgen noch auf die Toilette zu bringen. Aber von dir muß ich jetzt erbitten, daß du mich wäschst und rasierst.«

»Du lieber Himmel! Das muß wohl sein!«

Alan nickte.

»Und dann hätte ich wirklich gern ein kräftiges Frühstück.«

»Du scheinst trotz allem guter Dinge zu sein.«

»Die ganze Sache ist ja auch zum Lachen. Ich, der ich völlig unschuldig an der ganzen Affäre bin ...«

»Bist du eben nicht.«

Alan sah Pamela jetzt ernst in die Augen.

»Ich bin wirklich nur aus einem einzigen Grund auf die Insel zurückgekommen. Der Grund warst du, Pamela. Alles andere, worin ich verwickelt zu sein scheine ...«

»Ja, sprich weiter, Alan!«

Alan sah zur Zimmerdecke, und erneut trat Belustigung in seinen Blick.

»Ich denke, du wirst meine Rolle in dem Stück bald erfahren, Pamela. Und dann lachst du dich tot.«

»Warum lachst du dich nicht selbst tot?« entfuhr es Pamela grimmig.

Alan sah ihr wieder in die Augen.

»Möchtest du, daß ich tot bin? Was wäre, wenn ich nicht auf die Insel gekommen wäre? Würde dir dann die Entscheidung leichter fallen?«

»Welche Entscheidung?« fragte Pamela, obwohl sie ahnte, worauf Alan hinauswollte.

»Wieder mit Morland zusammenzugehen. Er hat dich doch mehr oder weniger dazu aufgefordert.«

»Woher weißt du?« entfuhr es Pamela.

»Ich denke, du hast bereits begriffen, daß dieses Haus Augen und Ohren hat.«

»Ja, und darum kann man mir auch nicht einreden, daß alles, was wir hier erleben, zum Lachen ist, Alan. So viel Mühe hätte man sich nicht gemacht, wenn das alles ein Witz wäre.«

»Ist es auch nicht. Die Leute nehmen ihre Aufgabe durchaus ernst«, sagte Alan, aber die Belustigung in seinem Blick hatte sich eher noch verstärkt. »Soviel gebe ich zu, Pamela: Die Informationen aus diesem Haus laufen auf der Yacht zusammen und werden dort verarbeitet.«

»Sie wollen dich befreien, Alan?«

»Einerseits, ja. Andererseits gönnen sie mir meine Lage.«

»Alan?« fragte Pamela aufgeregt. »Wem gehört die brüchige Frauenstimme, die ich schon ein paarmal gehört habe? Du mußt es wissen, du warst auf der Yacht.«

Anstatt einer Antwort sagte Alan jetzt, und sein Blick war ernst geworden: »Küß mich, Pamela!«

»Ist das ein Bestechungsversuch?« wehrte sich Pamela noch.

Alan schüttelte den Kopf.

»Nein, ich habe nur Sehnsucht danach. Komm! Küß mich! Jetzt ist endlich Robert … Übrigens, du hast meine Frage von vorhin noch nicht beantwortet …«

Statt einer Antwort senkte Pamela ihre Lippen auf die seinen herab, und schon die erste Berührung ließ etwas in ihr aufklingen.

Pamela saß auf der Couch neben Alan, der die gefesselten Hände über ihren Kopf gegen den Nacken gelegt hatte und später um ihren Rücken. Alan preßte ihren Körper gegen den seinen.

»Ich liebe dich, Pamela«, flüsterte er zwischen den Küssen.

»Ich denke, ich liebe dich auch, obwohl ich nichts von dir weiß und dir ständig mißtrauen muß.«

Viel später ging Pamela in ihr Badezimmer und holte von dort Seife und ein Handtuch.

»Du bist so ziemlich ohne Gepäck vom Himmel gefallen. Hast du trotzdem einen Rasierapparat mitgebracht?«

Alan nickte.

»Er war in meinem Sprunganzug und liegt jetzt in der Küche in einer Schublade.«

»Okay«, sagte Pamela, als sie mit dem Rasierer zurückkam. »Ich hab das noch nie gemacht, aber versuchen kann ich es ja.«

Alan ließ die Prozedur lächelnd und mit Sehnsucht im Blick über sich ergehen. Als ihm Pamela dann das Frühstück gereicht hatte, sagte er:

»Du hast Morland also versprochen, mich nicht zu befreien.«

»Ja, und das Versprechen werde ich auch halten.«

»Okay. Aber würdest du etwas dagegen unternehmen, wenn ich es aus eigener Kraft schaffte? Ich könnte mich von der Couch zur Tür hin wälzen, mich dort hinknien, mit dem Kinn die Klinke aufdrücken. Ich könnte mich durch die Halle rollen und so in die Küche gelangen. In der Küche schaffe ich es sicher, mir ein Messer zu besorgen und die Fesseln loszuwerden. Du hast schließlich nur versprochen, mich nicht zu befreien, Pamela. Du hast nicht versprochen, Robert zu wecken, wenn ich es selbst versuche.«

»Nein, das habe ich nicht versprochen.«

»Was also würdest du tun, wenn ich mich ans Werk machte?«

»Was geschieht mit Robert, wenn du wieder frei bist?« fragte Pamela überlegend.

»Ihm geschieht überhaupt nichts«, sagte Alan fast abfällig.

»Kannst du mir das versprechen?«

»Sicher!«

»Okay, dann gehe ich jetzt auf die Terrasse. Wenn du dann ohne Fesseln auf die Terrasse kommst, fange ich an zu schreien. Davon wird Robert aufwachen ... Okay, machen wir es so?«

Alan nickte und Pamela verließ den Salon. Sie holte sich noch etwas Kaffee aus der Küche und setzte sich damit an den Pool. Ein bißchen nervös rauchte Pamela dann eine Zigarette nach der anderen.

Sie überlegte sich bereits, wieviel Zeit Alan für seine Befreiung brauchen würde. Er müßte es doch längst geschafft haben!

Aber Alan kam nicht auf die Terrasse! Pamela wurde noch nervöser, als sie es ohnehin schon gewesen war. Sie lief in die Halle und sah in den Salon hinein.

Alan lag nicht mehr auf der Couch!

Er war auch nicht in der Küche! Pamela sah sich nach durchtrennten Stricken um, aber auch die waren nicht zu sehen.

Unbehagen ergriff Pamela. Das Küchenfenster war geschlossen. Wie also war Alan aus dem Haus gekommen? Durch eines der Fenster im Salon vielleicht? Aber wieso hatte sich Alan überhaupt davongemacht?

Pamela wurde erneut von Mißtrauen gegen Alan ergriffen. Und dabei hatte sie ihm noch vor weniger als einer Stunde erst gesagt, daß sie ihn liebe!

Wie sollte sie sich jetzt verhalten? Sie mußte wohl oder übel Alarm schlagen, Robert wecken!

Pamela lief in Roberts Schlafzimmer.

»Robert! Alan ist weg!«

Robert fuhr aus dem Schlaf auf, natürlich begriff er im ersten Moment gar nichts!

»Alan muß irgendwie freigekommen sein! Ich war auf der Terrasse, und als ich wieder nach ihm sah, war er einfach weg!« retouchierte Pamela ihre Rolle bei der ganzen Angelegenheit.

Robert sprang aus dem Bett, lief ins Badezimmer und Pamela hörte ihn duschen.

Danach lief Robert an ihr vorbei in die Halle und überzeugte sich selbst, indem er nach einem Blick in den Salon das ganze Haus durchsuchte.

Roberts nächster Weg führte an die Bar.

Nach dem ersten Schluck Whisky herrschte er Pamela an:

»Du hast ihm geholfen!«

»Nein, er hat sich selbst befreit!«

»Erzähl' mir keine Märchen! Du hast seine Fesseln durchschnitten!«

»Das habe ich nicht getan, ich schwöre es!«

»Dann hast du nicht aufgepaßt!« herrschte Robert sie an.

»Ich war nur eine Weile auf der Terrasse!«

»Das Ganze ist eine abgekartete Sache. Du hättest längst Alarm schlagen können, als er auf die Terrasse kam.«

»Er kam ja nicht auf die Terrasse! Das ist es ja! Und dabei sind alle Fenster geschlossen, nicht wahr? Oder kriegt man sie von außen wieder zu?«

»Das ist jetzt auch ganz gleichgültig! Er ist weg, das ist entscheidend. Und jetzt kann er etwas gegen uns unternehmen.«

»Das wird er nicht!« platzte Pamela heraus.

Robert wurde sofort hellhörig.

»Ah, hat er es dir versprochen?«

»Nein, das heißt, wir haben nur allgemein darüber geredet.«

»Okay. Ich werde jetzt nach der Yacht Ausschau halten. Und du kommst mit!«

Pamela folgte Robert später in Richtung Hafen. Auf dem Weg dahin überlegte sie, ob sie Robert von der Höhle erzählen sollte, die ihr Alan gezeigt hatte.

Aber Pamela konnte sich nicht dazu entschließen.

Sie erreichten die felsige Anhöhe jener Landzunge, von der aus man das Hafenbecken übersehen konnte. Die

Yacht war nicht hier, sie war aber auch nirgendwo draußen auf dem Meer zu sehen, obwohl man von diesem Standort aus die ganze See auf dieser Seite der Insel überblicken konnte.

Robert ergriff Pamelas Hand mit einem harten Druck.

»Wir durchkämmen die ganze Insel, und bei Gott, wenn ich den Kerl erwische, zerquetsche ich ihm sämtliche Knochen!«

»Wenn Alan es sich gefallen läßt«, konnte Pamela nicht umhin zu antworten.

Wie Robert jetzt mit ihr verfuhr, das veranlaßte Pamela dazu, ihre ganze Sympathie wieder Alan zuzuwenden. So grob würde er sie niemals behandeln wie Robert, der ihren Oberarm so hart gepackt hatte, daß sie aufschreien mußte.

»Laß mich los! Ich kann doch allein gehen!«

»Du kommst mit mir! Weiß ich, welches Komplott ihr beide gegen mich ausgeheckt habt? Vielleicht brauche ich jetzt dich als Geisel, Pamela?« meinte Robert mit einem sarkastischen Blick.

Robert zerrte sie am Arm, bis sie wieder Sand unter den Füßen hatten. Kurz vor dem Haus wandte er sich auf den Weg in Richtung Flugpiste.

Robert ging jetzt voran, denn für zwei war nicht Platz auf diesem schmalen Pfad.

»Bleib ja schön hinter mir!«

Waren es Roberts befehlende Worte, die Pamela zum Widerspruch reizten? Nicht zu wörtlichem Widerspruch, sondern zu dem Gedanken, sich an einer bestimmten Stelle des Wegs seitwärts in die Büsche zu schlagen. Das heißt, wenn es ging, ohne daß Robert ihr dahin folgen konnte. Vielleicht sollte sie es ein paar Schritte weiter als an jener Stelle versuchen, wo der Pfad zu jener Piratenhöhle von Alan ausgehauen worden war.

Pamela überlegte fieberhaft, als sie sich der Stelle näherten, wo der Weg zur Höhle abzweigte.

War es hier? Pamela wurde zunehmend unsicherer. Auf einmal wußte sie nicht mehr genau, wo die Stelle war. Alan hatte sie schließlich getarnt. Gut getarnt, wie Pamela jetzt erkannte.

Vielleicht war es aber auch besser, Robert den ganzen Weg bis zur Flugpiste hinauf zu folgen und dann plötzlich zurückzulaufen, um seitwärts auf dem Weg zu verschwinden. Wenn Robert ihr dann folgte, würde er geradewegs zum Haus zurücklaufen, und das gäbe einen bedeutenden Vorsprung.

Robert ließ Pamela dann keine Wahl. Er blieb nämlich plötzlich stehen, trat zur Seite und ließ Pamela vorgehen.

»Ich behalte dich besser im Auge!«

»Aber Robert, glaubst du denn, ich würde etwas tun, was dir schaden könnte?« meinte Pamela betroffen. »Glaubst du das von mir?«

»Geh weiter!« forderte Robert sie auf. »Was ich von dir glaube, willst du wissen? Ich traue ohnehin keiner Frau, schon gar nicht, wenn sie sich einbildet, nach einem Kerl verrückt zu sein.«

»Ich bin nicht verrückt nach Alan, wie du das nennst.«

»Wie nennst du es denn?«

»Ich würde ihn lieben, wenn ich ihm trauen könnte.«

»Aber unglücklicherweise kannst du ihm nicht trauen. Arme einfältige Pamela! Ich hätte dich für klüger gehalten.«

»Ach nein?« antwortete Pamela mit aufsteigendem Zorn. Sie waren am Rand der Flugpiste angelangt, deren Betonbelag im Sonnenlicht gleißte und flimmerte.

»Du hältst mich also für dumm, und trotzdem willst du, daß ich zu dir zurückkomme?«

»Ich werde dir deine Flausen schon wieder austreiben. Was du brauchst, ist eine ordentliche Abreibung im Bett, damit du begreifst, wozu ihr Weiber auf der Welt seid.«

»Ja, das ist deine Ansicht über Frauen! So, und was wollen wir hier? Denkst du, Alan wartet hier in aller Ruhe, bis eine Maschine vorbeikommt, die ihn an Bord nimmt?«

Robert ging zwei Schritte nach vorn auf die Piste.

»Er muß irgendeinen Schlupfwinkel auf der Insel haben. Ich könnte mir vorstellen ...«

Was Robert noch sagte, ging nicht mehr in Pamelas Gedanken ein. Sie stand hinter Robert und machte die ersten Schritte rückwärts auf dem Pfad.

Dann drehte sie sich um und begann zu laufen!

»Pamela!« hörte sie Roberts ungläubigen Ruf. Natürlich würde er ihr sofort folgen, sie hatte kaum einen Vorsprung von zwanzig, dreißig Metern!

Und wo war jetzt die Abzweigung zu dem anderen Weg? Dort vorne mußte sie ungefähr sein!

Aber sie würde es nicht schaffen, die Stelle noch zu tarnen, ehe Robert heran war!

Pamela drehte sich kurz um. Hinter ihr lag eine Wegkurve, hinter der Robert noch nicht zu sehen war. Das war eine Gelegenheit!

Pamela machte einen Sprung seitwärts mitten in ein dorniges Gebüsch, duckte sich und verhielt sich regungslos.

Robert lief tatsächlich an dieser Stelle vorüber. Als sie seine Schritte nicht mehr hörte, kehrte Pamela auf den Weg zurück.

Gleich darauf kam sie an eine Stelle, wo abgeschnittene Zweige und Grasbüschel dem aufmerksamen Betrachter zeigten, daß hier eine Menschenhand am Werk gewesen sein mußte.

Pamela räumte ein paar Zweige weg, behielt sie jedoch in der Hand und versuchte, sie wieder genauso zu plazieren, wie sie vorher gewesen waren, ehe sie sich auf Alans Geheimweg begeben hatte.

Danach lief sie ein Stück geduckt dahin und blieb schließlich stehen, um zu horchen, ob Robert ihr bereits folgte.

Robert kam nicht. Pamela lief weiter. Würde sie Alan in der Höhle antreffen?

Das Gelände wurde zunehmend unwegsam und felsig. Pamela knickte mit dem rechten Fuß um. Das gab einen stechenden Schmerz im Knöchel. Sie konnte danach nur noch langsam und bedächtig weitergehen, streckenweise nur noch humpeln.

Jetzt mußte bald der steile Abstieg in die Schlucht kommen. Ja, zuerst ging es noch einmal steil aufwärts. Dahinter fiel das Gelände jäh ab, soweit sich Pamela erinnerte.

Der Fuß schmerzte stark. Pamela mußte beim Aufstieg zum Grat auch die Hände benützen.

Und dann erreichte sie die Stelle, wo man bereits in die Schlucht einsehen konnte.

Und sie sah Alan dort unten auf dem Geländeabsatz vor seiner Piratenhöhle! Pamela hatte bereits seinen Namen auf den Lippen, da erkannte sie, was Alan dort unten machte.

Es war ein Funkgerät älterer Bauart, an dem Alan hantierte. Vermutlich eines aus seiner Kinderzeit, das er in der Höhle versteckt gehalten hatte.

Pamela verhielt den Atem und blieb in ihrer geduckten Stellung dort oben am Felsengrat.

Und dann hörte sie Alan sprechen:

»Willst du Robert Morland haben? Bitte kommen!«

Pamela hörte auch die Antwort. Eine tiefe Männerstimme antwortete:

»Morland? Denkst du, er hat mir was zu bieten? Kommen!«

»Ja!« hörte Pamela Alan ausrufen. »Es muß sich um eine höchst brisante Sache handeln. Morland hat Material, das er bei einem New Yorker Anwalt deponiert hat. Kommen?«

»Vielleicht blufft er. Morland wäre nicht der erste Schriftsteller, der sich durch eine solche Sache wichtig macht. Schließlich ist Morland auf dem absteigenden Ast. Kommen!«

»Nein, ich glaube nicht, daß er blufft. Wir sollten uns die Sache auf keinen Fall entgehen lassen. Schick einen

Helikopter herüber auf die Insel. Er soll Morland abholen. Der Mann ist mir hier im Weg. Kommen!«

»Was führst du schon wieder im Schild, Alan? Kommen!«

»Das sage ich dir in ein paar Tagen, wenn ich meine Sache hier erledigt habe. Also, was ist mit dem Helikopter? Machst du es?«

»Okay, wenn du denkst, daß es sich lohnt, Alan, dann werde ich Morland mal auf den Zahn fühlen.«

»Tu das! Wir hören uns wieder. Over.«

Pamela hatte das Gespräch mit wachsender Erregung verfolgt. Jetzt pochte ihr Blut in den Schläfen. Sekundenlang legte sie den Kopf auf die rechte Hand, die sich um ein Grasbüschel krümmte.

Alan!

Das ganze Gespräch hatte sich nach Gefahr für Robert angehört! Die Lage schien sich jetzt zuzuspitzen! Und Alan ging es sehr wohl um Roberts Unterlagen, die er zu einem Spionagefall gesammelt hatte!

Mein Gott, es war alles ein abgekartetes Spiel gewesen. Nicht nur, daß man sie und Robert auf diese Insel gelockt hatte. Alans Interesse für sie, seine Zärtlichkeit, seine Küsse und zuletzt gar seine infame Behauptung, daß er sie liebe hatten zu diesem Spiel gehört!

Pamela fühlte sich entsetzlich beschämt bei dem Gedanken, daß sie das alles ernst genommen hatte, daß sie angefangen hatte, sich nach Alan zu sehnen, daß sie glaubte, ihn zu lieben.

Alan erhob sich soeben dort unten auf der Plattform vor der Höhle und verschwand mit dem Funkgerät im Höhleneingang.

Da wollte sich auch Pamela zurückziehen. Sie richtete sich zum Knien auf, wollte aufstehen, knickte aber sofort wieder um und konnte nur mit Mühe einen Schmerzensschrei unterdrücken.

Was nun? Auf allen vieren den ganzen Weg zurückkriechen?

Sie mußte es jedenfalls versuchen! Robert mußte gewarnt werden! Die wollten ihn doch mit einem Helikopter von der Insel entführen! Robert mußte sich irgendwo im Dschungel dieser Insel verstecken!

Pamela begann, langsam rückwärts den Felsen hinunterzukriechen. Aber schon nach wenigen Metern hatte sie sich auf dem messerscharfen Kanten des Gesteins die Knie aufgeschunden und blutete auch aus einem Schnitt am linken Daumenballen.

Sie würde nicht mehr weit kommen das wußte sie. Dennoch gab Pamela nicht auf. Sie versuchte es wieder und wieder, bis die Knie derart schmerzten, daß sie sich weinend auf dem Boden ausstreckte. Danach spürte sie noch, daß sie sich auch den Bauch aufgeschunden hatte.

Gleich darauf hörte sie einen Schritt und noch einen! Das war Alan, natürlich!

Pamela versagte es sich, den Kopf zu heben und zu ihm aufzusehen!

Ein Rattern zerriß im nächsten Moment die Stille über der Insel. Der Helikopter! In dieses Rattern hinein kam Alans Stimme:

»Pamela! Was ist mit dir?«

Und dann griffen Alans Hände unter ihre Schultern und zogen Pamela hoch.

*

Der Helikopter flog über ihre Köpfe hinweg. Pamela spürte den Luftwirbel in ihrem Haar.

»Du läßt Robert von der Insel entführen. Ich habe es vorhin gehört, wie du die Sache per Funk eingefädelt hast.« Pamela sah mit tränenden Augen zu Alan auf, dessen Blick besorgt über ihren Körper zu den Knien hinabglitt.

»Wieso bist du so zerschunden? Hast du Schmerzen im Fuß, weil du nicht auftreten kannst?«

»Was geht das dich an? Ich habe dich jetzt endgültig durchschaut! Soll ich den Wortlaut deines Funkgesprächs zitieren? ›Willst du Robert Morland haben?‹ hast du gesagt. Und: ›Wir sollten uns die Sache nicht entgehen lassen. Schick einen Helikopter herüber auf die Insel. Morland ist mir hier im Weg!‹«

Alans Gesicht verzog sich zu einem Grinsen.

»Natürlich ist mir Morland im Weg. Ich möchte mit dir allein sein, Pamela. Du und ich allein auf dieser Insel!«

»Ich glaube dir kein Wort mehr. Und von wegen allein … Du selbst hast gesagt, daß man in diesem verdammten Haus total abgehört wird und daß Spezialkameras …«

Alan lächelte. Seine Arme lagen um Pamelas Rücken. Er stützte sie, sonst hätte sich Pamela dies jetzt gar nicht mehr gefallen lassen.

»Wir müssen ja nicht im Haus bleiben, wenn wir uns küssen wollen oder …«

»Es gibt in Zukunft weder ein Küssen noch ein Oder, verstehst du?« Pamela wandte den Kopf in die Richtung, wo eben der Motor des Hubschraubers auslief. »Der muß am Strand vor dem Haus gelandet sein. Ich hoffe nur, daß Robert noch Zeit hatte zu verschwinden. Dann könnt ihr lange suchen!«

»Er hat nur die Möglichkeit, den Strand entlangzulaufen oder ins Wasser zu gehen. Der Dschungel ist undurchdringlich, da kommt er nicht weit. Außerdem bin ich sicher, daß Morland freiwillig … Da, hörst du, Pamela. Der Helikopter startet wieder! Und ganz bestimmt ist Morland an Bord!«

»Nein!« rief Pamela aus und wollte sich aus Alans Armen herauswinden. Aber Alan hielt sie fest.

»Pamela! Es geschieht ihm doch nichts!« hörte sie Alan im Hubschrauberlärm sagen.

Pamela konnte Alan im Augenblick nichts entgegnen. Durch das Glasgehäuse des niedrig fliegenden Helikopters glaubte sie, Robert erkannt zu haben.

Die riesige, ratternde Libelle verließ gleich darauf den Inselbereich und verlor sich mit verebbendem Motorenlärm im flimmernden Blau des karibischen Himmels.

Pamela starrte dem Helikopter nach, als schon längst nichts mehr von ihm zu sehen und zu hören war. Sie fühlte sich auf einmal entsetzlich alleingelassen und ausgesetzt Sie hatten nun Robert! Hatten ihn von der Insel entführt. Wahrscheinlich war diese Entführung von Anfang an geplant gewesen. Jetzt war er in ihren Händen, und jetzt konnten sie ihn so lange bearbeiten, bis er mit seinem Spionagematerial herausrückte. Vermutlich preßten sie ihm eine Vollmacht ab, mit der einer von ihnen die Papiere bei Roberts Anwalt abholen konnte.

Die Hilflosigkeit in Pamela verwandelte sich in Zorn gegen Alan. Sie fing an, mit ihren Fäusten gegen seine Brust zu trommeln.

»Das ist alles dein Werk, das weiß ich jetzt! Und um mich auszuschalten, hast du mir das ganze Theater vorgemacht! Laß mich los! Jetzt hast du ja dein Ziel erreicht! Nun brauchst du mir keine Liebe mehr vorzuspielen!«

»Aber Pamela, überlege doch ...«

»Da gibt es nichts mehr zu überlegen. Und ich habe dir noch geholfen, dich von deinen Fesseln zu befreien! Wie bist du überhaupt aus dem Haus gekommen? Ich sah dich nicht über die Terrasse gehen.«

Alan grinste.

»Die Küche hat einen Notausgang. Ich zeige ihn dir, wenn du willst. Die Öffnung ist an der Hinterwand der Einbauten.«

»Das interessiert mich alles gar nicht mehr! Ich frage mich, was mit Robert geschieht, sobald er die Unterlagen herausgerückt hat. Man wird ihn verschwinden lassen, nicht wahr?«

»Du hast eine blühende Phantasie, Pamela. Soll ich dir sagen, was Robert Morland im Augenblick wirklich widerfährt?«

»Nein!« schrie Pamela und drückte die Hände auf die Ohren. »Ich will nichts wissen! Ich glaube dir kein Wort mehr!«

»Du bist im Augenblick erregt, Pamela. Komm, ich bring' dich ins Haus. Ich denke, ich muß dich tragen ...«

»Nein, das tust du nicht!« schrie Pamela, riß sich von Alan los und versuchte, einen Schritt den Abhang hinunterzugehen.

Der Schmerz bohrte sich vom Knöchel her durch ihren ganzen Körper. Als nächstes verlor Pamela das Gleichgewicht, und dann fiel sie, kollerte unter Alans Aufschrei über das kantige und nur stellenweise mit Moos bewachsene Korallengestein.

Pamela fühlte dann noch, daß Alan sie aufhob und hörte ihn noch sagen:

»Schade um deine wunderschöne Haut, Liebling.«

*

Alan legte Pamela in ihrem Schlafzimmer auf das Bett.

»Mal sehen, was ich in der Hausapotheke finde.«

Alan verließ das Schlafzimmer und kam wenig später mit diversem Verbandsmaterial, einer Tube, einer kleinen Schachtel und einem Fläschchen wieder.

Er hielt dann einen Wattebausch gegen den Flaschenhals und der Bausch färbte sich vom Inhalt der Flasche hellbraun.

»Das ist Jod. Es wird weh tun!«

Pamela sah besorgte Zärtlichkeit in seinem Blick, ehe Alan den Wattebausch gegen die Schnittwunde auf ihrem Bauch drückte.

Dabei hätte sie am liebsten aufgeschrien! Es brannte höllisch. Aber sie versagte sich den Schrei und verzog nur das Gesicht.

»Ich weiß, es tut verdammt weh! Aber es muß sein. Ob du willst oder nicht, sobald ich dich verbunden habe, wirst du es dir gefallen lassen müssen, daß ich dir eine Injektion mache, damit du keine Infektion bekommst.«

Pamela schüttelte nur den Kopf, sagen konnte sie im Augenblick gar nichts.

Alan versorgte dann eine Wunde nach der anderen, indem er sie desinfizierte und anschließend verpflasterte. Er machte das sehr geschickt, wie Pamela zugeben mußte. Und er verfuhr auch recht gekonnt mit ihrem verknacksten Fuß, den er mit einer Salbe einrieb und danach bandagierte.

Pamela ließ sich auch die Injektion machen. Was half es?

Dann ging er in die Küche, um etwas zu essen zu machen.

Er kam nach einer halben Stunde mit einem Tablett auf dem Arm in das Schlafzimmer zurück. Der Duft eines Steaks stieg Pamela in die Nase.

»Ich will nichts essen!« sagte sie wie ein trotziges Kind.

Und Alan benahm sich wie eine geduldige Mutter.

»Du mußt aber! Du bist hungrig. Ich sehe es dir an!«

Sie war wirklich hungrig. Und sie begann nach einer Weile auch zu essen. Alan saß auf dem Bettrand und sah ihr lächelnd zu.

»Denke nicht, daß ich meine Meinung über dich noch einmal ändern werde«, schleuderte ihm Pamela grimmig entgegen. Und trotzdem, sie wußte, daß sie in ihrer Ablehnung gegen Alan bereits wieder schwankend geworden war.

Verdammt! Sie mußte sich zusammennehmen! Dieser Mann hatte Robert entführen lassen! Er hatte ihnen beiden übel mitgespielt! Und trotzdem ... Wie er am Bettrand saß mit seinem interessant geschnittenen, bronzen getönten Gesicht, seinem zärtlichen Blick und dem Mund, der Pamela selbst jetzt an einen Kuß denken ließ ... Trotz der Schmerzen im Fuß sogar an mehr ...

Der Gedanke verursachte ihr ein Ziehen in der Herzgegend! Sie waren jetzt ganz allein auf der Insel, wenn man davon absah, daß das Haus elektronisch überwacht wurde … Ja, diesen Umstand mußte sie sich stets vor Augen halten! Sie waren nicht allein! Bestimmt hörte und sah jemand mit, was hier geschah! Oder hatte Alan diese Überwachung abgeblasen, jetzt, wo das Rennen für ihn gelaufen war, und er Robert in seiner Gewalt hatte?

»Jetzt hast du erreicht, was du erreichen wolltest, nicht wahr?« begann Pamela streitsüchtig, als sie das Steak verdrückt hatte. »Du hast Robert in deiner Gewalt. Ich frage mich nur … Warum wurde ich auf diese gottverdammte Insel gelockt? Was wolltet ihr von mir?«

Alan antwortete nachdrücklich:

»Ja, das mußt du dich bei der Beurteilung der Dinge auch wirklich fragen, Pamela.«

Er hatte wieder jenen belustigten Ausdruck im Blick, den Pamela schon mehrmals beobachtet hatte.

Vorhin, in dieser Schlucht am Funkgerät, da hatte Alan nichts von dieser Fröhlichkeit an sich gehabt, da war sein Ton eher kühl und geschäftsmäßig gewesen, und alles hatte gefährlich und bedrohlich geklungen. Sie hatte also in Alan einen Mann mit zwei Gesichtern vor sich! Ja, das war es! Zwei Gesichter! Und das unsympathischere davon war das wahre Gesicht von Alan!

Trotzdem schlich sich in Pamelas Gedanken schon wieder der Wunsch, ihn zu küssen.

»Gib mir eine Zigarette! Außerdem möchte ich einen Drink«, sagte sie unhöflich.

Alan stand auf und kam wenig später mit einem Orange-Gin, mit Zigaretten, Feuerzeug und einem Aschenbecher zurück. Er gab ihr Feuer und rauchte auch selbst.

»Pamela, ich könnte dir vieles erklären, das heißt …«

»Spare dir deine Lügen, Alan! Ich würde dir doch nichts mehr glauben. Sag mir nur eins: Was geschieht jetzt mit mir? Was habt ihr mit mir vor?«

Alan tat ernst:

»Das kann ich nicht entscheiden«, sagte er leise.

»Wer denn?« entschlüpfte es Pamela, obwohl sie die Antwort darauf schon im voraus ahnte.

»Du, Kleines!«

»Verdammt, du machst jetzt, daß du rauskommst!«

»Okay«, sagte Alan ruhig, griff nach dem Tablett und stellte es auf den Boden.

Pamela ahnte bereits, was er vorhatte. Sie sah seine Wangen leicht erblassen und wußte im selben Moment, daß auch sie blaß wurde.

Er nahm ihr noch behutsam den Aschenbecher aus der einen und das leere Glas aus der anderen Hand und stellte beides auf dem Boden ab.

Dann beugte sich Alan zu ihr. Seine schimmernden dunklen Augen bannten ihren Blick. Seine Lippen öffneten sich leicht.

»Pamela, ich ...«

Pamela hatte das Gefühl, als wollte das Herz ihren Brustkorb sprengen, und etwas durchströmte ihren Schoß!

Und dann war aller Widerstand gegen Alan dahin. Sie legte ihre Hände um seinen Nacken und drückte seinen Kopf gegen ihr Gesicht.

»Du verdammtes Biest! Was hast du nur mit mir gemacht?« schluchzte Pamela zwischen den Küssen.

Alan drückte seine Wange gegen die ihre.

»Dasselbe, was du mit mir gemacht hast!«

Und dann war es Alan, der sich unvermittelt von Pamela löste, sich aufrichtete, vom Bett aufstand und damit wahnsinnige Enttäuschung in Pamela auslöste.

Alan bückte sich noch nach dem Tablett, richtete sich damit auf und ging zur Tür.

»Verschwinde endlich!« hörte sich Pamela sagen.

Als Alan dann draußen war, drehte sie sich auf den Bauch und fühlte dabei den stechenden Schmerz im Knöchel. Aber er konnte ihre Sehnsucht nach Alan auch nicht dämpfen. Pamela fing an, in das Kissen zu schluchzen.

*

Den Nachmittag verschlief Pamela. Im Aufwachen hatte sie dann noch einen schrecklichen Traum. Drei gesichtslose Männer mit schwarzen Hüten auf den Köpfen quälten Robert, der gefesselt auf einem Stuhl saß. Zwei von ihnen richteten Pistolen auf Robert, der dritte kam mit einer brennenden Zigarette an Robert heran. Auch er hatte kein Gesicht. Pamela sah nur ein häßliches Grinsen. Und sie sah, wie der Mann die brennende Zigarette an Roberts nackter Brust ausdrückte.

Robert öffnete den Mund zum Schreien. Der Schrei war unhörbar. Aber Pamela hörte ihren eigenen Schrei und wachte davon auf.

Im nächsten Moment stürzte Alan zur Tür herein.

»Was ist denn, Kleines? Hast du Schmerzen?«

Pamela hob abwehrend die Hände gegen Alan.

»Sie foltern Robert ... Drei Männer ... Sie quälen ihn!«

Alan war gleich darauf an ihrem Bett, setzte sich und rüttelte Pamela an den Schultern.

»Das hast du geträumt! Komm, wach auf, Liebling!«

Alan drückte beschützend ihren Körper gegen seine Brust.

»Willst du einen Drink? Eine Zigarette? Komm, ich trage dich hinaus auf die Terrasse. Du solltest den herrlichen Sonnenuntergang nicht versäumen.«

Pamela fühlte die Aufregung des Traums abklingen. Daß Alan sie auf seinen Armen durch die Halle nach draußen trug, das war Realität!

Wirklichkeit war aber auch, daß Alan Robert heute mittag entführen ließ. Schließlich hatte sie mit angehört, wie er die Anweisung via Funk gegeben hatte.

Oder war auch das nur ein böser Traum?

Nein, es konnte kein Traum sein, denn Robert war ja nicht mehr hier.

Alan setzte Pamela auf einen Stuhl an den großen, runden Tisch.

»Sieh dir diese wunderschöne Abendstimmung an!« sagte er schwärmerisch. »Man kann sie nicht oft genug sehen!«

Pamela nickte, während sie ihr Haar über die Schulter strich, das ein sanfter Wind gleich wieder nach vom blies. Es herrschte wirklich eine besonders schöne Abendstimmung. Der Himmel war violett gefärbt. Ein paar rotglühende Wolken spiegelten sich in der ebenfalls violett schimmernden Tischplatte. Und draußen auf dem Meer tauchte eine goldglühende Sonne in den Horizont.

Alan legte seine Hände auf Pamelas Schultern. Er stand hinter ihrem Stuhl.

»Ich sage dir jetzt die Wahrheit über Robert, Pamela. Es stimmt, ich habe ihn von hier wegholen lassen ...«

»Sag mir nichts, Alan. Ich kann dir ja doch nichts mehr glauben.«

Alan beugte sich herab. Sein Gesicht war dicht neben dem ihren, seine Lippen an ihrem Ohr.

»Das redest du dir ein! Du vertraust mir mehr, als du weißt. Weil du mich liebst, Pamela.«

Pamela schüttelte den Kopf.

»Ich weiß nicht, ob ich dich liebe. Ich denke, du verstehst es nur, mich immer wieder einzuwickeln.«

Alan legte seine Wange gegen Pamelas Wange und seine Arme um ihre Taille.

»Na schön, dann ist es das. Wir stehen uns körperlich sehr nahe. Und alles andere kommt dazu, sobald du mir vertraust, Kleines.«

»Das tue ich erst, wenn Robert wieder frei ist und wenn du mir das Geheimnis um diese Yacht und um dieses Haus hier erklärt hast.«

»Morgen, Liebling, morgen. Bis dahin habe ich versprochen ... Aber die Sache mit Robert steht auf einem anderen Blatt. Wenn du es mich nur erklären ließest!«

»Nein, ich akzeptiere keine Erklärungen mehr von dir. Ich möchte nicht noch einmal enttäuscht werden, verstehst du?«

»Ich verstehe. Was könnte dich also überzeugen?«

»Daß Robert gesund und munter vor mir steht. Und daß dieses ganze verrückte Spiel aufhört! Daß man uns sagt, wer uns auf die Insel gelockt hat und wozu! Ich will alles ganz genau erklärt bekommen. Und erst, wenn ich überzeugt bin, dann glaube ich dir, Alan.«

Alans Arme lösten sich von Pamelas Körper und auch seine warme, wohltuende Wange entfernte sich. Pamela fühlte sich urplötzlich einsam. Sie wünschte sich Alan zurück an ihre Seite und hätte ihm als Preis dafür am liebsten ihr uneingeschränktes Vertrauen ausgesprochen.

Aber schließlich mußte sie doch ihr Gesicht wahren! Außerdem wußte sie, daß es dann zwischen Alan und ihr zu etwas kommen mußte, das nicht sein durfte, solange Robert durch Alans Schuld in Gefahr schwebte!

Ich sehne mich nach ihm, gestand sich Pamela ein, als Alan an den Treppenabsatz der Terrasse trat. Sein nackter Oberkörper war umflimmert von den letzten goldenen Sonnenstrahlen. Sein schöner männlicher Körper!

Pamela fühlte sich erschauern! Mein Gott, wenn sie Robert wohlbehalten in New York wüßte, in seiner Wohnung, an seinem Schreibtisch! Wenn sie allein mit Alan hier auf der Insel wäre und nichts zwischen ihnen stünde, kein Mißtrauen, keine Angst!

Was für eine schöne Nacht würde sie dann mit Alan erleben! Pamela ahnte, daß alles ganz anders als mit Robert sein würde!

Robert hatte ohne Herz geliebt, nur mit körperlichem Verlangen! Er war, soweit Pamela es beurteilen konnte, ein technisch versierter Liebhaber gewesen. Aber das Wichtigste hatte ihr bei Robert immer gefehlt: das Gefühl! Robert war in der Liebe ganz Körper gewesen, hatte sich stets nur auf seine Technik verlassen. Sie hatte dadurch

Schwierigkeiten mit ihrer eigenen Liebesfähigkeit gehabt, war meistens enttäuscht und unglücklich auf der Strecke geblieben!

Mit Alan würde es anders sein, vorausgesetzt, daß es ihm noch einmal gelang, ihr Mißtrauen zu zerstreuen.

Morgen! hatte er gesagt!

Morgen!

*

Pamela erwachte, als die Schlafzimmertür aufging und sich im Licht aus der Halle Alans Konturen unter dem Türrahmen abzeichneten.

Sie fuhr im Bett auf. An Alan vorbei fiel ein Lichtstreifen über die Decke bis herauf zu ihrem Gesicht.

»Nicht erschrecken, Kleines! Ich wollte nur kurz nach dir sehen. Geht es dir gut? Hast du noch Schmerzen im Fuß? Brauchst du irgend etwas?«

Pamela schüttelte den Kopf. Benommen fragte sie:

»Ist Robert zurück? Wann läßt du ihn zurückbringen?«

»Sofort, wenn du willst. Aber ich denke, Morland wäre nicht sehr glücklich darüber. Er hat ziemlich viel getrunken gestern abend und schläft jetzt.«

»Woher weißt du das? Ach ja, das Funkgerät! Aber du kannst mir ja wer weiß was erzählen, um mich zu beruhigen.«

»So glaub' mir doch, Pamela!«

»Geh jetzt, Alan! Laß mich weiterschlafen. Mir geht es gut, der Fuß schmerzt nicht mehr. Ich kann sogar schon wieder auftreten. Ich war am Abend noch im Bad.«

»Okay, dann bis zum Morgen!«

Alan zog sich aus der Tür zurück und schloß sie hinter sich. Pamela fand danach noch lange keinen Schlaf. War es vielleicht so, daß Alan hier irgendeinen Auftrag zu erfüllen hatte, der mit Roberts Geheimmaterial zusammenhing, daß er sich aber in sie verliebt hatte und die Sache jetzt doch einigermaßen menschlich regeln würde?

Morgen! hatte Alan am Abend auf der Terrasse angekündigt.

Pamela sah auf ihre Armbanduhr. 2 Uhr 17. Die Sieben verwandelte sich gerade in eine Acht!

Es war bereits morgen!

Pamela drehte sich auf den Bauch stopfte das Kissen unter ihren Magen und versuchte einzuschlafen.

Warum war Alan gestern mittag aufgestanden und gegangen, als ihrer beider Sehnsucht einen unerträglichen Höhepunkt erreicht hatte?

Warum hatte er sich nicht genommen, was sie ihm zu diesem Zeitpunkt sicherlich nicht mehr verwehrt hätte, trotz ihres Mißtrauens und trotz Robert, der in Gefahr war?

Täuschte sie sich vielleicht auch in dieser Hinsicht in Alan, daß er nämlich gar nicht so verliebt in sie war, sondern ihr seine Leidenschaft nur vorgaukelte?

Pamela wälzte sich in Gedanken daran im Bett herum, setzte sich schließlich auf, machte das Licht über ihrem Bett an und griff nach der Zigarettenpackung auf dem Nachttisch.

Sie inhalierte dann tief und fühlte Benommenheit im Kopf. Aus dieser Benommenheit glitt sie wenig später in den Schlaf hinein. Den Gedanken an das Morgen nahm sie hoffnungsvoll mit in die Welt des Unterbewußten.

*

Im Aufwachen hatte Pamela Alans Schritt in der Halle gehört. Wer konnte es sonst sein als Alan?

Pamela setzte sich auf. Sie fühlte das Pflaster an ihrem Bauch ziehen, hätte es am liebsten weggerissen, genau wie das an ihrem Daumenballen, an ihren Oberschenkeln, an ihren Knien.

Aber wenigstens die Bandage um den Knöchel würde sie entfernen. Es tat nicht mehr weh!

Beim Auftreten fühlte sie dann freilich einen leichten Stich. Aber es mußte gehen!

Pamela mußte sich das Duschen versagen. Alan hatte ihr dies eigens aufgetragen, damit es an den Schnittwunden keine Infektion gab.

Aus dem Badezimmerspiegel sah ihr ein goldbraun getöntes Gesicht entgegen. Die Inselsonne hatte einige Strähnen ihres blonden Haares noch mehr gebleicht. Das sah eigentlich ganz nett aus.

Pamela wusch sich das Gesicht und trug eine Tönungscreme mit Goldschimmer auf. Das sah auf der gebräunten Haut recht gut aus. Noch ein bißchen Augen-Make-up und einen korallenroten Lippenstift. Dann war sie mit ihrem Gesicht zufrieden. Pamela wußte, daß sie sich während der ganzen Prozedur mit Alans Augen sah. Würde sie ihm gefallen? Das kornblumenblaue seidene T-Shirt mußte gut zu ihrer Hautfarbe passen! Und wegen der verpflasterten Knie schlüpfte Pamela in eine lange weiße Baumwollhose.

Noch ein wenig vorsichtig auftretend, verließ sie ihr Schlafzimmer. Die Halle war leer.

»Alan?«

Gleich darauf hörte sie von draußen Stimmen! Pamela zuckte zusammen. Das konnten doch nur wieder Stimmen aus irgendwelchen Lautsprechern sein!

Pamela streckte ängstlich den Kopf zur Terrassentür hinaus, innerlich darauf eingestellt, sich in ihr Schlafzimmer zu flüchten.

Aber gleich darauf vergaß sie diese Anwandlung.

Statt dessen bekam sie das Gefühl die Überraschung müsse sie aus den Schuhen heben.

Alan! Er kam in höchst eigenartiger Begleitung den Strand entlang aus südlicher Richtung, wo der Hafen lag.

Pamela konnte kaum glauben, was sie sah! Alan, flankiert von zwei alten, wunderlich anmutenden Damen, die aussahen, als wären sie dem viktorianischen Zeitalter entsprungen!

Pamela fühlte, wie sich Überraschung und Belustigung auf ihrem Gesicht malten. Diese komischen rüschenbesetzten Sonnenschirme, von zwei geflissentlich neben den Damen einhergehenden Farbigen über die kunstvoll frisierten Altdamenköpfe gehalten! Pamela registrierte noch, daß es sich bei den Farbigen um einen Mann und eine Frau handelte.

Pamela machte ein paar Schritte auf die Terrasse. Weiter kam sie nicht vor lauter Überraschung und Staunen.

Alan hatte sie bereits bemerkt. Er sagte irgend etwas zu den Damen, das Pamela nicht verstehen konnte. Daraufhin blieben beide Damen stehen, sahen zu ihr herüber, beugten dann vor Alan die Köpfe zueinander und flüsterten miteinander.

Alan lachte Pamela über ihre Köpfe hinweg entgegen. Und Pamela konnte nicht anders, als ihm zuzulachen.

Wenig später kam Alan mit den Damen die Treppe herauf. Er hielt seine Arme abgewinkelt, und jede der Damen hing an einem seiner Arme.

Pamela konnte nur noch staunen. Was hatte das nun wieder zu bedeuten? Fast war sie so weit, daß sie an einen neuen Trick von Alan dachte.

Aber etwas sagte ihr, daß jetzt die Stunde der Wahrheit geschlagen hatte!

Pamelas Blick glitt von einer alten Dame zur anderen, während Alan schon die Vorstellung übernahm.

»Das ist Pamela King, wie ihr ja wißt. Pamela, zu meiner Rechten siehst du Tante Bessie und das Juwel an meinem linken Arm ist Tante Agatha. Sie tragen beide den klingenden Nachnamen Steinberg und sind für alles verantwortlich, was dir hier an Schrecklichem auf dieser Insel widerfahren ist.«

Alan lachte über das ganze Gesicht, als er die letzten Worte aussprach. Gleichzeitig hatte er etwas Beschützendes für die an seinen Armen hängenden Damen an sich, das Pamela anrührte.

Pamela konnte im Augenblick gar nichts sagen. Ihr Blick saugte sich zuerst an Tante Bessie fest, die sie ihrerseits mit unverhohlener Neugierde musterte. Sie sah ein kleines Gesicht mit hurtig huschenden Blauaugen darin und einem bemerkenswert energisch vorstehenden Kinn, von dem ein paar borstig graue Barthaare abstanden. Tante Bessie trug eine mit Rüschen überladene, graue Seidenbluse über ihrem eher flachen Busen und einen knöchellangen, gleichfarbenen Rock dazu.

Pamelas Blick überflog Alan und blieb an Tante Agatha hängen. Wer von den beiden war eigentlich die ältere? Schwer zu sagen. Jedenfalls hatte Tante Agatha bemerkenswert glatte Wangen in einem runden Gesicht, in dem zwei kleine schwarze Augen eingebettet waren. Sie war größer als Tante Bessie und hatte einen üppigen kugelig zerfließenden Busen, der ebenfalls in einer grauen, rüschenüberladenen Bluse steckte. Auch sie trug einen knöchellangen Rock.

Die gegenseitige Musterung hatte natürlich nur wenige Sekunden gedauert. Beide Damen lösten sich jetzt von Alan und kamen mit ausgestreckten Armen auf Pamela zu.

Pamela fühlte sich fast etwas überfallen, wollte noch einen Schritt zurückweichen, aber die flinke Tante Bessie umarmte sie vorsorglich gleich von hinten. Und dann war ein Gewirr von wohlwollenden Ausrufen um sie herum, und Pamela wußte nicht mehr, wohin sie sich drehen oder wenden sollte. Sie sah nur noch Alans lachendes Gesicht.

»Pamela, es tut uns schrecklich leid, aber wir dachten, es sei zu Ihrem Besten!« Soviel hörte Pamela aus all dem, was um sie herum gesagt wurde, heraus.

Und doch verstand sie eigentlich gar nichts! Sie fühlte bloß, daß alles, was um sie geschah, belustigend und höchst wunderlich war.

Tante Bessie ließ als erste von Pamela ab und setzte sich mit einem tiefen Seufzer auf den Stuhl.

»Oh, tut das gut!« Tante Bessie hob beide Beine gleichzeitig vom Boden ab und Pamela sah an ihren kleinen Füßen Schnallenschuhe, die bestimmt nicht später als in den zwanziger Jahren hergestellt worden waren.

Tante Agatha folgte ihrem Beispiel.

»Bring mir einen Bourbon Alan! Oder habt ihr die ganzen Flaschen schon geleert?«

Pamela sah, ehe sie Alan in die Halle folgte, wie die beiden Farbigen sich hinter Tante Bessie und Tante Agatha stellten und die Sonnenschirme über deren Köpfe hielten.

Pamela trat zu Alan an die Bar und lachte ihm zu.

»Alan, das darf doch alles gar nicht wahr sein! Ich muß noch träumen. So etwas, wie die beiden, gibt's doch nicht!«

Alan lachte ebenfalls, während er die Bourbonflasche aus dem Spiegelregal nahm und auch zwei Gläser.

»Du träumst nicht, Pamela. Dies sind tatsächlich meine beiden Tanten, besser gesagt meine Großtanten Bessie und Agatha Steinberg.«

»Steinberg?« wiederholte Pamela aufgeregt. Der Name war draußen schon gefallen, aber da hatte sie keine Zeit gehabt, dem Gedanken und seinen Verbindungen auch nur eine Sekunde nachzuhängen. Aber jetzt begann Pamela die Zusammenhänge langsam zu begreifen.

»Alan! Bist du auch ein Steinberg?«

Alan nickte lachend, tat dabei einen Eiswürfel in eines der Gläser und noch einen ...

»Alan Steinberg! Dann ist Winston Steinberg dein ... dein ...«

»Mein Vater. Damit du alles begreifst, muß ich dir eine ganze Menge erzählen, Pamela. Das Allerwichtigste: Die Yacht und diese Insel, alles gehört Tante Bessie und Tante Agatha. Sie sind immens reich von meinem Urgroßvater her, der sein Geld Mitte des vorigen Jahrhunderts in Eisenbahnaktien und ähnlichen zukunftsorientierten Anlagen investierte. Jonathan Steinberg hinterließ damals fast sein gesamtes Vermögen seinen beiden Töchtern Bessie und Agatha, weil mein Großvater ein höchst abenteuerliches Leben führte, sich zum Beispiel jahrelang in Kanada und Alaska herumtrieb, dort noch dazu eine Indianerin heiratete ... Kurzum, mein Urgroßvater traute meinem Großvater nicht zu, sein Vermögen in seinem Sinn zu verwalten und zu vernehmen. Für seine Töchter Bessie und Agatha setzte er tüchtige Treuhänder ein. Heute steckt ein Teil des Steinbergvermögens in der Ölindustrie, in Großraffinerien, in Banken und so weiter ... Sie sind wirklich immens reich, während mein Vater ohne einen Dollar anfangen mußte. Allerdings haben ihm Tante Bessie und Tante Agatha unter die Arme gegriffen, als sie merkten, daß der Steinberg-Verlag sich zu einem Geschäft entwikkelte. Und heute ist mein Vater einer der Größten in der Branche, wie du weißt, und das Unternehmen hat es in letzter Zeit auch verstanden, ins TV-Geschäft einzusteigen. Wir können uns also nicht beklagen, Vater und ich.«

Alan kam um den Tresen herum.

»Warte, ich bringe nur die Drinks auf die Terrasse.«

Alan kam gleich darauf wieder zurück. Pamela hatte sich inzwischen selbst einen Drink gemacht, obwohl sie heute noch gar nicht gefrühstückt hatte.

Alan legte seinen Arm um sie, führte sie hinter den Tresen und begann mit einer Hand, sich einen Whisky einzugießen.

»Weißt du, Tante Bessie und Tante Agatha ... Du brauchst sie dir ja nur anzusehen. Die beiden sind schrecklich romantisch. In ihrer Jugend waren sie ziemlich von der Welt abgeschirmt und haben somit alles versäumt, was das Leben lebenswert macht. Und dann, irgendwann in den letzten Jahren, haben sie sich ein Ventil geschaffen und sich ein eigenartiges Hobby zugelegt. Ahnst du schon, was es ist?«

»Nein!« rief Pamela aus.

Alan sagte unter Lachen:

»Nein, wirklich nicht? Denk nach, Pamela!«

Pamela schüttelte den Kopf.

»Was mir dazu einfällt, das kann ich selbst nicht glauben!«

»Es ist aber so: Tante Bessie und Tante Agatha haben schon so manches geschiedene Ehepaar auf dieser Insel wieder zusammengeführt, indem sie die Leute hierherlockten ...«

»Nein! Das gibt es doch gar nicht!« sagte Pamela noch, ehe sie sich fast vor Lachen ausschüttete.

Alan lachte mit.

»Es ist aber so! Für teures Geld haben Sie dieses Haus mit allem nötigen technischen Klimbim ausgestattet, um den sie vermutlich sogar der CIA beneiden würde. Natürlich wollten die beiden bei den ganzen Versöhnungsszenen live dabei sein. Frag mich nicht, Pamela, wo es in diesem Haus überall Spezialkameras gibt, deren Bilder auf der Yacht aufgefangen werden können. Was glaubst du, warum ich gestern mittag all meine Beherrschung aufgeboten habe und dich allein ließ, ehe wir beide ...«

Pamela starrte Alan kurz an. Dann brachen sie beide in Lachen aus.

»Nein, das darf doch alles gar nicht wahr sein, Alan! Wenn ich daran denke, was Robert und ich uns alles zusammengereimt haben, daß wir vermuteten, irgendeinem Geheimdienst in die Hände gefallen zu sein ... Was ist eigentlich mit Robert? Ich fange an zu verstehen. Hast du ihn zu deinem Vater auf die andere Insel holen lassen?«

Alan nickte.

»Ja. Vater hat Robert Morland gestern abend noch einen Vertrag vorgelegt, den Morland natürlich akzeptiert hat. Morland weiß inzwischen auch Bescheid, worum es hier geht. Er läßt dich grüßen. Ich hatte ihn heute morgen schon am Funkgerät. Er wird noch ein bis zwei Tage drüben auf der Insel bleiben ...«

»Wie heißt die andere Insel?« unterbrach Pamela.

»Schlicht und einfach Steinbergs Island«, grinste Alan. »Übrigens haben dort auch Tante Bessie und Tante Agatha eine prachtvolle Villa. Früher einmal haben sie einige Zeit auf dieser Insel gelebt. Damals gab es noch Hütten für das Personal. Inzwischen hat der Dschungel wieder alles überwuchert. Ich war als Kind oft auf dieser Insel, wie ich dir schon erzählte ...« Alan machte eine Pause, dachte wahrscheinlich an seinen verunglückten Bruder.

»Neulich, als ich dir das erste Mal begegnete ...« Alan lächelte Pamela in die Augen. »Du warst übrigens ein zauberhafter Anblick in der Badewanne. Eigentlich wollte ich nur meinen Urlaub ein wenig genießen, in alten Erinnerungen auf dieser Insel schwelgen. Dann erkannte ich, daß Tante Bessie und Tante Agatha wieder einmal ihrem Hobby frönten. Ich verließ dich, lief zum Hafen hinüber. Die Yacht lag dort. Ich stellte Tante Bessie und Tante Agatha zur Rede. ›Mit dem Mädchen nicht!‹ sagte ich. Ich sah dich auf der Terrasse weinen. Ich machte den lieben Tanten Vorwürfe ...«

»Ich erinnere mich! Da habe ich ein paar Dinge gehört, die ...«

»Ja, sie hatten nicht aufgepaßt und so konntest du etwas von dem Gespräch mitbekommen. Ich weiß noch, Tante Bessie drückte ganz erschrocken auf den Knopf. Na ja, jedenfalls, ich meldete meine Ansprüche auf dich an, Liebling!«

»Deine Ansprüche?« hörte sich Pamela glücklich fragen.

Alan nickte ernsthaft und doch mit dem Schalk in den Augen.

»Ja, ich machte den lieben Tanten klar, daß ich dich haben wollte, daß du mir auf Anhieb so gut gefallen hättest und so weiter. Darüber waren Tante Bessie und Tante Agatha ganz entsetzt! Sie hatten sich die Sache mit dir und Morland so schön ausgedacht. Ich mußte ihnen versprechen, ihrem Versöhnungsplan eine gewisse Chance zu geben, indem ich die Zusammenhänge nicht verriet. Du mußt wissen, die beiden operierten mit der Angst der Beteiligten ...«

»Ja, und das ist nicht einmal die schlechteste Idee daran. Wenn du nicht gekommen wärst, Alan ...«

»Aber ich bin gekommen. Ich habe die Pläne der reizenden Tanten durchkreuzt. Man kann ihnen nicht böse sein, weißt du. Ich liebe Tante Bessie und Tante Agatha, ich kann einfach nichts dagegen tun.«

Pamela lachte.

»Ich fange auch an, sie zu lieben.«

»Sie haben natürlich inzwischen eingesehen, daß es das Schicksal anders wollte, als sie es planten. Aber ich bin sicher, sie sind ganz zufrieden darüber. Sie mögen dich, Pamela. Sie haben in ihrer wunderlichen Art ganz reizende Dinge über dich gesagt, die ich zum Beispiel übersehen hätte.«

»Was wäre das?« fragte Pamela noch.

Alan grinste.

»Sage ich dir später. Jetzt komm!«

Alan nahm Pamelas Hand und zog sie zur Küche hin.

»Was hast du vor?«

»Jetzt zeige ich dir den Notausgang durch die Küche und dann laufen wir zum Hafen hinüber und gehen an Bord der Yacht. Ich habe da so eine Idee ...«

Was Alan vorhatte, wurde Pamela klar, als er es Captain Svenson erklärte.

Der aus Schweden stammende Kapitän mit den weißblonden Haaren und dem braungebrannten Gesicht grinste.

»Aye, Mr. Steinberg, die Befugnis zu trauen habe ich. Dazu müssen wir aber aus der Dreimeilenzone gehen.«

»Tun Sie das!« sagte Alan glücklich und nahm Pamela in die Arme. »Ich habe dich noch gar nicht gefragt, ob du mich überhaupt willst«, sagte er, während das Schiff den Anker lichtete.

Eine Stunde später sprach Captain Svenson die Trauformel unter der flimmernden Sonne der Karibik.

»Und jetzt fahren wir zurück, schicken Tante Bessie und Tante Agatha wieder an Bord und bleiben noch ein paar Tage auf der Insel«, bestimmte Alan.

»Aber unter Ausschluß der Öffentlichkeit, Liebling. Mache das den lieben Tanten klar.«

»Werde ich, Kleines«, grinste Alan.

Aber Tante Bessie und Tante Agatha waren nicht vor Sonnenuntergang auf die Yacht zurückzubringen. Und dann mußte Pamela noch eine lange Kußprozedur der alten Damen über sich ergehen lassen. Pamela bekam dabei Tante Bessies stacheligen Kinnbart zu spüren.

»Mach' Alan glücklich, Pamela. Er ist ein so guter Junge, fleißig und tüchtig wie sein Vater. Weißt du, daß er die ganze Redaktion des Winston-Steinberg-Verlags leitet?«

Auf dem Meer erlosch der letzte goldene Schimmer, als Alan und Pamela vom Hafen zum Haus zurückwanderten, und fast ohne Dämmerung fiel die Nacht ein.

Pamela zitterte vor Sehnsucht, als Alan mit ihr ins Schlafzimmer kam.

Später, als sie schon in seinen Armen lag, da fragte sie noch, um diese unbeschreibliche Erregung auszudehnen:

»Was haben Tante Bessie und Tante Agatha Reizendes von mir gesagt, das du übersehen hättest, Liebling?«

Alans Lippen hoben sich von ihrer Schulter. Sein Gesicht stand dicht über ihr.

»Sie sagten, du würdest ganz entzückende Kinder bekommen ...« Alans Blick verdunkelte sich und seine Lippen kamen immer näher. »Und damit dies bald geschieht ...«

Unter Palmen im Wind

Eileen verließ das Taxi Ecke 52. Straße 6. Avenue, überquerte den in der Nachmittagshitze flimmernden Amerikas und betrat gleich darauf die angenehm klimatisierte Halle des Crescent Building.

Ein Guard mit vorgehaltener Maschinenpistole verstellte Eileen den Weg zum Fahrstuhl.

»Private Detektiv Bureau Susan Powers«, sagte Eileen kurz.

»23. Etage.« Der Mann gab Eileen den Weg frei.

Jemand folgte ihr in den Fahrstuhl. Eileen erinnerte sich später nur noch daran, daß es ein Mann war, der den Lift im selben Stockwerk verließ.

Gleich darauf saß sie Susan in ihrem Büro gegenüber.

»Eileen! Wie schön, dich zu sehen! Was möchtest du trinken?«

Susan drückte auf einen Knopf, und Sekunden später erschien ihre Sekretärin Nancy in der Tür.

Es war typisch für Susan, daß sie Eileens Antwort nicht abwartete.

»Nancy, zwei Manhattan, aber schnell! Wir verdursten!«

Nancy verschwand, und Eileen machte den schwachen Versuch, Susan zu bremsen:

»Oh, ich möchte nicht ...«

Susan winkte ab.

»Du möchtest nie, Eileen! Zigarette? Komm schon!«

Susan hielt die Packung über den Schreibtisch, und Eileen tastete danach, da es sowieso keinen Zweck hatte, Susan zu widersprechen. Außerdem war ihr im Augenblick danach.

»Was ist los, Eileen? Deine Finger zittern, und du bist ganz blaß! Fühlst du dich nicht gut?«

»Ich ...« Eileen schickte einen hilfesuchenden Blick über den Schreibtisch hinweg in Susans bildhübsches Gesicht.

»Meine Güte, du weinst ja! Was ist passiert?«

Eileen ließ ihrer Stimmung erst einmal freien Lauf, während Nancy zurückkam und die Drinks servierte. Eileens Tränen ließen sich einfach nicht mehr aufhalten.

»Ich habe Cliff gesehen!«

»Na und? Was ist daran zum Weinen? Eileen, Darling!«

Susan sprang auf, kam um den Schreibtisch herum und faßte Eileen an den Schultern.

»Kindchen, sag' schon! Warum weinst du? Weil du deinen Mann gesehen hast?«

»Aber Cliff ... Er sollte noch in London sein! Er rief mich heute nacht an und sagte, er hätte sein Flugzeug verpaßt und würde erst morgen kommen. Statt dessen ...«

»Ich verstehe.« Susan beugte sich zu Eileen herunter und drückte ihre Wange gegen Eileens Stirn. Ihre Stimme klang nun alles andere als weich:

»Wo hast du Cliff gesehen und mit wem?«

Eileen war nach dieser Frage minutenlang nicht imstande, Susan eine Antwort zu geben.

»Ich weiß nicht, mit wem!«

»Aber du hast Cliff gesehen, mit einer Frau, nehme ich an? Und du bist sicher, daß du dich nicht geirrt hast?«

Eileen steckte sich mit zitternden Fingern die Zigarette zwischen die Lippen, und Susan griff über den Schreibtisch nach dem Feuer. Sie drückte Eileen auch das eiskalte Glas in die Hand.

»Komm, jetzt trink erst einmal! Und dann versuch noch einmal, mir die Sache genau zu schildern. Wo und wann hast du Cliff gesehen? Bist du sicher, daß er es war?«

Eileen nickte nach einem kräftigen Schluck von dem Manhattan und nach dem ersten Zug aus ihrer Zigarette.

»Es war Cliff! Ich sah ihn zwar aus dem fahrenden Taxi heraus, aber ...«

»Du bist ganz sicher?« fragte Susan skeptisch. »Ich meine, aus einem fahrenden Wagen ...«

»Es war vor dem Grand Hyatt. Ich ließ mein Taxi noch einmal um den Block fahren, aber ich war schon beim ersten Mal sicher. Ich sah Cliff aus einem Taxi steigen, sah, wie er einer Frau aus dem Wagen half!«

»Und du bist ganz sicher, daß es dein Mann war?«

»Ja! Als ich zum zweiten Mal am Hotel vorbeifuhr, legte er gerade den Arm um sie.«

»Hast du ihn von vorne gesehen?«

Eileen schluchzte auf und wandte Susan ihr verweintes Gesicht zu.

»Ich sage dir, es war Cliff! Ich erkannte seinen Anzug und sein Gepäck, daß der Boy gerade aufnahm. Susan, ich werde doch meinen eigenen Mann erkennen!«

Susan richtete sich auf, nahm ihren Arm von Eileens Schultern und ging um den Schreibtisch herum.

»Es war das Grand Hyatt, sagst du?«

Eileen nickte.

»Okay, das werden wir schnell herausgefunden haben.«

Susan drückte wieder den Knopf und sagte, als Nancy das Büro betrat:

»Nancy, versuchen Sie, Tom aufzustöbern!«

»Ja, Mrs. Powers!«

»Wer ist Tom?« fuhr Eileen auf. Ihre Tränen versiegten augenblicklich.

»Tom Clark ist mein bester Mann. Er wird sich dieser Sache annehmen.«

»Du willst Cliff bespitzeln lassen, Susan?«

»Ich nicht, Eileen, du willst es! Sonst wärst du ja wohl nicht zu mir gekommen.«

»Oh, ich ... du bist meine Cousine, Susan, und meine Freundin! Ich dachte ...«

»Mach' dir nichts vor, Eileen! Du wolltest genau das, was ich jetzt tue. Ich … Ja, Nancy?«

Eileen drehte den Kopf zur Tür, als die Sekretärin sagte:

»Ich habe Tom aufgespürt. Er kann in einer halben Stunde hier sein.«

»Susan, ich möchte das nicht!«

»Natürlich möchtest du es! Du willst doch Bescheid wissen, oder?«

»Aber nicht auf diese Art. Ich werde Cliff fragen, wenn er nach Hause kommt.«

Susan hob fragend ihre schwarzen Brauen.

»Ach, und du denkst, er sagt dir, daß er einen Tag früher zurückgekommen ist und die Nacht mit einer anderen Frau verbracht hat?«

Eileen schüttelte den Kopf, und Tränen stiegen erneut in ihre Augen.

Susan kam noch einmal um den Schreibtisch herum und legte den Arm um sie.

»Weißt du, was du jetzt machst, Darling? Du fährst nach Hause, legst dich in die Badewanne und überläßt alles andere mir. Ich gebe dir Nachricht, sobald ich etwas herausgefunden habe, okay?«

*

Ein paar Minuten nachdem Eileen gegangen war, kam Nancy und fragte ob Susan für Mr. Landers zu sprechen sei.

Susan lächelte und fragte:

»Senior oder Junior?«

Nancy grinste ebenfalls.

»Junior. Er ist schon draußen bei mir im Büro.«

»Herein mit ihm, Nancy! Ich kann Aufmunterung gebrauchen.«

Susan zupfte noch eine Stirnlocke zurecht, da erschien Jeff Landers bereits unter der Tür.

Landers & Landers war eines der bekanntesten Rechtsanwaltsbüros in der Stadt. Sie hatten ihr Domizil oben in der 56. Etage! Daß Jeff Landers zu ihr herunterkam, empfand Susan als eine Ehre. Außerdem war Landers junior bestimmt der bestaussehendste Mann im Haus.

»Mr. Landers, was kann ich für Sie tun?«

Susan deutete auf den Stuhl, auf dem Eileen vorhin gesessen hatte.

Jeff Landers lächelte und reichte Susan die Hand, ehe er sich setzte.

Er lächelte noch, als er seine Beine übereinanderschlug.

»Mrs. Powers, ich suche eine Frau!«

Susan riß es fast vom Stuhl.

»Was suchen Sie?«

Jeff Landers genoß Susans Überraschung. Man sah es ihm an. Er lehnte sich in dem Stuhl zurück und lächelte:

»Ich gebe Ihnen die Beschreibung, Mrs. Powers: Sie ist Anfang bis Mitte Zwanzig, etwa einen Meter fünfundsechzig groß, 100 Pfund schwer ...«

»Oh, Sie sprechen von einer bestimmten Dame! Und ich dachte schon, Sie würden mich mit einem Heiratsvermittlungsbüro verwechseln, Mr. Landers«, beeilte sich Susan, ihre Überraschung zu erklären.

Jeff Landers ging nicht darauf ein. Er fuhr fort in seiner Beschreibung:

»Sie hat helle Haut, schwarze Augen, langes schwarzes Haar. Sie kam vor einer halben Stunde zu Ihnen, Mrs. Powers, und ich möchte wissen, wer sie ist.«

»Oh, Sie sprechen von ...« Susan unterbrach sich im letzten Augenblick.

Sie fragte danach verlegen:

»Einen Drink, Mr. Landers?«

»Nein, vielen Dank! Aber die Auskunft, Mrs. Powers!«

»Hm, tut mir leid, Mr. Landers. Bedaure, das darf ich nicht sagen.«

Jeff Landers lächelte.

»Das habe ich befürchtet, Mrs. Powers. Deswegen habe ich beschlossen, Ihnen den offiziellen Auftrag zu erteilen, diese Dame für mich ausfindig zu machen.«

»Sie scherzen, Mr. Landers«, antwortete Susan erregt.

»Nein! Sehe ich so aus?«

Sah Jeff Landers aus, als mache er einen Witz? Susan versuchte, in seinen Zügen zu lesen. Landers lächelte ein wenig, aber eigentlich wirkte er ernst. Sie dachte kurz an Eileen und Cliff und daran, daß Cliff mit einer anderen Frau im Grand Hyatt abgestiegen war, obwohl er eigentlich in London sein müßte.

»Sie ist verheiratet, Mr. Landers«, hörte sich Susan sagen. Und sie fuhr fort, als Jeff Landers sichtlich erschrak:

»Tut mir leid für Sie!«

Jeff Landers hatte seine lässige Haltung aufgegeben. Er beugte sich zum Schreibtisch vor, und Susan sah ein bronzen getöntes, gut geschnittenes Gesicht, graue Augen, männlich geschwungene Lippen und das seitlich gescheitelte dunkle Haar.

»Tatsächlich, Mrs. Powers?«

Susan nickte:

»Sie ist meine Cousine. Ich muß es also wissen. So sehr ich es schätzen würde, mit Landers & Landers ins Geschäft zu kommen, diesen Auftrag könnte ich nicht übernehmen, Sie verstehen?«

Jeff Landers versuchte wieder ein Lächeln.

»Ich verstehe. So ernst war es auch gar nicht gemeint. Verheiratet, sagten Sie? Sehr gut, nehme ich an?«

In Jeff Landers' enttäuschtes Lächeln hinein verzog Susan das Gesicht.

»Hm!«

»Nein?« Jeff Landers fragte es rührend lebhaft. »Ich sah sie unten in der Halle und stieg mit ihr in den Fahrstuhl. Sie machte keinen glücklichen Eindruck auf mich! Sagen Sie mir ihren Namen, Mrs. Powers! Den Vornamen wenigstens!«

Susan blieb eisern.

»Es tut mir leid, Mr. Landers, vielleicht ein andermal!«

*

Über dem Penthouse in der 62. Straße lag die drückende Junihitze von New York. Eileen hatte es draußen auf der Terrasse nicht ausgehalten und hatte sich in ihre klimatisierte Wohnung zurückgezogen.

Im Schlafzimmer saß sie eine Weile auf dem Bett und hielt ein messinggerahmtes Bild von Cliff in den Händen. Es zeigte ein verwegenes Gesicht, umgeben von leicht angegrauten Haaren.

Wer war dieser Mann? Eileen stellte sich die Frage nicht zum ersten Mal. Er hieß Cliff Morris, war sechsunddreißig Jahre alt, und sie war mit ihm seit nicht ganz vier Jahren verheiratet. Was wußte sie sonst noch von ihm? Sie hatte ihn damals nach kaum einwöchiger Bekanntschaft geheiratet. Sie waren sehr verliebt gewesen, aber die Ernüchterung kam schnell, eigentlich sofort, nachdem sie von ihrer Hochzeitsreise auf die Bahamas zurückgekehrt waren. Kurz danach ging Cliff allein auf seine erste Geschäftsreise nach Indonesien, und Eileen blieb allein in New York zurück. Sie fragte sich damals schon, was für ein Mensch Cliff eigentlich war, was er dachte, was er fühlte. Sie hatte versucht, es herauszubekommen, als er wieder zurückkam. Aber all die Jahre war Eileen damit keinen Schritt weitergekommen. Sie wußte, was Cliff gerne aß, was er trank, was er rauchte, welche Zahncreme er bevorzugte, wie er sich anzog. Aber sonst wußte sie nichts von ihm, außer, daß er viel Geld verdiente.

Eileen befolgte Susans Rat und legte sich in die Badewanne. Aber das beruhigte sie keineswegs, im Gegenteil. Sie konnte nichts anderes tun als sich vorstellen, wie Cliff mit dieser anderen Frau zusammen war.

Diese andere Frau! Eileen hatte nicht viel von ihr gesehen, nur daß sie rothaarig und langbeinig war. Sie hatte selbstsicher und chic gewirkt. Sich vorzustellen, daß Cliff und sie jetzt ... Vielleicht in diesem Augenblick ... Es war nicht länger auszuhalten in der Wanne! Eileen stieg aus dem Wasser auf den blau gefliesten Boden und starrte sich eine Weile im Spiegel an, sah ihre milchkaffeebraune Haut, sah ihre hochangesetzten Brüste, die schmale Taille, ihre zart gerundeten Hüften und die tadellosen Beine. Trotzdem, sie gefiel sich nicht. Sie sah sich mit Cliffs Augen und fand sich widerlich! Selbst dann noch, als sie das Handtuch vom Kopf nahm und ihre Haare ihr über die Schultern herabfielen.

Die Tränen ließen sich nicht länger zurückhalten, während Eileen das Badetuch über ihren Brüsten verknotete.

Sie verließ das Badezimmer und ging im Wohnraum an die Bar. Sie öffnete eine Flasche Scotch und setzte sie an die Lippen. Sie haßte Alkohol und Zigaretten, aber heute nahm sie die Flasche mit ins Schlafzimmer. Zigaretten fand sie in der Lade von Cliffs Nachttisch.

Irgendwann mußte sie dann eingeschlafen sein, denn als das Telefon klingelte, war auf den Jalousien das Sonnenlicht erloschen.

»Eileen?«

Es war Susans Stimme. Aber Eileen fühlte sich im Augenblick noch zu benommen, um sich darüber aufzuregen.

»Ja?«

»Du klingst ganz verschlafen.«

»Ja, ich habe etwas getrunken.«

»Was hast du getrunken?« Susans Stimme klang besorgt.

»Scotch.«

»Doch nicht etwa pur?«

»Natürlich, wie sonst?«

»Du lieber Himmel! Das ist Cliff nicht wert! Wie fühlst du dich jetzt?«

»Ein bißchen weggetreten.«

»Das hört man.«

»Susan rufst du mich an, weil du etwas über Cliff erfahren hast?« Eileen fühlte die Benommenheit von sich abfallen und die Neugier wachsen, während sie diese Frage stellte.

»Hm. Ich komme wohl besser bei dir vorbei!«

»Nein! Sag' es jetzt! Ich kann's vertragen.«

»Nur, wenn du mir zwei Dinge versprichst!«

»Susan, ich bitte dich, sag es schon!«

»Du versprichst mir, daß du danach nichts mehr trinkst?«

»Ja!«

»Und daß du heute abend mit jemandem ausgehst?«

»Wozu das, um Himmels willen?«

»Weil ich es will!«

»Aber ich kann das doch nicht tun! Susan, sag' mir augenblicklich, was du über Cliff erfahren hast!«

»Hm. Du hast richtig gesehen, Eileen. Cliff ist im Grand Hyatt abgestiegen, zusammen mit einer Frau. Ihr Name ist Sarah King. Sie ist Fotomodell. Die Dame hat morgen früh einen Termin, deshalb haben sie die Nacht nicht in London verbracht, sondern sind schon früher geflogen.«

»Oh! Und das alles hat dieser Tom Clark herausgefunden«, hörte sich Eileen in die Muschel sprechen.

»Ja. Aber nimm es nicht so tragisch, Eileen! Solche Dinge kommen täglich tausendmal vor. Du bist nicht die einzige, der so etwas passiert!«

»Ja, sicher«, antwortete Eileen leise und fuhr fort: »Cliff und diese Frau, wohnen sie zusammen?«

»Im Hotel! Ja, natürlich! Aber versuche, es wegzustekken, Kindchen! Ich sage dir, was du jetzt tust: du gehst unter die Dusche!«

»Du lieber Himmel, Susan! Laß mich mit deinen Vorschlägen in Ruhe!« sagte Eileen, den Tränen nahe.

Aber Susan ließ sich nicht stoppen.

»Dann ziehst du dein neues grünes Seidentaftkleid an. Es ist jetzt neunzehn Uhr dreißig. Gegen einundzwanzig Uhr wird dich jemand abholen und zum Essen einladen!«

»Wer? Susan, ich habe nicht die Absicht! Ich gehe auf keinen Fall aus!«

Aber Susan gab keine Antwort mehr darauf.

»Sieh zu, daß du fertig bist! Es ist wichtig für dich, verstehst du?«

»Susan? Wer ist es? Einer von deinen Leuten? Ich sage dir, es hat keinen Sinn! Ich lasse ihn einfach nicht herein.«

»Ich würde mich ja selbst um dich kümmern, aber zu Hause wartet Henry auf mich, und Cindy hat ein paar Leute zu ihrem Geburtstag eingeladen. Ich muß also unbedingt nach Hause. Eileen, du machst dich jetzt fertig. Er wird gegen neun Uhr bei dir sein.«

»Wer?« rief Eileen noch einmal in den Hörer.

Am anderen Ende der Leitung hatte aber Susan bereits den Hörer auf die Gabel gelegt und erneut eine Nummer angewählt.

Jeff Landers hatte eine Wohnung in der Fifth Avenue, 50. Straße.

Susan wählte die Nummer und wartete dann ziemlich aufgeregt, was sich am anderen Ende der Leitung tat. Sollte Jeff Landers nicht zu Hause sein, dann blieb immer noch Tom Clark übrig, um Eileen in jenes Restaurant zu führen, in dem Cliff Morris für diesen Abend einen Tisch bestellt hatte.

Aber Jeff war zu Hause.

»Mr. Landers?« fragte Susan aufgekratzt. Sie wußte, warum sie sich im Augenblick so gut fühlte: erstens war sie gerade dabei, eine vielversprechende Romanze für Eileen einzufädeln, was Susan eigentlich im Augenblick mehr genoß als Eileen, und zweitens würde sie damit Cliff eins auswischen!

»Hier spricht Susan Powers! Mr. Landers, in der Angelegenheit, in der Sie heute nachmittag bei mir waren, kann ich etwas für Sie tun!«

»Ja?« fragte Jeff Landers sofort lebhaft.

»Möchten Sie mit der Dame zu Abend essen!«

»Natürlich! Aber dazu müßten Sie mir ihren Namen sagen, nicht wahr?«

»Ich habe mir die Sache überlegt. Das Problem ist nur ...«

»Was ist das Problem, Mrs. Powers?«

»Hm. Eileen ist ...«

»Eileen! Heißt sie so?« fragte Jeff Landers überflüssigerweise.

»Offensichtlich«, lachte Susan in den Hörer. »Wie gesagt, das Problem ist nur, Eileen ist ziemlich niedergeschlagen.«

»Den Eindruck hat sie auf mich auch gemacht.«

»Sie möchte gar nicht ausgehen. Ich versuchte zwar, sie dazu zu überreden, aber ich bin nicht sicher, ob sie mitmacht.«

»Oh, Mrs. Powers, in diesem Fall ...« Jeff Landers stockte. Seine Stimme hatte jetzt zurückhaltend geklungen.

»Aber sie muß aus ihren Grübeleien gerissen werden! Und leider muß ich Ihnen sogar vorschreiben, in welches Restaurant sie mit Eileen gehen sollen, Mr. Landers!«

»Oh, ich verstehe. Sie haben irgend etwas vor, Mrs. Powers! Aber ich glaube nicht, daß ich da mitspiele!«

»Hm. Wie Sie wollen. Ich bin in der nächsten Viertelstunde noch im Büro. Sollten Sie es sich anders überlegen, rufen Sie mich an, und ich gebe Ihnen Eileens Adresse, okay?«

*

Jeff stieg aus der Dusche und wickelte sich ein Badetuch um die Hüften.

Er ging an die Bar, mixte sich einen Drink und fragte sich die ganze Zeit, warum er Susan Powers zurückgerufen hatte und sich die Adresse der jungen Dame geben ließ.

Die Antwort darauf war ziemlich einfach: Er hatte nicht anders gekonnt!

Mit einem Drink in der Hand ließ er sich auf die Couch fallen.

Susan Powers hatte von ihm verlangt, daß er Eileen Morris in ein bestimmtes Restaurant am Broadway einladen sollte, und er hatte dort auch bereits einen Tisch bestellt. Dabei stand noch gar nicht fest, daß Eileen Morris ihn dahin begleiten würde.

»Ich werde sie zuerst anrufen«, hatte Jeff zu Mrs. Powers gesagt. Aber sie hatte ihm davon abgeraten.

»Nein, dann lehnt sie bestimmt ab! Seien Sie lieber gegen einundzwanzig Uhr dort und überreden Sie Eileen!«

Jeff dachte an Eileen Morris, wie er sie von heute mittag im Fahrstuhl in Erinnerung hatte. Sie hatte ihn nicht angesehen, dürfte ihn nicht einmal registriert haben. Daß Eileen Morris Probleme hatte, hatte Jeff sofort gefühlt, und dazu etwas, was ihn in der Tageshektik nur selten befiel: Mitgefühl, fast Zärtlichkeit. Vielleicht kam das daher, daß Eileen Morris ihm auf den ersten Blick so außerordentlich gut gefallen hatte.

Auf alle Fälle wollte er sich die Sache noch einmal gründlich überlegen, ehe er zu ihrer Wohnung fuhr. Susan Powers hatte ihm gesagt, daß Eileen seine Einladung möglicherweise abschlagen könnte. Sollte er sich eine Abfuhr einhandeln? Darüber hinaus fühlte er sich benutzt, fast mißbraucht. Warum sollte er die junge Dame ausgerechnet ins Odeon einladen?

Jeff ging ins Badezimmer zurück und fing an, sich zu rasieren. Im Spiegel sah er seine sonnengebräunte, dunkelbehaarte Brust, darüber sein Gesicht mit dem grauen nachdenklichen Blick.

Irgend etwas an der Geschichte gefiel Jeff nicht. Trotzdem wußte er, daß er gegen einundzwanzig Uhr an Eileen Morris' Wohnungstür sein würde.

Ja, er würde da sein! Er hatte schon einige Dummheiten in seinem Leben gemacht, warum nicht noch eine? Außerdem hatte sich ein bestimmtes Gesicht den ganzen Nachmittag über immer wieder in seine Gedanken geschoben. Ein außergewöhnliches Gesicht für seine Begriffe: ungeschminkt bis auf das bißchen Rouge auf den Lippen, ein zartes Gesicht mit beherrschenden schwarzen Augen.

Jeff sah auf die Uhr, als er das Badezimmer verließ und ins Schlafzimmer ging. 20 Uhr neun! Er trat an den Wandschrank und begann, sich anzuziehen.

Es war zwanzig Minuten vor einundzwanzig Uhr, als Jeff mit klopfendem Herzen seinen Finger auf die Türklingel in der 62. Straße drückte.

Es blieb ein paar Sekunden lang vollkommen still hinter dieser Tür, und Jeff wollte sich bereits wieder abwenden, da ging die Tür auf einmal auf.

Eileen Morris in einem wunderschönen, grünschillernden Kleid sah einfach atemberaubend aus! Jeff mußte sich räuspern, ehe er etwas sagen konnte:

»Jeff Landers! Ich komme von ...«

»Von Susan, ich weiß! Treten Sie ein, Mr. Landers!«

*

Die letzten 70 Minuten hatte sich Eileen über sich selbst gewundert. Nach Susans Anruf war sie sich nur noch vorgekommen wie eine Aufziehpuppe, die ihr Programm mechanisch abspielte. Sie hatte genau das getan, was Susan ihr mehr oder weniger befohlen hatte.

Sie hatte geduscht, das Kleid angezogen, sich ein wenig zurechtgemacht.

Und trotzdem hatte sie innerlich ihren Widerstand gegen ein Abendessen mit irgendeinem Mann nicht aufgegeben. Erst als Jeff Landers unter der Tür stand, wußte Eileen, daß Susan sie auf der ganzen Linie besiegt hatte.

Eileen hatte gesagt: »Treten Sie ein, Mr. Landers«, und war vorausgegangen, um noch ihre Tasche zu holen.

Ein paar Minuten später wunderte sie sich, daß Jeff Landers mit einem Fahrer gekommen war. Das fand sie ungewöhnlich für einen von Susans Privatdetektiven und ertappte sich dabei, wie sie Jeff Landers erstmals genauer ansah, während er zu ihr in den Fond des Wagens stieg.

Der Mann lächelte ihr daraufhin kurz zu. Ansonsten schien er ein etwas gehemmter Typ zu sein, denn er hatte kein Wort mehr mit ihr gesprochen, seit er sich an der Tür vorgestellt hatte.

Eileen wagte jetzt eine Frage:

»Wohin fahren wir?«

Daraufhin wurde der Mann sichtlich lebhaft.

»Oh, hat Ihnen das Mrs. Powers nicht gesagt?«

»Nein, Susan sagte nichts. Sie kündigte nur an, daß einer ihrer Leute mich gegen einundzwanzig Uhr abholt.«

»Einer ihrer Leute?«

Eileen fühlte sich zusammenfahren und gleichzeitig zur Wagentür tasten.

»Oh, sind Sie etwa nicht …?«

Jeff Landers' Blick flackerte ein bißchen. Er zögerte noch, aber dann beeilte er sich zu sagen:

»Oh, natürlich! Selbstverständlich! Ich arbeite für Mrs. Powers, extern sozusagen.«

»Was meinen Sie damit?«

»Freiberuflich.«

»Ich verstehe.«

Aber eigentlich verstand Eileen an diesem Abend gar nichts. War das noch immer der Alkohol, den sie mittags getrunken hatte? Auf alle Falle fühlte sie sich seltsam unbeteiligt. Sie ging heute abend nur aus, weil Susan darauf bestanden hatte, nicht weil der junge Mann neben ihr gut und sympathisch aussah.

Etwas später fragte sie fast ohne Gemütsbewegung:

»Sie wissen, warum Sie mit mir ausgehen?«

»Ja«, sagte Jeff Landers mit seltsamem Tonfall. »Ja, ich denke schon.«

Nach dieser Antwort wandte Eileen ihr Gesicht zum Fenster. Blödsinnige Idee, heute abend auszugehen. Dachte Susan im Ernst, es würde ihr helfen, die Sache mit Cliff und dieser anderen Frau zu vergessen? Wie war noch ihr Name? Ach ja! Sarah King! Ein Fotomodell, das morgen früh einen wichtigen Termin hatte, vermutlich zur gleichen Zeit, da Cliff zu Hause eintrudelte und vorgab, gerade vom Flughafen zu kommen.

Eileen registrierte, daß der Wagen den Broadway erreicht hatte. Ein paar Minuten später hielt der Lincoln, und der Chauffeur sprang aus dem Wagen.

»Wohin gehen wir?« hörte sich Eileen fragen, als Jeff Landers ihr die Autotür öffnete.

»Kennen Sie das Odeon?«

»Nein. Das klingt nach Kino. Ist das ein Restaurant?«

»Ja.«

»Eigentlich habe ich keinen Appetit.« Darauf ging Jeff Landers nicht ein.

Das Restaurant lag im 12. Stock des Gebäudes und strahlte schon im Foyer exklusive Atmosphäre aus.

Der Empfangschef begleitete sie zu einem reservierten Tisch. Eileen hätte jetzt Gelegenheit gehabt, sich über Jeff Landers zu wundern, aber es fiel ihr erst später auf, wie gewandt und selbstverständlich er sich in dieser Umgebung bewegte.

Im Augenblick hatte Eileen weder Zeit noch die Nerven, sich über ihren Begleiter zu wundern, denn ein paar Tische weiter hatte sie ihren Mann entdeckt und neben ihm eine Frau. Hätte sie jetzt nicht schon Platz genommen gehabt, sie würde das Lokal fluchtartig verlassen haben. Aber sie saß bereits, und Jeff Landers nahm soeben ihr gegenüber Platz. Eileen sah alles nur verschwommen.

Cliff hatte sie noch nicht bemerkt. Er beugte sich weit über seinen Tisch und sprach leise und mit einem vertraulichen Lächeln mit seiner Begleiterin. Nein, es war mehr als nur vertraulich! Cliff sah verliebt aus.

»Was haben Sie, Eileen? Wohin starren Sie?« Das war Jeff Landers, und seine Stimme klang, als käme sie von weit her!

Eileen konnte ihm nur langsam das Gesicht zuwenden.

»Du lieber Himmel! Sie sind ja kalkweiß im Gesicht!«

Eileen hörte sich sagen:

»Sie wußten es, nicht wahr? Deshalb kamen wir in dieses Lokal.«

»Was wußte ich?«

Eileen gab keine Antwort. Sie mußte wieder zu Cliff hinübersehen und zu dieser Frau. Wie war doch gleich ihr Name? Sarah King. Ein Fotomodell! Man sah es ihr auch an, sie wirkte einfach umwerfend! Sie war stark gebräunt, wahrscheinlich auch stark geschminkt hatte grüne Augen und tizianrotes Haar.

»Was wußte ich, Eileen?«

Es würde nicht mehr lange dauern, und Cliff würde sie bemerken.

»Oh, ich bitte Sie! Sie sagten doch, daß Sie Bescheid wüßten!«

Eileen sah Jeff Landers nur verschwommen, erkannte das weiße Hemd, die dunkle Krawatte, sein Gesicht, das sich jetzt zu ihr beugte.

»Ich glaube, ich muß Ihnen etwas sagen, Eileen. Susan rief mich an und fragte mich, ob ich mit Ihnen ausgehen wollte. Und da ich sie schon heute mittag im Fahrstuhl gesehen habe, sie haben mich nicht registriert, fürchte ich. Jedenfalls: ich arbeite nicht für Mrs. Powers! Mein Vater und ich haben eine Anwaltskanzlei im gleichen Gebäude. Ich habe leider keine Ahnung, wovon Sie sprechen.«

»Nein? Aber im Wagen haben Sie gesagt, Sie wüßten Bescheid!«

»Da habe ich gelogen, Eileen!«

Eileen war nicht imstande, darauf einzugehen. Sie erfaßte seine Erklärung nicht einmal richtig. Sie mußte immer wieder zu Cliff hinübersehen und spürte diesmal, wie der Mann an ihrem Tisch ihrem Blick folgte.

»Wer ist dieses Paar?«

»Er ist mein Mann!«

»Ach, du liebe Zeit!«

*

Jeff hatte für Eileen die Auswahl der Speisenfolge mitbestimmt. Sie war dazu nicht fähig gewesen, und er hatte das voll und ganz verstanden.

Diese Mrs. Powers! Er würde sie morgen früh anrufen und ihr seine Meinung sagen!

Aber vorher gab es noch ein anderes Problem zu lösen. Wie würde Eileens Mann reagieren, wenn er einmal herübersah und seine Frau entdeckte?

Jeff hatte den Mann taxiert: Mitte bis Ende Dreißig, etwas verlebter Typ. Morris sah zweifelsohne gut aus, verwegen, sonnenverbrannt, angegrautes Haar. Eileen war zu jung für diesen Mann, seelisch auf alle Fälle. Das auffallende Mädchen war nicht wesentlich älter als Eileen, aber die Kleine paßte zu diesem Mann!

Jeff hörte sich grimmig sagen:

»Sehen Sie nicht hinüber, Eileen!«

Gleich darauf wurde das Horsd'œuvre serviert.

Jeff war der Appetit vergangen, und Eileen griff erst gar nicht nach dem Besteck.

»Essen Sie!« befahl Jeff liebevoll.

»Ich möchte raus hier!« bat Eileen verzweifelt.

Sie hatte Tränen in den Augen, und Jeff verfluchte einmal mehr Susan Powers.

»Das können Sie jetzt nicht tun. Das sähe wie eine Flucht aus. Sie müssen durchhalten, Eileen! Übrigens, Ihr

Mann sieht jetzt zu uns herüber. Ich bitte Sie, behalten Sie die Nerven und sehen Sie nicht hin!«

Aber Eileen hatte den Blick schon gewendet. Jeff konnte nichts mehr dagegen tun. Er fühlte das Blut in seinen Schläfen pochen, während er bemerkte, wie Cliff Morris zusammenzuckte und sichtlich blaß wurde. Für die nächsten Augenblicke sah es so aus, als würde Eileens Mann aufstehen und herüberkommen.

Jeff hörte Eileens Mann förmlich denken, während sich dieser eine Zigarette ansteckte. Er hatte seinen Blick bereits wieder abgewendet. Die Frau neben ihm sagte jetzt etwas, und Cliff gab ihr eine kurze Antwort, worauf die Rothaarige erstmals ihre Aufmerksamkeit Eileen zuwandte.

»Eileen!« sagte Jeff leise.

Sie reagierte nicht, starrte noch immer auf ihren Mann.

»Eileen, ich bitte Sie! Essen Sie!«

Der Spuk dauerte noch eine ganze Viertelstunde, ehe Eileens Mann am anderen Tisch die Rechnung verlangte.

Das Paar verließ das Lokal fünf Minuten später, ohne daß Eileens Mann noch einmal zu ihnen herübergesehen hätte. Aber die Frau sah noch zurück, sie lächelte Jeff sogar kurz zu. Er fühlte, wie sein Blick hart wurde, da senkte die Rothaarige den Blick.

Als das Paar ging, hatte Jeff Gelegenheit, Eileens Mann in voller Größe zu sehen. Morris sah verdammt gut aus, und die Frau hatte eine ausgezeichnete Figur.

In Eileens traurigen Blick hinein hörte sich Jeff sagen:

»Sie ist ordinär, hat bei weitem nicht Ihre Klasse und ist nicht halb so schön wie Sie, Eileen!«

*

Jeff hätte sich an der Wohnungstür verabschiedet, aber Eileen hatte ihn noch auf einen Drink hereingebeten. Sie hatte ihn auf die Terrasse hinausgeführt.

Die Nacht war warm.

»Was möchten Sie trinken?«

»Oh, das ist mir ziemlich egal, wenn es nur schön kalt ist.«

Sie ließ Jeff auf der Terrasse zurück.

An der Bar erfaßte sie ein leichter Schwindel, und die Ginflasche zitterte in ihrer Hand.

Jeff Landers hatte sich auf einen der hübschen weißen Stühle gesetzt. Eileen drückte ihm das eiskalte Glas in die Hand.

Nach einer Weile hörte sie sich sagen:

»Es tut mir leid, daß Susan Sie da hineingezogen hat. Das wollte ich nicht. Ich hatte keine Ahnung. Ich dachte, Sie seien einer ihrer Leute. Ich hatte Cliff bereits heute mittag mit dieser Frau gesehen. Sie stiegen im Grand Hyatt ab. Sie müssen wissen, Cliff sollte um diese Zeit noch in London sein, das sagte er mir jedenfalls am Telefon. Ich war schrecklich geschockt und fuhr zu Susan. Susan ist meine Cousine.«

»Ja, das sagte sie mir.«

»Ich dachte nicht daran, daß Susan in dieser Sache sofort etwas unternehmen würde. Ich wollte nur mit ihr sprechen. Ich wollte mit jemandem darüber reden. Aber Susan setzte sofort einen ihrer Leute auf die Sache an. Sie hat mich dann am Abend angerufen und mir bestätigt, was ich gesehen habe. Cliff war mit einer Frau namens Sarah King im Grand Hyatt abgestiegen. Vermutlich hat Susan bei dieser Gelegenheit herausgekriegt, daß Cliff für heute abend einen Tisch im Odeon bestellt hatte. Susan hat Cliff von Anfang an nicht gemocht, und ich denke, sie wollte ihm eins auswischen und mir vor Augen führen, daß sie mit ihrer Meinung über Cliff recht hatte.«

»Welcher Meinung war sie?« Jeff Landers fragte es verhalten. Überhaupt, er schien sehr nett und einfühlend zu sein. Er hatte heute abend im Restaurant genau das gesagt, was Eileen brauchte, kein Wort mehr und kein Wort weniger. Eileen war ihm dankbar, und sie war froh, daß er noch hier war, auch wenn die Möglichkeit bestand, daß Cliff jede Minute hierher zurückkam.

»Welche Meinung? Ich weiß es nicht genau. Sie mochte ihn nicht, das ist alles. Sie sagte zu mir: ›Eileen, mach nicht den Fehler, in Zukunft von Cliff abhängig zu sein. Brich bloß dein Studium nicht ab!‹ Ich dachte erst, ich möchte lieber ein Baby, aber als das nicht klappte, habe ich auf der Columbia University weiterstudiert. Ich werde nächstes Jahr damit fertig sein.«

»Was studieren Sie, Eileen?«

»Chemie, Pharmazie.«

»Oh, das ist ziemlich schwierig, nicht wahr?«

»Ja.«

Über Jeffs Kopf hinweg sah Eileen die Spitze des Crysler-Buildings, das war ein gewohnter Anblick für sie. Sie sah auch das Empire State Building, dort war sie am Tag ihrer Hochzeit mit Cliff gewesen.

Ihre Gedanken kehrten erst nach einer Weile zurück, und sie sah Jeff Landers entschuldigend in die Augen.

»Es tut mir leid, ich war ganz in Gedanken.«

Jeff stellte sein Glas ab und machte Anstalten, sich zu erheben.

»Sie sind müde, Sie sollten sich hinlegen!«

»Oh, Sie gehen schon? Bitte, bleiben Sie noch!«

Jeff Landers lächelte ein bißchen und setzte sich wieder.

»Wenn Sie das möchten.«

»Erzählen Sie mir von sich! Wie kam Susan dazu, Sie anzurufen und Sie zu bitten, mit mir auszugehen?«

Eileen sah Jeffs verlegenes Lächeln.

»Oh, ich kam etwa eine halbe Stunde nach Ihnen in Mrs. Powers Büro und gab ihr einen Auftrag. Ich sagte ihr, ich suche eine Frau und gab Mrs. Powers Ihre Beschreibung. Ich sah Sie im Fahrstuhl, aber das sagte ich Ihnen schon. Mrs. Powers war zunächst überrascht, sagte mir aber gar nichts über Sie. Aber am Abend rief sie an und machte mir den Vorschlag, Sie in dieses Restaurant zu führen. Eigentlich ahnte ich bereits, daß Mrs. Powers irgend etwas damit bezweckte. Ich dachte sogar, Sie wüßten davon.«

»Oh, ich wußte gar nichts!«

»Ja, das habe ich sofort bemerkt, aber selbst wenn, ich wäre Ihnen nicht böse. Aber jetzt muß ich gehen, denke ich. Ihr Mann könnte jede Minute zurückkommen. Es ist nicht meinetwegen, Sie verstehen?«

Jeff Landers stand auf, und Eileen wußte, daß sie ihn nicht länger zurückhalten konnte.

Sie begleitete ihn zur Tür.

»Ich danke Ihnen, Jeff«, sagte Eileen leise.

Er wollte noch etwas sagen, sie sah es ihm an. Aber Jeff Landers tat dann etwas ganz anderes. Er kam noch einmal einen Schritt zurück, legte seine Hand unter ihr Kinn und beugte sein Gesicht zu ihr herunter.

Er war viel zu schnell vorbei, dieser kurze, warme Kuß auf ihre Lippen.

Dann ging Jeff Landers. Und Eileen sah ihm nach, bis sich die Fahrstuhltür hinter ihm schloß.

*

Cliff erschien gegen neun Uhr morgens mit einem beleidigten Gesichtsausdruck in der Wohnung. Er grüßte nicht, ging mit seinem Gepäck in den Umkleideraum und von dort ins Badezimmer.

Eileen trat mit klopfendem Herzen hinaus auf die Terrasse, griff nach der Gießkanne und goß ihre Dachgartengewächse.

Ein heißer Tag kündigte sich an. Es war heiß und feucht. Über Südmanhattan lag eine Dunstglocke.

Der Schritt auf dem Steinboden ließ Eileen zusammenfahren. Cliff natürlich! Er hatte sich umgezogen, trat in heller Leinenhose und in einem beigen, an den Ärmeln hochgekrempelten Baumwollhemd neben sie.

Eileen sah ihn nur aus den Augenwinkeln, ehe sie mit der Gießkanne ein paar Schritte zur Zwergpalme hin machte.

Schon seine ersten Worte empörten Eileen.

»Interessant, wo und mit wem du dich herumtreibst, wenn du denkst, ich sei verreist! Wer war der Kerl? Geht das schon lange mit euch?«

Eileen fuhr herum.

»Cliff!« entfuhr es ihr.

Cliff stand mit dem Gesicht zur Sonne und hatte aus diesem Grund die Augen geschlossen.

»Ich wurde in London früher fertig und nahm die nächste Maschine nach Hause. Zufällig traf ich eine frühere Bekannte und lud sie zur Feier des Wiedersehens zum Essen ein. Ich rief dich noch vom Flughafen aus an, um dir Bescheid zu sagen, aber da war der Vogel bereits ausgeflogen.«

»Wann? Wann hast du angerufen?«

»Meine Maschine landete kurz nach sieben Uhr. Es muß gegen halb acht gewesen sein.«

»Gestern abend, meinst du?« fragte Eileen erschüttert.

»Sicher, gestern abend«, bestätigte Cliff noch seine abgefeimte Lüge.

»Und ich war nicht zu Hause?« hörte sich Eileen erschüttert fragen.

»Natürlich nicht! Das weißt du besser als ich. Die Welt ist klein, nicht wahr? Pech für dich, daß dich dein Freund ausgerechnet ins Odeon eingeladen hat.«

Cliff! Er stand vor ihr, die Hände in den Hosentaschen, lässig, selbstbewußt. Und er hatte ihr soeben die schamlosesten Lügen aufgetischt. Eileen konnte ihn nur anstarren.

Er grinste jetzt abfällig.

»Dir fällt nichts dazu ein, nicht wahr? Wer war der Kerl? Ich habe darauf verzichtet, dir eine Szene zu machen. Ich brachte Sarah nach Hause und nahm mir ein Hotelzimmer.«

»Im Grand Hyatt, nicht wahr? Aber zehn Stunden früher als du mir weismachen willst, und zusammen mit Miß Sarah King!«

Die Worte saßen! Eileen kannte das Gefühl der Genugtuung kaum, aber jetzt genoß sie es, als Cliff im gleißenden Sonnenlicht die Augen aufriß und gleichzeitig zusammenzuckte. Aber er faßte sich erstaunlich schnell.

»Bist du verrückt?«

»Ich kenne sogar die Zimmernummer, und ich wußte, daß du Miß King zum Essen ins Odeon eingeladen hattest.«

»Und du willst mir vielleicht einreden, daß du dir in aller Eile einen Verehrer angelacht hast, um mich im Odeon zu überraschen?«

»Er sieht gut aus, nicht wahr?« hörte sich Eileen lächelnd sagen.

Cliff starrte ihr noch ein paar Sekunden lang in die Augen, dann wandte er sich ab und ging ans Terrassengeländer.

»Susan!« sagte er von dort. Es klang grimmig. »Hinter all dem steckt deine verdammte Cousine Susan Powers!« Susans vollen Namen sprach Cliff aus, als wolle er ihn zwischen den Zähnen zermalmen.

Das Gefühl der Genugtuung fiel urplötzlich von Eileen ab und machte entsetzlicher Niedergeschlagenheit Platz.

»Es war purer Zufall.« Sie trat neben Cliff an das Geländer. »Ich fuhr gestern Mittag in einem Taxi am Grand Hyatt vorbei, gerade als du mit dieser Frau dort abstiegst. Natürlich, ich vertraute mich Susan an, ich habe ja sonst keinen Menschen.«

»Was ist mit dem Gigolo von gestern abend? Konntest du dich dem nicht anvertrauen?« Cliff wirkte bei weitem nicht mehr so angriffslustig und selbstsicher wie noch vor ein paar Minuten.

»Da kannte ich Jeff noch nicht. Ich fuhr zu Susan.«

»Alles Weitere kann ich mir vorstellen. Susan schickte einen ihrer Spürhunde aus.«

»Ja. Sie rief mich um halb acht Uhr an. Oh, das war genau die Zeit, in der du mich angeblich angerufen hast. Vom Kennedy Airport aus.«

»Vergiß es!«

»Was soll ich vergessen, Cliff?« fragte Eileen mit neuerlich aufkommender Erregung. Aber die Niedergeschlagenheit war stärker, ließ keine Hoffnung aufkommen, auch als Cliff sich zu ihr umwandte, ihr bittend in die Augen sah.

»Vergiß alles! Es hatte nichts zu bedeuten.«

*

Susan sagte am Telefon:

»Ich verstehe nicht, warum du dich nach dieser Geschichte nicht schleunigst scheiden läßt. Du hältst die besten Trümpfe in der Hand.«

»Ich ...«

»Was hat Cliff mit dir angestellt? Hat er dich wieder rumgekriegt? Du weißt hoffentlich, daß dein Scheidungsgrund verspielt ist, sobald du dich ein einziges Mal wieder mit ihm eingelassen hast?«

»Ja, ich weiß«, sagte Eileen, nahm den Hörer von der rechten Wange und legte ihn an die linke. Susan sollte sie in Ruhe lassen! Alle sollten sie in Ruhe lassen, mehr wünschte Eileen sich nicht.

»Na schön, worauf wartest du noch? Geh zu Landers & Landers.«

»Um Gottes willen, nein!« Der Gedanke riß Eileen aus ihrer Lethargie. Ihre Haltung straffte sich, und sie setzte sich tiefer in die Couch zurück.

»Warum nicht? Jeff Landers würde diesen Fall liebend gern übernehmen, denke ich.«

»Susan, ich bitte dich, laß Jeff Landers aus dem Spiel!«

»Dann nimm dir einen anderen Anwalt, aber mach schnell!«

»Warum, ich kann's mir doch überlegen!«

»Was gibt es da noch zu überlegen? Oder denkst du etwa, das war für Cliff ein einmaliger Ausrutscher?

Was ist los, Eileen? Womit hältst du hinterm Berg? Hast du dich am Ende doch mit Cliff eingelassen? Er hat natürlich alles versucht!«

Ja, Cliff hatte alles versucht, noch am selben Tag, noch in derselben Stunde beinahe. Jedenfalls an diesem Vormittag.

Nach diesem widerlichen Auftritt auf der Terrasse hatte sich Eileen abgewandt und war ins Wohnzimmer gegangen. Sie hatte sich auf die Couch gesetzt. Irgendwann waren die Tränen gekommen, und irgendwann saß auf einmal Cliff neben ihr und legte den Arm um sie. Er hatte versucht, sie zu küssen. Später war er aufgestanden, hatte sie an der Hand genommen und von der Couch gezogen, von dort hinüber ins Schlafzimmer. Sie hatte sich gewehrt, und das hatte Cliff offensichtlich angespornt. Er hatte ihr den Morgenmantel fast vom Leib gerissen. Darunter war sie nackt gewesen, und Cliff hätte sie danach fast vergewaltigt. Aber sie war ins Badezimmer geflüchtet und hatte sich dort eingeschlossen, bis Cliff gegen Mittag das Apartment verlassen hatte. Seitdem schlief Eileen im Gästezimmer.

»Eileen, bist du noch da?« platzte Susan in diese Erinnerung. »Was ist los mit dir?«

»Ich muß warten, Susan!«

»Worauf, um Himmels willen?«

»Auf meine Tage, du verstehst?«

Als Susan am anderen Ende der Leitung begriff, schnaufte sie durch den Hörer.

»Du bist doch nicht etwa schwanger?«

»Ich weiß es nicht!«

»Wie lange bist du schon überfällig?«

»Erst ein paar Tage, aber das ist bei mir noch nie vorgekommen.«

Susan schwieg für ein paar Sekunden, dann antwortete sie sichtlich beruhigt:

»Ich denke, das ist von der Aufregung. Du bist nicht schwanger!«

»Aber ich muß abwarten, verstehst du?«

»Nein, das verstehe ich nicht. Im Gegenteil, du mußt schnell machen. Denke daran, wie gemein Cliff dich zu belügen versuchte. Der Kerl hätte doch glatt den Spieß umgedreht und dir den Schwarzen Peter zugeschoben.«

»Ja.«

»Was heißt: ja! Das ist keine Antwort! Raff dich auf und tue etwas! Seit Tagen hängst du nur noch in deinen vier Wänden herum!«

»Ja.«

»Eileen!«

»Ich bitte dich, laß mich in Ruhe, Susan! Ich kann nicht mit dir sprechen. Ich will mit niemandem reden!«

»Du darfst dich nicht so gehenlassen! Du mußt dich aufraffen!«

Eileen konnte es nicht länger anhören. Sie nahm den Hörer vom Ohr, hielt ihn weg, soweit der Arm reichte, legte dann irgendwann auf, ohne Susan Lebewohl zu sagen.

*

Sarah King war sicher: Niemand verstand Cliff so gut wie sie. Keine andere Frau verstand sich im Bett so gut mit ihm! Und doch fühlte sie sich seit Tagen in einem Punkt unsicher. Liebte Cliff seine Frau noch? Bis zu diesem Abend im Restaurant hatte sie gedacht, daß Cliff eines solchen Gefühls nicht fähig sei. Liebe war für Sarah in erster Linie Bett, Liebe war Verstehen und Spaß miteinander.

Und genau das verband sie seit mehr als sechs Jahren mit Cliff. Inzwischen hatte er Eileen geheiratet. Sarah hatte zu dieser Zeit in Hawaii Filmaufnahmen gehabt und war über drei Monate weggewesen.

»Eine Laune«, hatte Cliff seine Heirat genannt. »Das hat nichts mit uns beiden zu tun, Baby!«

Und so war es auch. Nichts änderte sich zwischen Cliff und ihr. Sie sahen sich danach genauso oft wie früher und hatten ihren Spaß miteinander.

Sarah wunderte sich deshalb, wieso sie plötzlich etwas an Cliffs Ehe bedrückte. War es, weil sie Eileen gesehen hatte?

Nach jenem Zusammentreffen im Restaurant hatte sie Cliff im Hotelzimmer zur Rede gestellt.

»Du hast mir nicht gesagt, daß sie so hübsch ist.«

»Habe ich nicht?« Cliff hatte sich ein paar Flaschen und eine Menge Eis aufs Zimmer kommen lassen und mixte sich gerade einen Drink.

»Du hast mir auch nicht gesagt, daß sie einen so gutaussehenden Freund hat.«

Cliff hatte sie nicht angesehen, als er ihr antwortete:

»Findest du, daß er gut aussieht?«

»Oh, er sieht verdammt gut aus! Er hat Klasse.«

»Wie nett von dir, das zu sagen.«

»Ich sage dir noch etwas: Dieser Mann ist verliebt in deine Frau.«

»Und wenn schon!«

»Eifersüchtig, Darling?«

Daraufhin erwiderte Cliff heftig:

»Halt den Mund, Sarah!«

Sie war ins Bad gegangen und hatte geduscht. Und dabei war ihr die ganze Zeit Eileen Morris im Kopf herumgegangen. Die junge Frau war ihr aufgefallen, noch ehe Cliff ihr erregt zugeflüstert hatte, daß es Eileen sei. Schon als das Paar das Restaurant betreten hatte, war es Sarah aufgefallen. Cliffs Frau wegen ihrer hellen Haut, wegen der dunklen Augen, wegen der tiefschwarzen Haare. Der Mann nicht zuletzt wegen seines elegant lässigen Ganges und überhaupt, weil er phantastisch aussah.

Als Sarah nackt aus dem Bad gekommen war, hatte sie zunächst vergeblich versucht, Cliff in Stimmung zu bringen.

»Du hast mich dazu überredet, diese Nacht in New York anzuhängen. Als ob wir das nicht genausogut in London gekonnt hätten!« hatte Cliff ihr vorgeworfen.

Sie hatte sich an seinen Hals gehängt.

»In London war es so kalt, Darling.«

»Diese Nacht war auf alle Fälle eine Schnapsidee. Du bleibst schließlich noch ein paar Tage in New York.«

Sarah hatte ihre Arme von seinem Hals zurückgezogen.

»Dann geh doch nach Hause! Was sitzt du hier herum und betrinkst dich?«

Aber Cliff war nicht gegangen, er hatte sich offensichtlich nicht nach Hause gewagt.

Statt dessen hatten sie beide an diesem Abend noch einiges getrunken, und dann war es zwischen ihnen gewesen wie immer: locker, sprühend, verdammt gut!

Und trotzdem, vom nächsten Morgen an hatte sich Sarah bei dem Gedanken an Cliff nicht mehr so gut gefühlt wie früher.

Er war seitdem jeden Tag zu ihr ins Hotel gekommen. Er hatte ihr auch erzählt, was sich zwischen ihm und Eileen auf der Terrasse abgespielt hatte.

»Sie hat dir also nicht geglaubt? Und glaubst du ihr, daß sie den Mann kannte?«

»Ich weiß es! Das hat Susan arrangiert.«

»Aha, du willst es glauben«, hatte Sarah ihm verächtlich an den Kopf geworfen.

»Ja, ich kenne Eileen!«

»So. Tust du das?«

»Ja!« hatte Cliff sie angeschrien.

Daraufhin sagte Sarah gespielt ruhig:

»Und weiter, Cliff: Hast du dich mit deiner Frau versöhnt?«

Cliff machte schmale Augen.

»Seit wann interessierst du dich dafür? Was geht es dich an?«

»Du hast gesagt, deine Ehe ändere nichts an unserer Beziehung.«

»Und? Tat sie das etwa?«

»Ja!«

Cliff war nicht weiter darauf eingegangen, und genau das hatte Sarah auf den Gedanken gebracht, daß er seine Frau liebte.

Sarah hatte vorgehabt, nur ein paar Tage in New York zu bleiben, in denen sie Aufnahmetermine hatte, und anschließend zwei Wochen Ferien bei ihren Eltern in Buffalo zu machen. Aber plötzlich war es, als hielte sie etwas in dieser Stadt fest. Sie dachte daran, sich ein Apartment in New York zu mieten. Besser wäre noch, sie könnte zu Cliff ins Penthouse ziehen. Der Gedanke steckte schon seit Tagen in ihrem Kopf: Ob sie Eileen nicht von Cliffs Seite vertreiben könnte, indem sie ihr die Wahrheit über ihre Beziehung sagte?

Der Tag war heiß und schwül gewesen, die Arbeit im Freien eine einzige Tortur. Als Sarah ins Hotel zurückkehrte, hatte sie sofort an der Bar einen eiskalten Drink genommen.

Vorhin unter der Dusche hatte sie den Entschluß gefaßt, Eileen Morris anzurufen. Jetzt hatte sie den Hörer in der Hand und die Finger auf den Tasten des Apparats. Sollte sie sich die Sache nicht besser noch einmal überlegen? Was war, wenn sie Cliff dadurch verlor?

Cliff gehört zu mir! Der Gedanke war ihr noch nie mit solcher Deutlichkeit gekommen.

Sarah hatte das Gefühl, ihr Herz schlage Kapriolen, als sie die ersten Tasten drückte.

*

Eileen hatte nach dem Anruf von Sarah King ganz automatisch begonnen, ein paar Sachen einzupacken. Sie wunderte sich über sich selbst. Ihr war, als sähe sie sich herumgehen, vom Badezimmer ins Ankleidezimmer, ins Schlafzimmer. Und es hatte System, was sie tat und angriff. Dabei fühlte sie überhaupt nichts, konnte an nichts denken. Nur ein Wunsch erfüllte sie: Cliff sollte nicht zurückkommen, bevor sie das Apartment verlassen hatte!

Als sie fertig war, griff sie dann ebenso automatisch nach dem Telefon und bestellte ein Taxi. Dann nahm sie die Wohnungsschlüssel vom Bund und legte sie neben das Telefon. Wenig später stand sie mit ihren zwei Koffern und der Umhängetasche im Fahrstuhl und vermied es geflissentlich, den Liftboy anzusehen.

Auf der Fifth Avenue rollte der Abendverkehr. Es war noch immer unerträglich heiß.

Eileen stand unter dem Baldachin der Eingangstür und fühlte erstmals seit einer Stunde Erregung in sich aufkommen. Die Cabs rollten alle an ihr vorüber, und sie bekam es mit der Angst, daß Cliff sie doch noch erwischte, sie vielleicht zu einer Aussprache überredete.

Ein Wagen kam an die Bordsteinkante. Eileen sah mit Erleichterung einen Mann in Chauffeursuniform am Steuer sitzen. Jemand stieg auf der anderen Seite aus. Es war Jeff Landers. Er kam um den Wagen herum und auf sie zu, sah ihr ins Gesicht, dann auf ihr Gepäck, dann forschend in ihre Augen.

»Eileen! Sie fahren weg?«

»Ja.«

»Kann ich Sie irgendwo hinbringen?«

»Mein Taxi kommt gleich!«

»Oh, ich bitte Sie, steigen Sie ein!«

»Nein, ich …«

Der Chauffeur stieg jetzt aus und griff nach ihrem Gepäck. Keine Minute später saß Eileen in dem anfahrenden Wagen, und der Mann neben ihr fragte:

»Wohin möchten Sie?«

»Zum Kennedy Airport. Aber ich würde lieber ein Taxi nehmen. Es ist zuviel verlangt.«

Jeff lächelte sie an. Es war ein weiches, wohltuendes Lächeln.

»Aber ich bitte Sie! Ich freue mich, Sie wiederzusehen. Wie geht es Ihnen, Eileen?«

»Vielen Dank, sehr gut!«

Jeff Landers sagte mit sanfter Stimme:

»Alles okay, Eileen?«

»Ja! Ja, natürlich. Und wie geht es Ihnen?«

»Oh, es geht. Im Augenblick habe ich nicht allzuviel Arbeit. Diese Hitze lähmt uns alle.«

»Ja.«

Die lange Fahrt nach Queens mit Jeff Landers! Sie hätte lieber nicht in seinen Wagen steigen sollen. Was sollte sie die ganze Zeit über mit ihm reden, ohne daß er dahinterkam, was mit ihr los war!

Aber Jeff löste das Problem, indem er ein bißchen von sich erzählte.

»Mein Vater besteht darauf, daß ich in der Stadt mit Chauffeur fahre. Bill ist nicht nur mein Fahrer, er ist auch mein Guard. Seit ich letztes Jahr in der Parkgarage überfallen wurde, ist mein Vater sehr ängstlich geworden.«

»Sie sind der einzige Sohn?«

»Oh, nein!« lächelte Jeff zurück. »Ich habe vier Brüder und zwei Schwestern. Aber ich bin der Jüngste. Meine Geschwister leben über die ganzen Staaten verstreut.«

Jeff erzählte eine ganze Menge von seiner Familie, und Eileen erfuhr bei dieser Gelegenheit, daß seine Eltern in Long Island, er selbst jedoch in Manhattan lebte.

Manhattan hatten sie inzwischen längst verlassen und näherten sich jetzt dem Flughafen.

»Wohin fliegen Sie überhaupt, Eileen?«

»Nach New Orleans, zu meinen Eltern, nur übers Wochenende.«

Der Wagen hielt vor dem Pan-Am-Gebäude. Jeff sprang aus dem Wagen.

Eileen trat kurz darauf neben ihn und griff nach ihrem Gepäck.

»Bemühen Sie sich nicht weiter! Ich komme allein zurecht.«

»Ich darf Sie doch noch weiter begleiten?«

»Nein!« entfuhr es Eileen ein bißchen zu heftig.

»Nein?«

War Jeff jetzt beleidigt? Auf alle Fälle sah er betroffen aus. Dafür überließ er ihr aber das Gepäck. Eileen verabschiedete sich von Jeff Landers und betrat die Halle des Flughafengebäudes.

*

Jeff ließ den Chauffeur kurz nach dem Wenden halten.

»Augenblick, ich muß telefonieren.«

Ein paar Minuten später war er mit Susan Powers verbunden, die er noch in ihrem Büro erreicht hatte.

»Mrs. Powers, hier spricht Jeff Landers.«

»Oh, Mr. Landers! Was kann ich für Sie tun?«

»Ich habe soeben Mrs. Morris auf dem Kennedy Airport abgesetzt.«

»Eileen?« Susan Powers' Stimme hatte sofort aufgeregt geklungen.

»Sie kam mir eigenartig vor. Ich traf sie zufällig vor ihrer Wohnung. Sie hatte Gepäck bei sich und wartete auf ein Taxi. Sie sagte mir, sie wolle nach New Orleans zu ihren Eltern.«

»Eileen hat keine Eltern, das heißt, ihr Vater lebt noch, aber nicht in New Orleans, sondern in Austin. Hat sie Ihnen das gesagt?«

»Ja, und ich hatte sofort das Gefühl ..., ich glaube, sie erfand es im letzten Augenblick.«

»Du lieber Himmel! Sie hat Cliff verlassen! Aber warum kommt sie nicht zu mir? Welchen Eindruck hat sie auf Sie gemacht, Mr. Landers?«

»Ich weiß nicht. Sie hat sich ziemlich zusammengenommen, denke ich.«

»Mr. Landers, wo sind Sie jetzt?«

»Noch auf dem Flughafengelände.«

»Würden Sie sich um Eileen kümmern? Ich meine, könnten Sie vielleicht noch einmal mit ihr sprechen?«

»Sie will es nicht. Sie wollte nicht einmal, daß ich ihr Gepäck trage.«

»Vermutlich weiß sie noch nicht einmal, wohin sie fliegen will.«

»Hm. Was ist passiert, Mrs. Powers?«

»Ich weiß es nicht. Als ich das letzte Mal mit ihr telefonierte, sagte sie mir, sie könne Cliff nicht verlassen, weil sie nicht mit Sicherheit wisse, ob sie nicht vielleicht schwanger sei.«

»Oh!« Jeff fühlte sich betroffen.

»Ich denke aber, das Problem hat sich mittlerweile gelöst, Sie verstehen? Und darum hat sie sich zu diesem Schritt entschlossen. Nur eines verstehe ich nicht: Warum hat sie mich nicht angerufen?«

»Als ich sie auf das Taxi warten sah, wirkte sie ziemlich gehetzt.«

»Irgend etwas muß doch passiert sein! Hat sie gar nichts gesagt, Mr. Landers?«

»Nein. Ich fühlte allerdings, daß sie nicht sprechen wollte und erzählte ihr von meiner Familie.«

»Mr. Landers«, unterbrach ihn Susan Powers, »könnten Sie sie vielleicht aufhalten, bis ich auf dem Flughafen bin? Ich bitte Sie!«

»Okay, ich werde es versuchen.«

»Vielen Dank! Ich beeile mich!«

Jeff hängte ein, sagte Bill Bescheid und betrat gleich darauf die Halle des Flughafens.

Es dauerte nicht lange, bis er Eileen gefunden hatte. Sie stand an der Information.

»Eileen!«

Sie fuhr herum und machte ein Gesicht wie ein ertapptes Schulmädchen. Er fühlte große Zärtlichkeit für sie in sich aufsteigen, noch ehe sich seine Hand um ihren Arm legte.

»Ich finde, wir sollten miteinander reden! Gehen wir in die Bar, einverstanden?«

Eileen nickte nach einem langen, verstörten Blick, und Jeff griff nach ihrem Gepäck.

Minuten später saßen sie sich an einem kleinen runden Tisch gegenüber und Jeff griff nach Eileens Händen.

»Eileen, ich habe vorhin mit Mrs. Powers telefoniert.«

»Mit Susan?« fragte sie leise.

»Ja. Als ich Sie vorhin absetzte, ging mir auf einmal durch den Kopf, daß heute irgend etwas nicht mit Ihnen stimmt. Mrs. Powers hat es mir bestätigt. Sie bat mich, Sie so lange aufzuhalten, bis sie hier ist.«

Eileen schüttelte den Kopf und senkte den Blick.

»Ich möchte Susan nicht sehen! Ich möchte niemanden sehen!«

»Ich verstehe. Mich möglichst auch nicht, nicht wahr, Eileen? Was ist passiert? Warum haben Sie sich plötzlich entschlossen, von zu Hause wegzugehen? Und wohin wollen Sie? Susan sagte mir, daß es in New Orleans niemanden gibt. Ihr Vater lebt in Austin. Möchten Sie dahin?«

Eileen schüttelte den Kopf.

»Nein!«

»Wohin dann?«

Eileen senkte ihre schwarz bewimperten Lider. Als sie wieder aufsah, war ihr Blick abwehrend.

»Ich denke, das geht Sie nichts an, Mr. Landers!«

Eileen hatte ihre Hände aus den seinen zurückgezogen, und Jeff lehnte sich betrübt in den Stuhl zurück. Er griff nach einer Zigarette und inhalierte hastig.

Die Flughafenbar war gut besucht. Jemand stieß mit dem Koffer gegen Jeffs Stuhl. Es ging laut und hektisch zu hier oben über der Halle. Trotzdem hatte Jeff das Gefühl, ganz allein mit Eileen Morris zu sein.

Sie war es, die das Schweigen zwischen ihnen brach.

»Es tut mir leid, Mr. Landers! Ich habe es nicht so gemeint. Ich danke Ihnen für Ihre Fürsorge!«

»Schon gut«, hörte Jeff sich sagen.

Eileen senkte wieder den Blick.

»Ich weiß nicht, wo ich hinfliege. Ich überlege es mir noch.«

Jeff kam ein Gedanke, den er sofort aussprach:

»Was halten Sie von Hawaii, Eileen?«

»Hawaii?«

»Erinnern Sie sich nicht? Ich habe Ihnen auf der Herfahrt von meinem ältesten Bruder Jim erzählt, der ein Apartment-Hotel auf Maoi besitzt. Während Sie auf dem Flug dahin sind, könnte ich ihn verständigen und arrangieren, daß er Sie in Wailuku vom Flughafen abholen läßt.«

Jeff fand die Idee phantastisch.

»Eileen! Waren Sie schon einmal auf den Inseln? Ich sage Ihnen, das Klima dort ist phantastisch. Es würde Ihnen guttun nach diesem Hexenkessel New York!«

Jeff griff wieder nach Eileens Händen.

Die Idee schien endlich auch Eileen zu begeistern. Ihr Blick hellte sich auf, und sie versuchte sogar ein Lächeln.

»Hawaii! Oh, Gott! Das ist sehr weit weg!«

»Wollten Sie nicht sehr weit fort?«

Daraufhin verdüsterte sich ihr Blick wieder.

»Ja. Ja, das wollte ich.«

»Okay, wir warten, bis Susan hier ist. Und dann sehen wir zu, wann die nächste Maschine geht. Was halten Sie davon?«

»Ich weiß nicht. Aber wenn Sie meinen ...«

Jeff senkte seine Stimme und sagte eindringlich:

»Oder möchten Sie zurück in die 62. Straße?«

Die junge Frau ihm gegenüber schüttelte heftig den Kopf.

»Nein, das möchte ich auf keinen Fall!«

»Okay, dann erzähle ich Ihnen, was sie auf Maoi erwartet!«

Jeff hörte sich die nächste Stunde von weißem Sand schwärmen, von blauem Meer, von Palmen und all den Dingen, die zu Hawaii gehörten. Und er erzählte von Jim und seiner Frau Pamela.

»Sie sind reizend, und Sie würden sich dort geborgen fühlen, glauben Sie mir!«

Jeff wurde durch die Ankunft von Mrs. Powers unterbrochen, die mit den Worten an den Tisch trat:

»Oh, hier seid ihr! Eileen, was machst du für Geschichten? Was soll das? Warum hast du mich nicht angerufen? Was ist passiert?«

Jeff erhob sich, nickte Susan Powers zu und sagte zu Eileen, die auf diesen Hagel von Fragen noch keine Antwort gefunden hatte und wieder ziemlich verstört aussah:

»Ich sehe mich inzwischen nach den Flugplänen um.«

Eine Viertelstunde später wußte er, was es zu wissen gab. Die nächste Maschine nach Honolulu mit Anschluß nach Wailuku flog um 20 Uhr 20. Und sie war noch nicht ausgebucht.

*

Cliff erreichte Susan gegen 23 Uhr in ihrer Wohnung.

»Ich nehme an, du weißt, wo Eileen ist!« schrie er in den Hörer.

Susan genoß es hörbar zu sagen:

»Nein, tut mir leid, Cliff! Wieso? Ist sie nicht zu Hause?«

»Verdammt, mach' mir nichts vor, du weißt es!«

»Kann sein. Aber ich sage es dir nicht.«

»Sie ist bei dir! Hol' sie an den Apparat!«

»Eins kann ich dir versprechen, Cliff: Eileen ist nicht bei mir. Du kannst ja herkommen und nachsehen.«

»Dann ist sie bei dem Mann, mit dem du sie verkuppeln willst. Wie heißt der Kerl?«

»Von wem redest du?«

»Ich drehe dir den Hals um, Susan, das verspreche ich dir, wenn du mir nicht augenblicklich sagst, wie der Kerl heißt! Ist es einer deiner verdammten Spürhunde? Ich verklage dich wegen Kuppelei!«

»Tu es, Cliff!«

»Ich weiß genau, du warst heute mit ihr zusammen. Ich rief in deinem Büro an. Du warst nicht da. Dann rief ich bei dir zu Hause an, und dein Mann sagte mir, du wärst zum Flugha... Oh, ist es das? Du hast Eileen zum Flughafen gebracht? Wohin ist sie geflogen? Sag' es mir auf der Stelle!«

»Ich habe keine Ahnung, wovon du redest, Cliff!«

»Ich finde es heraus! Ich lasse sämtliche Passagierlisten von sämtlichen Fluggesellschaften durchchecken!«

»Dabei wünsche ich dir viel Glück, Cliff. Und jetzt sag' mir, worüber du dich eigentlich aufregst? Du konntest doch nicht erwarten, daß Eileen nach all dem noch mit dir zusammenlebt.«

»Nach all dem? Du lieber Gott! Was ist schon passiert? Ich hatte einen kleinen Ausrutscher. Es war nichts von Bedeutung. Es hatte nichts mit Eileen und mir zu tun!«

»Nein, Cliff? Ein Verhältnis, das sechs Jahre dauert und schon vor deiner Ehe bestand, hat nichts zu bedeuten, meinst du?«

Cliff fühlte den Boden unter sich schwanken.

»Verdammt, woher hast du den Blödsinn?«

Aber er wußte, daß die Frage überflüssig war. Susan hatte es von Eileen und sie wiederum ... Dafür kam nur ein Mensch in Frage: Sarah!

Susan sagte mitten in seine Überlegungen hinein:

»Ich bin müde, Cliff! Gib dir die Antwort selbst.«

Susan legte auf, und das Freizeichen kam durch die Leitung.

Cliffs nächster Weg führte an die Bar. Und mit dem Whiskyglas in der Hand lief er danach neben dem Telefon auf und ab.

Er hatte heute abend bereits mit Sarah im Hotel telefoniert.

Sarah hatte die Unschuldige gespielt.

Cliff schüttete sich den Whisky in die Kehle, und dann ging er in der richtigen Stimmung ans Telefon. Aber der Mann von der Hotelrezeption sagte ihm, daß Miss Sarah King abgereist sei.

Abgereist! Zuerst Eileen, dann Sarah!

Cliff ging an die Bar und setzte dies mal die Flasche an. Da läutete es an der Wohnungstür.

Eileen! Das war sein erster Gedanke!

Er riß die Tür auf, ohne vorher durch den Spion zu sehen.

»Du?«

Sarah stand da zwischen all ihren Koffern.

Er wollte ihr die Tür vor der Nase zuschlagen, aber sie stemmte sich dagegen.

»Cliff, ich ...«

»Du hast Eileen angerufen, nicht wahr? Du hast es ihr gesagt!«

»Cliff!« Sarah trat zu ihm und legte ihm die Arme um den Hals.

»Cliffs ich liebe dich!«

*

Susan Powers hatte den Airport eine Stunde vor Abflug der Maschine nach Honolulu verlassen, aber Jeff war bis zuletzt bei Eileen geblieben. Er hatte nach ihrem Einchekken sogar gewartet, bis die Maschine zur Startbahn rollte.

Auf der Fahrt nach Hause fühlte er sich dann seltsam einsam. So viele Menschen gab es in dieser Stadt, und niemand gehörte zu ihm!

Auf der Fahrt nach Hause hatte Jeff Eileens Gesicht vor Augen.

Eileen! Er hatte nicht umhin gekonnt, sie zum Abschied zu küssen. Es war viel zu kurz gewesen, daß er ihre Lippen gespürt hatte, und die Sehnsucht danach war noch immer in ihm, als er längst wieder zu Hause auf seinem Bett lag und eine Zigarette rauchte. Ihm half auch der Gedanke nicht, daß Eileen ihren Mann liebte, vielleicht sogar ein Kind von ihm bekam.

Eileen hatte ihn vom ersten Augenblick an bezaubert. Er hatte damals schon so etwas wie Sehnsucht nach ihr empfunden, als sie in der 23. Etage den Fahrstuhl verließ. Er war ihr gefolgt, obwohl sein Büro viel weiter oben lag, und er hatte ihr nachgesehen, wie sie auf die Tür zu Susan Powers Büro zuging.

Und jetzt war sie auf dem Weg nach Hawaii, schwebte irgendwo über dem Kontinent in 40 000 Fuß Höhe. Ob sie auch nur einen Gedanken an ihn verschwendete, oder ob sie nur ihrer zerbrochenen Ehe nachtrauerte?

Jeff hatte noch auf dem Flughafen mit Jim telefoniert, um ihm Eileens Ankunft anzukündigen.

Jim hatte versprochen, sie vom Wailuku Airport abzuholen.

Es dürfte also alles klappen, was Jeff für Eileen arrangiert hatte. Aber warum hatte er sie so weit fortgeschickt?

Jeff griff gerade nach der Zigarettenpackung, da schlug das Telefon neben seinem Bett an. Ehe er nach dem Hörer griff, sah er noch auf seine Uhr. Halb eins! Wer konnte das sein?

Es war Susan Powers.

»Hallo, Jeff. Ich hoffe, ich habe Sie nicht aus dem Schlaf gerissen.«

»Susan! Ist etwas?« fragte Jeff sofort aufgeregt.

»Ich habe es vor einer halben Stunde bei Ihnen versucht, aber da waren Sie noch nicht zu Hause. Cliff hat bei mir angerufen.

Henry, mein Mann, hatte ihm gesagt, daß ich zum Airport gefahren sei. Cliff hat mich zuerst gefragt, ob Eileen bei mir sei oder bei Ihnen.«

»Bei mir? Kennt er mich denn?« fuhr Jeff auf.

»Nein, keine Sorge, Jeff! Er weiß Ihren Namen nicht. Aber er will alle Passagierlisten sämtlicher Gesellschaften durchchecken lassen. Auf einmal scheint ihm etwas an Eileen zu liegen.«

»Oh, hatten Sie den Eindruck, Susan?«

»Ja, den hatte ich. Aber ich glaube nicht, daß Eileen ihm verzeihen kann, daß er schon Jahre vor ihrer Heirat mit Sarah King zusammen war und das Verhältnis die ganze Zeit weiter bestand.«

»Woher wissen Sie das, Susan?« fragte Jeff erregt.

»Eileen sagte es mir, während Sie sich nach dem Flugplan umsahen. Sarah King hat Eileen heute abend angerufen und es ihr selbst gesagt.«

Jeff begann zu verstehen.

»Cliff wird Eileen ziemlich schnell gefunden haben, nehme ich an. Sie hat den Flug mit Kreditkarte gebucht, und alles Weitere ist keine Hexerei.«

»Ja, das ist wahr.«

»Er wird ihr nachfliegen und sie zurückholen, nehme ich an.«

»Ja.«

Es entstand ein längeres Schweigen in der Leitung. Dann räusperte sich Mrs. Powers:

»Jeff, lieben Sie Eileen?«

»Warum fragen Sie, Susan?«

»Wenn ja, dann sollten Sie vor Cliff bei ihr sein.«

»Sie meinen?«

»Genau das, Jeff!«

Das Schweigen dauerte diesmal nicht so lange.

»Susan, was ist mit Eileens Schwangerschaft?« hörte er sich etwas heiser fragen.

*

Eileen fragte sich Stunde um Stunde, wozu sie den weiten Weg gemacht hatte, um doch immer nur an das eine zu denken: Ihre Ehe mit Cliff war eine Farce gewesen, unwahr, unecht.

Das Ganze war einfach unfaßbar!

Als sie gestern hier ankam und den kleinen Bungalow in der Nähe des Strandes bezog, hatte sie es noch immer nicht begriffen, was eigentlich mit ihr geschehen war. Manchmal fragte sie sich, ob sie das Ganze nicht träume. Daß sie heute morgen ihr Frühstück von einem jungen Inder auf der Veranda des Bungalows serviert bekommen hatte zum Beispiel, daß sie jetzt auf einer Liege unter einer Palme lag, daß sie vorhin dort draußen im glasklaren und wunderbar warmen Wasser geschwommen war.

Jeff hatte ihr vorgeschwärmt, wie schön es hier sei. Und es war genauso, wie er es gesagt hatte. Aber sie war einfach nicht imstande, es wirklich zu fassen! Ihr war, als hätte ihr jemand auf den Kopf geschlagen, und sie sei noch nicht wieder richtig zu sich gekommen.

Dabei waren die ganze Zeit Menschen in der Nähe. Der Strand war beileibe nicht übervölkert, und niemand befand sich in ihrer unmittelbaren Nachbarschaft. Ein paar junge Leute im Wasser, weiter draußen ein Wellenreiter, das war alles, was Eileen an Menschen sah. Aber sie hörte dort und da Stimmen von den Bungalows hinter dem Sandgürtel. Es war alles real, und doch empfand sie es als unwirklich, auch als jemand über ihr sagte:

»Eileen!«

Sie mußte nicht erst die Augen öffnen, um zu wissen, wer vor ihr stand.

»Jeff!«

Er stand neben ihrer Liege im schwarzen Badeslip, ein wirklich schön gebauter junger Mann mit einem sympathischen Lächeln auf den Lippen.

»Jeff, wie kommen Sie hierher?« hörte sie sich fragen.

Jeff beugte sich über sie.

»Eileen, wie geht es Ihnen?«

»Es geht mir gut.«

»Ja, wirklich, Eileen?«

Seine Augen standen mit einem warmen, suchenden Blick über ihr.

»Ja!«

Auf einmal war alles ein bißchen heller um sie, ihre Gedanken waren klarer.

»Ja, wirklich?« hörte sie sich noch einmal sagen, ehe ihr Blick für längere Zeit in den seinen tauchte.

Er richtete sich unvermittelt auf und griff dabei nach ihrer Hand.

»Kommen Sie! Wir gehen ins Wasser!«

Jeff zog Eileen hoch und über den heißen Sand hinweg.

Jeff! An seiner Hand ins Wasser zu laufen, gab ihr zum ersten Mal seit vielen Stunden das Gefühl zu leben.

»Sehen Sie dort draußen die Gischt über der Korallenbank? Wir schwimmen dort hinaus, okay?«

»Ja!«

Es war wundervoll, neben Jeff herzuschwimmen. Er gab ihr dabei auch die Antwort auf ihre erste Frage:

»Ich dachte, ich sollte Sie hier nicht ganz allein lassen, deshalb bin ich hier.«

»Danke, Jeff. Oh, ich danke Ihnen so sehr!«

*

Jeff hatte auf der Hotelterrasse mit Eileen zu Abend gegessen und sie gegen 10 Uhr zu ihrem Bungalow zurückgebracht. Als er ins Hotel zurückkam, nahm ihn Jim zur Seite.

»Hallo Junior, was ist mit dem Mädchen los?«

Jim grinste und trat mit Jeff an die Bar.

»Sie ist verheiratet, das weißt du hoffentlich.«

Pamela in einem sehr hübschen blauen Cocktailkleid trat lächelnd an Jeffs Seite.

»Aber nicht glücklich, das sieht man auf den ersten Blick.«

Jeff fühlte sich erröten unter Pamelas forschendem Blick.

»Sie ist aber nicht meine Geliebte, wenn ihr das denken solltet. Das ist so: Ich habe sie nur hierhergeschickt, weil sie nicht wußte, wohin sie gehen sollte, nachdem sie ...«

»Ihren Mann verlassen hat, Jeff?« Pamela hatte einen warmen, verständnisvollen Blick für Jeff. Von allen Schwägerinnen war sie ihm immer schon die liebste gewesen, und nach diesem Blick erst recht.

»Ja, Pamela. Sie hat Cliff Morris verlassen, aber nicht meinetwegen.«

»Die Kleine ist ganz reizend«, grinste Jim seinem Bruder vielsagend entgegen, ehe er sich an den polynesischen Barkeeper wandte:

»Ronny, dreimal Paradise Cocktail!«

»Ja, das ist sie, Jeff.« Pamela hatte strahlend blaue Augen und wundervolles blondes Haar. Sie war schon Mitte Dreißig, wirkte auf Jeff aber immer noch wie ein junges Mädchen.

Pamela fuhr fort:

»Ich habe sofort gesehen, daß sie ein Problem hat, Jeff, gleich auf den ersten Blick. Ich brachte sie selbst zu ihrem Bungalow. Sie schien mir ziemlich abwesend. Sie kam gestern abend auch nicht zum Dinner. Heute abend mit dir habe ich sie zum ersten Mal lächeln gesehen.«

Jim nahm zwei Cocktails vom Tresen, drückte einen seiner Frau in die Hand und den anderen Jeff.

»Siehst du nicht, daß Pamela vor Neugierde platzt? Was hast du mit der Kleinen zu tun, Jeff? Warum bist du ihr so schnell nachgekommen?«

Jeff versuchte daraufhin ein lässiges Grinsen:

»Ich habe nichts mit ihr zu tun. Ich kenne sie nur zufällig. Und was deine zweite Frage betrifft, Bruderherz: Ich bin nur urlaubsreif.«

»Okay, wir lassen dich damit zufrieden. Wie geht es Ma und Pa?«

»Gut. Sie kommen im Juli und lassen euch bis dahin grüßen.«

Jim legte Jeff die Hand auf die Schulter.

»Komm, setzen wir uns, und erzähl mir ein bißchen von zu Hause!«

Jeff saß danach über zwei Stunden mit Jim und Pamela beisammen. Draußen auf der Terrasse spielte eine hawaiianische Band, und einige Paare tanzten dazu. Jeff dachte daran, während er Jim's Fragen beantwortete, wie es wäre, mit Eileen zu tanzen. Dann fühlte er Pamelas Blick auf seinen Zügen und zwang sich mit seinen Gedanken zurück zu Jims Fragen.

Aber Pamela kam später noch einmal auf Eileen zu sprechen, tat es jedoch auf dem Umweg über eine andere Frage:

»Jeff, wie geht es Linda Jackson?«

Jeff fühlte, wie er errötete.

»Woher weißt du, Pamela?«

»Deine Mutter hat zu Weihnachten von ihr gesprochen.«

»Ich hatte den Eindruck, Ma war herzlich wenig begeistert von Miß Jackson«, sagte Jim grinsend.

Jeff senkte den Kopf.

»Diese Sache ist vorbei!«

»Dauerte aber ziemlich lange, nicht wahr? Ma hatte schon Angst, sie könnte ihre vierte Schwiegertochter werden«, meinte Jim noch immer lächelnd.

»Linda dauerte es auch zu lange, aber ich konnte mich nicht entschließen.« Jeff erhob sich, als Pamela sagte:

»Ich denke, daß ein Mädchen wie Eileen deiner Mutter besser gefallen würde, Jeff!«

*

Jeff bat den indischen Boy, auch sein Frühstück im Bungalow 6 zu servieren, ehe er zum Strand aufbrach.

Eileen stand in einem weißen Badekleid auf der Veranda und lehnte ihren Kopf gegen eine hölzerne Säule, als Jeff sich dem Bungalow näherte. Ihr schwarzes Haar flatterte ein wenig in der Morgenbrise.

Jeff konnte nicht umhin, ihr in Gedanken das Badekleid auszuziehen. Er hatte gestern im Bikini ihre bezaubernde Figur gesehen ... Eileen war irgendwie besonders gebaut, sehr zart und doch akzentuiert weiblich geformt.

Sie sah und hörte ihn noch nicht, als er den schmalen Pfad vom Hotel entlangkam. Er verhielt den Schritt und nahm ihr Bild in sich auf. Eileen sah sehr schön aus und irgendwie ätherisch, vor allem aber sehr verloren. Bei dieser Erkenntnis fühlte Jeff wieder die Sehnsucht in sich aufkommen. Er trat die letzten Schritte auf die Veranda zu.

»Eileen! Guten Morgen!«

»Jeff!« Sie sah ihm mit ihren großen Augen entgegen.

»Darf ich mit Ihnen frühstücken? Ich habe den Boy gebeten, mein Frühstück zu Ihnen zu bringen.«

Zehn Minuten später saßen sie sich bei gebratenen Eiern, Kaffee, Toast und einer Schüssel voll Früchten gegenüber.

»Wie haben Sie geschlafen?«

»Gut, danke«, sagte Eileen, ehe sie ihren Blick auf die gebratenen Eier senkte. Ein paar Augenblicke später erkannte Jeff, daß es unter ihren Wimpern feucht schimmerte.

Jeff schob seine Hand über den Tisch.

»Was ist los?« Er wußte nicht, wie weich und zärtlich seine Stimme klang.

Sie überließ ihm ihre linke Hand aber sie hob ihren Blick nicht.

»Nichts ist los, Jeff!«

»Ich sehe es!«

Eileen hob nach langem Schweigen endlich ihre Lider. Ihr Blick schwamm in Tränen, und Jeff fühlte eine neue Welle der Zärtlichkeit.

»Können Sie sich das nicht vorstellen? Ich fühle mich benutzt und weggeworfen. Ich weiß nicht mehr, wer ich bin, was ich war und was ich sein werde. Alles, was ich in den vergangenen vier Jahren erlebt habe, ist überhaupt nicht wahr gewesen, verstehen Sie? Alles, was ich über Cliff und mich gedacht habe! Wenn ich mir vorstelle, daß diese andere Frau immer da war, daß sie vor mir da war und die ganze Zeit während unserer Ehe! Ich weiß überhaupt nicht mehr, was ich denken soll!«

»Sie sollen überhaupt nichts denken! Sie sollen abschalten, Eileen! Dazu sind Sie hier. Und deswegen bin ich hier!« hörte sich Jeff leise über den Tisch sagen.

»Aber ich kann es nicht! Gestern, als Sie hier ankamen, da dachte ich …«

»Ja, was dachten Sie da, Eileen?« Jeff fühlte bei seiner Frage sein Herz klopfen.

»Ich fühlte mich auf einmal wieder ein bißchen lebendig. Aber heute morgen, als ich aufwachte, allein …«

»Eileen, darf ich Sie etwas fragen?«

Sie nickte nur und wischte die Tränen aus ihren Augen.

»Lieben Sie Ihren Mann?«

»Ich habe ihn geliebt.«

Jeff sagte:

»Erzählen Sie mir mehr davon.«

Eileen warf ihm einen unsicheren Blick zu, während Jeff seine Linke wieder auf Eileens Hand legte.

»Wollen Sie das wirklich, Mr. Landers?«

Nein! schrie alles in Jeff. Aber er hörte sich sagen:

»Ja, das will ich!«

Sie fing erst nach einer Weile an zu erzählen, und dabei erhellte sich ihr Blick.

»Ich wohnte damals bei Susan und traf Cliff eines Tages auf einer Party bei einer Freundin auf Long Island. Cliff wirkte von Anfang an sehr überlegen auf mich. Ich glaube, ich habe unbewußt nach so einem Mann gesucht, nachdem mein Vater ...«

»Was ist mit Ihrem Vater, Eileen?« fragte Jeff verhalten.

»Nachdem Dad so schnell nach Mutters Tod wieder geheiratet hat und ich in seinem neuen Leben keinen Platz mehr hatte.«

»Ich verstehe.«

»Cliff belegte mich schon den ersten Abend mit Beschlag und verabredete sich gleich für den nächsten Morgen mit mir. Es war alles ganz normal, verstehen Sie? Als Cliff mich ein paar Tage später fragte, ob ich ihn heiraten wolle, dachte ich, er liebt mich, so wie ich ihn.«

»Haben Sie ihn sehr geliebt?« hörte sich Jeff fragen. Eine selbstquälerische Frage. Aber er hatte sie stellen müssen.

»Damals ja.«

»Und später? Eileen, lieben Sie ihn noch?«

Die Antwort ließ etwas auf sich warten.

»Ich weiß nicht. Im Augenblick erscheint mir alles so unwirklich. Liebe ich ihn? Habe ich ihn überhaupt jemals geliebt? Ich weiß nur, daß Cliff mich nach der Hochzeitsreise bereits betrog. Ich habe es immer gewußt, ohne daß ich es mir so richtig eingestanden habe. Jetzt weiß ich den Grund dafür: Sarah King! Seine Bindung zu ihr war stärker als die zu mir. Ich habe vielleicht in gewisser Hinsicht versagt.«

»In welcher Hinsicht meinen Sie?«

Eileen senkte diesmal den Blick sehr tief und Jeff verstand, was sie meinte. Er nahm zärtlich ihre Hand und drückte sie.

»Nein, bestimmt nicht, Eileen! Reden Sie sich nur das nicht ein!«

»Aber es muß so sein, Jeff! Ich hatte keinerlei Erfahrung, vermutlich habe ich Cliff gelangweilt.«

»Nein!« sagte Jeff leise.

»Das können Sie nicht wissen, Jeff«, kam es von ihren Lippen.

»Ich weiß es! Sie können einen Mann, den Sie lieben, nicht langweilen. Und schon gar nicht einen Mann, der Sie liebt.«

Jetzt schüttelte Eileen den Kopf: »Das ist vielleicht der Punkt: Cliff hat mich nicht geliebt.«

»Möglich, daß er nicht dazu fähig ist. Männer, die sehr häufig ihre Partnerin wechseln ...«

»Wechseln Sie häufig Ihre Partnerin, Jeff?« Eileen war die Frage sichtlich peinlich, kaum daß sie sie ausgesprochen hatte. Sie errötete sogar.

»Nein, ich ... Ich war bis vor zwei Monaten mit einem Mädchen verlobt. Wir trennten uns in gegenseitigem Einvernehmen, nachdem wir beide erkannt hatten, daß wir nicht zueinander paßten.«

»Wie war sie?«

»Linda?«

»Als ich sie kennenlernte, dachte ich, ich hätte gefunden, was ich suchte. Wir verlobten uns bald, aber etwas an ihr störte mich. Ich kam erst dahinter, als meine Verliebtheit etwas abflaute. Linda war sehr kühl. Nicht im Bett, sondern überhaupt. Ich verschob immer wieder unseren Hochzeitstermin. Aber ganz sicher war ich mir, daß wir nicht zueinander gehörten, kurz bevor wir uns trennten. Sie sagte mir, ich müsse mich entscheiden, denn sie hätte noch ein anderes Heiratsangebot. Und sie hat inzwischen geheiratet. Sie schickte mir eine Anzeige.«

»Waren Sie darüber betroffen, Jeff?«

»Mein Stolz war ein wenig verletzt, glaube ich. Aber davon erholte ich mich sehr schnell.«

Schweigen breitete sich nun aus.

»Kommen Sie! Gehen wir schwimmen!« schlug Jeff endlich vor.

»Ja«, sagte Eileen und erhob sich.

*

Eileen bekam einen Anruf von Susan mitten in der Nacht.

»Oh, ich habe dich geweckt, nicht wahr?« entschuldigte sich Susan, während Eileen sich im Bett aufsetzte.

»Es macht nichts. Warum rufst du an? Ist etwas passiert?«

»Mit Cliff, meinst du? Nein, ich habe nichts von ihm gehört. Dafür habe ich aber erfahren, daß Jeff Landers dir nachgereist ist.«

»Jeff ist hier, ja. Wir waren den ganzen Tag zusammen. Er kam gestern.«

»Olala!« meinte Susan vielsagend.

Eileen wehrte sich dagegen:

»Du mußt nicht denken, daß ich … Daß wir …«

»Aber Baby, ich könnte es dir nicht verdenken. Jeff Landers ist wirklich ein gutaussehender junger Mann. Ich habe mich außerdem ein bißchen nach ihm erkundigt.«

»Susan, wie kannst du?«

»Warum nicht? Ich will nicht, daß du ein zweites Mal hereinfällst.«

»Aber davon ist gar keine Rede!«

»Nicht?« sagte Susan in New York, ein klein bißchen enttäuscht, lachte aber gleich darauf wieder leise in den Apparat. »Jeff Landers ist jedenfalls in Ordnung, soweit ich das beurteilen kann. Er hat zur Zeit keine Freundin. Eine Verlobung ging vor zwei Monaten in die Brüche. Davor hat er sich nicht viel mit Frauen abgegeben. Er war ein sehr eifriger Student, ist vielseitig interessiert.«

»Susan, hör' auf!« rief Eileen in den Hörer.

»Ich bin ja schon fertig, Kindchen. Eigentlich wollte ich ja nur wissen, ob er wirklich bei dir ist.«

»Er ist nicht bei mir. Er wohnt drüben im Hotel bei seinem Bruder und bei seiner Schwägerin.«

»Nette Leute?«

»Ja, sehr.«

»Nett auch zu dir, meine ich?«

»Ja.«

»Eileen, laß dir doch nicht die Würmer aus der Nase ziehen. Erzähle ein bißchen!«

»Es gibt nicht viel zu erzählen. Jim und Pamela Landers sind freundlich. Das Hotel ist sehr schön. Ich wohne in einem Bungalow in der Nähe des Strandes.«

»Ich will etwas über dich und Jeff wissen!«

»Was willst du hören, Susan? Du lieber Himmel, denkst du, ich bin ihm um den Hals gefallen, als er hier ankam?«

»Ich an deiner Stelle hätte es getan!«

»Aber ich nicht!«

»Du trauerst doch nicht etwa um Cliff? Übrigens ist Sarah King bei ihm eingezogen.«

»Woher weißt du das?« hauchte Eileen in die Sprechmuschel.

»Ich hatte mir so etwas gedacht, als du mir von ihrem Anruf erzählt hattest. Und ich war neugierig, ob ich recht hatte.«

Eileen hatte es die Rede verschlagen.

»Eileen! Bist du noch da?« fragte Susan ungeduldig.

»Ja.«

»Ich sage dir das nur, damit du weißt, wie es um deine Ehe mit Cliff steht, und daß du keine Rücksicht nehmen mußt. Du weißt, was ich meine?«

»Du meinst, ich soll mit Jeff ins Bett gehen?«

»Ja, das würde dir helfen, denke ich.«

»Nein!« hörte sich Eileen antworten.

»Warum nicht?«

»Ich habe Angst!«

»Wovor, um Himmels willen?«

»Daß ich wieder versagen könnte.«

»Wieder versagen? Du denkst doch nicht, du hättest bei Cliff versagt!«

»Ja, das denke ich«, antwortete Eileen mit erstickter Stimme. Die Tränen waren schon eine Weile da, lauerten irgendwo in ihrer Kehle.

»Eileen, weinst du? Oh, ich war vielleicht zu direkt, als ich dir das mit Cliff und Sarah King erzählte! Und ich vergaß ... Eileen, hattest du inzwischen schon deine ... Tage?«

»Nein!«

Schweigen in der Leitung. Eileen hörte Susan atmen.

Dann sagte Susan:

»Wenn es sein sollte: Behältst du es?«

»Ja!«

»Nein, das tust du nicht!«

»Doch.«

»Du verbaust dir dein ganzes Leben.«

»Was für ein Leben?«

»Dein Leben mit Jeff Landers.«

»Aber Susan!«

»Und wenn das nicht, dann dein Studium und alles Weitere.«

»Ich behalte es trotzdem!«

»Dann ist nur noch zu hoffen, daß es sich um eine Hormonstörung handelt. Und dabei dachte ich, es könnte noch alles gut werden mit dir und Jeff. Ich hatte ein paar romantische Vorstellungen. Hawaii, Sonne, Sand und Meer ... Ich dachte, du hättest das mit Cliff überwunden. Ich hoffte, du wärst schon mit Jeff zusammengewesen, im Bett, meine ich.«

»Nein, Susan!«

»Okay, dann wünsche ich dir eine gute Nacht, Kindchen! Eines sollst du noch wissen: Du kannst auf mich zählen. Wenn du nach New York zurückkommst, kannst du, wie früher, bei mir wohnen.«

»Ich danke dir, Susan!«

Eileen hoffte, daß Susan jetzt endlich auflegen würde, aber sie tat es noch nicht. Sie sagte nach einer Weile:

»Du wolltest zu Cliff zurückgehen, nicht wahr?«

*

Cliff war vor zehn Minuten nach Hause gekommen und sofort ins Ankleidezimmer gegangen. Jetzt lagen zwei Koffer auf dem Bett im Schlafzimmer, und Cliff ging mit verkniffener Miene zwischen Ankleideraum und Schlafzimmer hin und her und packte Sachen ein.

Sarah hatte den Nachmittag draußen in der Sonne verbracht. Jetzt stand sie unter der Tür und hatte Cliff schon ein paarmal vergeblich gefragt:

»Was tust du? Verreist du?«

Er antwortete erst, als sie ankündigte:

»Ich komme mit, Darling.«

»Nein!« Cliff hatte vom Koffer aufgesehen und es ziemlich hart gesagt.

»Warum nicht?«

»Du bleibst, wo du bist! Außerdem möchte ich, daß du inzwischen meine Wohnung verläßt.«

Sarah fühlte einen heißen Stich in der Brust.

»Du hast Eileen gefunden!«

Cliff sagte unter der Tür zum Ankleideraum:

»Ja, zumindest weiß ich, wohin sie geflogen ist.«

Sarah nahm ihre ganze Kraft zusammen und sagte beiläufig:

»So? Und wo ist sie?«

Cliff kam mit einem Stoß Hemden zurück.

»Sie hat einen Flug nach Wailuku gebucht.«

Sarah pfiff durch die Zähne.

»Hawaii! Alle Achtung! Sie weiß mit deinem Geld umzugehen.«

Cliff bekam augenblicklich einen roten Kopf und sagte schneidend:

»Sie ist meine Frau!«

»Interessant, daß dir die Tatsache auf einmal wichtig ist.«

Cliff sah vom Koffer auf, und diesmal war es ein ernster Blick.

»Das war es immer, Sarah!«

Die Worte trafen Sarah wie ein Peitschenhieb. Nicht, daß sie während der letzten Tage nicht so etwas geahnt hätte, aber ausgesprochen klang alles viel schlimmer, viel endgültiger!

Cliff liebte also Eileen! Hätte er ihr das damals vor vier Jahren gesagt! Nicht, daß sie Cliff all die Jahre immer treu gewesen wäre. Sarah hatte dort und da ihre Affären gehabt. Kein Wunder, sie waren oft wochenlang getrennt gewesen. Aber trotzdem, auf ihre Art war sie Cliff treu gewesen. Sie hatte ihn immer als den einzigen Mann empfunden, der zu ihr gehörte.

Und jetzt mußte er auch noch sagen: »Eileen war mir immer wichtig, sonst hätte ich sie nicht geheiratet.«

Für diese Worte fing Sarah jetzt an, ihn zu hassen. Eigentlich tat sie es schon seit Tagen, seit sie hier eingezogen war, und auch schon die Tage davor, als sie merkte, daß Cliff mehr für seine Frau empfand, als er sich selbst eingestand.

Sie schrie ihn an:

»Wenn das stimmt, warum hast du dich dann nicht schon längst von mir getrennt?«

Cliff zuckte die Achseln. Er zuckte einfach die Achseln! Sarah rannte die paar Schritte auf ihn zu und erhob die Hand gegen ihn. Aber Cliff griff ihr rechtzeitig in den Arm.

»Werde jetzt nicht hysterisch, Baby«, sagte er kalt.

»Du verdammter Schuft! Du elender Kerl!« Sarah sagte noch eine ganze Menge, und dabei versuchte sie die ganze Zeit, auf Cliff einzuschlagen.

Schließlich fing sie an zu weinen. Aber Cliff ging seelenruhig weg, um ein paar weitere Sachen zu holen.

Es nützte auch nichts, daß sie den Koffer vom Bett riß. Cliff sagte im Zurückkommen:

»Heb' ihn auf!«

»Du kannst sie nicht lieben! Wir hatten doch die ganze Zeit so viel Spaß miteinander! Soll das alles vorbei sein?«

»Du wirst dich trösten, Baby!«

»Also soll es vorbei sein!«

»Es war vorbei, als du Eileen angerufen und ihr die Wahrheit über uns gesagt hast.«

»Ich habe dir erklärt, warum ich es tat. Ich liebe dich, Cliff! Ich möchte mit dir zusammensein!«

Cliff gab ihr keine Antwort darauf. Er hob den Koffer auf und fing erneut an, ihn zu packen.

Sarah kämpfte inzwischen ihre Tränen nieder. Und sie bemühte sich um den nötigen Spott in der Stimme:

»Und du denkst, du kannst Eileen zurückbekommen? Du bist dir da so sicher?«

»Ja, wenn du nichts dagegen hast.«

»Und du bist auch sicher, daß sie allein nach Hawaii geflogen ist? Du weißt genau, daß sie den fabelhaft aussehenden Typ nicht mitgenommen hat, mit dem wir sie im Restaurant gesehen haben? Könnte immerhin möglich sein! Einen Mann wie den würde ich an Eileens Stelle nicht laufenlassen! Hast du bemerkt, welche Ähnlichkeit er mit Richard Chamberlain hatte?«

»Halt dein giftiges Mundwerk, Sarah!«

»Der Gedanke macht dich krank, nicht wahr? Aber Frauen rächen sich gewöhnlich für das, was ihnen die Männer antun. Und deine Frau hatte Grund, sich zu rächen.«

»Den Grund, den du ihr geliefert hast«, sagte Cliff.

»Ja, und ich wette, du kommst zu spät, Darling. Weißt du überhaupt, in welches Hotel sie gegangen ist?«

»Nein, aber ich werde es herausfinden. Es muß auf dem Fragebogen stehen, den sie im Flugzeug ausgefüllt hat.«

»Ach ja«, sagte Sarah abgekämpft. Sie fühlte sich auf einmal unendlich müde. Es hatte keinen Sinn mehr, Cliff zurückhalten zu wollen.

»Ich wünsche dir viel Glück bei deiner Suche!«

*

Cliff hatte eine anstrengende Nacht hinter sich, als er vierzehn Stunden später von Mrs. Pamela Landers zu Eileens Bungalow gebracht wurde. Er hatte weder auf dem Flug nach Los Angeles noch auf dem Weiterflug nach Honolulu ein Auge zugetan, auf dem Flug von dort nach Wailuku schon gar nicht.

Aber jetzt machte ihn die Erregung über das bevorstehende Wiedersehen mit Eileen hellwach.

Die hübsche Blondine hatte ihn vorhin ziemlich betroffen angesehen, als er sie an der Rezeption getroffen und nach Eileens Morris gefragt hatte.

»Ich bin Cliff Morris.«

»Oh, ich bringe Sie zu Bungalow 6, Mr. Morris.«

Mrs. Landers war den schmalen Pfad zum Strand vor ihm gegangen und er hatte dabei das Gefühl gehabt, daß sie ziemlich nervös sei.

»Hier ist es, Mr. Morris.« Die Frau deutete auf einen Bungalow mitten unter tropischen Gewächsen.

Cliff ging weiter, sah über dem Geländer der Veranda ein paar von Eileens Sachen hängen. Er sah auch einen Tisch, auf dem noch das Frühstücksgeschirr stand. Und er sah ... zwei Gedecke!

Er betrat den offenstehenden Bungalow, stand gleich darauf in einem hübsch ausgestatteten Wohnraum.

»Eileen?«

Er stellte seine Koffer ab, legte das Jackett darüber und ging auf die Schlafzimmertür zu.

Eileen war nicht da und das Bett ... Sah es aus, als hätten zwei darin geschlafen?

Cliff stand eine Weile davor, dann verließ er mit langen Schritten den Bungalow und sprang mit einem Satz die Stufen von der Veranda hinunter.

Ein paar Schritte noch, und er hatte den weißen Sandgürtel erreicht, sah das Wasser dahinter ... Und er sah Eileen, sah ihr helles Haar auf dem Wasser liegen. Er erkannte auch einen männlichen Kopf in ihrer Nähe, der gerade lachend untertauchte. War es der Mann aus dem Restaurant?

Cliff fühlte eine unerträgliche Spannung, ehe er sich rufen hörte:

»Eileen!«

Sie wandte sofort den Kopf in seine Richtung, dann zurück zu dem Mann im Wasser, der sie bei den Händen hielt. Auch er sah jetzt zu ihm herüber, aber Cliff konnte noch nicht mit Sicherheit erkennen, ob er der Mann war, mit dem Eileen schon in New York zusammengewesen war.

Eileen schwamm bereits auf den Strand zu, richtete sich ein paar Meter davor im Wasser auf. Cliff kniff die Augen zusammen. Eileen in einem winzigen dunkelvioletten Bikini, dazu die hellbraun getönte Haut. Ihr lang herabfallendes Haar, das sogar naß noch füllig aussah ... Er hatte immer gewußt, daß sie ganz besonders aussah, aber jetzt empfand er es fast als schmerzlich, zumal hinter ihr der Mann an den Strand ging, jener gutaussehende Kerl, den Sarah mit Richard Chamberlain verglichen hatte.

Eileen trat die letzten Schritte auf ihn zu. Ihr Blick war groß und ernst. Lag nicht auch ein bißchen Freude darin?

»Cliff!« sagte sie nur.

Er fühlte sich auf einmal verlegen wie ein junger Mann, der zum ersten Rendezvous gekommen war.

»Eileen!«

Cliff sah aus dem Augenwinkel, wie Eileens Partner an ihnen vorüberging. Doch im Augenblick interessierte er sich nur für Eileen, den Kerl würde er sich später vornehmen.

»Cliff, wie kommst du hierher?«

Er kniff boshaft die Augen zusammen.

»Ich habe dich offensichtlich gesucht, nicht wahr?«

In dem Schweigen danach lag eine wahnsinnige Spannung, bis Eileen schließlich sagte:

»Warum?«

»Du bist meine Frau!«

»Bin ich das, Cliff?«

»Ja.«

Jetzt kniff Eileen die Augen zusammen. Oder lag es an der Sonne, die ihr ins Gesicht schien?

»Aber du warst die ganze Zeit mit einer anderen Frau zusammen. Und sie ist inzwischen zu dir gezogen.«

»So, woher weißt du das? Ah, Susan vermutlich. Aber ich habe Sarah gestern gebeten, unsere Wohnung zu verlassen, während ich weg bin.«

Cliff machte zwei Schritte auf Eileen zu. Und dann legte er seine Hände auf ihre nassen Schultern, die im Sonnenlicht glänzten.

»Eileen, glaub' mir, die Geschichte mit Sarah ist jetzt endgültig vorbei!«

Sein Schatten lag jetzt auf Eileens Gesicht, und ihre Augen wurden groß und ungläubig. Sie fing an, den Kopf zu schütteln. Und in diesem Augenblick fühlte er eine nie gekannte Zärtlichkeit für sie aufsteigen, gemischt mit einem Gefühl der Unsicherheit. Da war der andere Mann. War er Eileens Geliebter? Und wenn schon, er würde um seine Frau kämpfen, sofern sie ihm noch eine Chance dazu gab.

Eileen setzte ein paarmal zum Sprechen an, während sie immer wieder den Kopf schüttelte. Schließlich sagte sie mit zitternden Lippen.

»Wie soll ich dir glauben? Ich glaube überhaupt nichts mehr. Ich kann nicht.«

»Eileen!«

Seine Hände glitten von ihren Schultern und legten sich um ihre Taille. Und dann mußte er sie an sich reißen, an seine Brust drücken, seine Lippen an ihren Hals legen.

»Eileen, du mußt mir glauben!«

»Ich kann nicht!«

Die Eifersucht wallte in ihm auf.

»Glaubst du diesem Typ etwa mehr?«

»Wen meinst du, Jeff?«

»Ich weiß nicht, wie er heißt. Aber du bist mit ihm hierhergekommen. Vielleicht hast du nur auf eine Gelegenheit gewartet, vielleicht ist er längst dein Liebhaber!«

Cliff sagte es schneidend, während sich Eileen seiner Umarmung entwand.

»Ich bin nicht mit ihm hierhergekommen. Ich flog allein. Ich wußte nicht, daß Jeff mir nachkommen würde!« Es klang ehrlich entrüstet, aber Cliff brauchte im Moment etwas, das er Eileen vorwerfen konnte.

»Ah? Vielleicht erklärst du mir, woher der Kerl wußte, wohin du gegangen bist?«

»Ja, das erkläre ich dir. Ich traf ihn zufällig vor unserem Haus, als ich auf ein Taxi wartete. Jeff brachte mich zum Flughafen. Er merkte, daß ich nicht wußte, wohin ich sollte, und schickte mich hierher. Das Hotel gehört seinem Bruder Jim Landers.«

»Oh, das wird ja immer bunter. Ein Familientreffen, sozusagen! Du hast natürlich längst mit ihm geschlafen, nicht wahr? Ihr habt zusammen gefrühstückt, wie ich gesehen habe.«

Eileen sah ihn zuerst verdutzt, dann betroffen an. Dann sagte sie schwach:

»Glaub, was du willst, Cliff. Ich bin dir keine Rechenschaft schuldig.«

»Nein, bist du nicht?« fragte er schneidend. Er wußte dabei die ganze Zeit, daß es falsch war, so mit Eileen zu sprechen. Er wollte sie schließlich zurückhaben, ganz gleich, was inzwischen passiert war.

Ja, das wollte er!

»Eileen, ich bitte dich, laß uns miteinander sprechen«, sagte er etwas ruhiger. »Über alles, ja?«

Sie nickte nach einigen bangen Augenblicken.

»Ja.«

»Komm, wir gehen in den Bungalow.«

Cliff legte den Arm um Eileens Schultern und führte sie über den weißen Sand.

*

Jeff nahm einen Whisky an der Bar und noch einen. Danach suchte er Pamela und fand sie in ihrem Schlafzimmer. Pamela sah ihm etwas unsicher entgegen.

»Cliff Morris ist gekommen«, sagte er.

»Ja, ich weiß. Ich brachte ihn selbst zum Bungalow«, sagte Pamela.

»Tut mir leid für dich, Jeff. Ich konnte dich nicht warnen.«

Jeff sagte aufgeregt:

»Ich brauchte keine Warnung, Pamela! Hast du etwas zu trinken da?« Pamela nickte und trat an die weiße Schleiflackbar. Sie öffnete die Türen, und dahinter spiegelten sich ein paar Flaschen an der Rückwand.

»Was willst du?«

»Ganz gleich, etwas Hartes auf alle Fälle!«

Pamela nickte und drückte ihm wenig später ein Whiskyglas in die Hand.

»Ich meine, ich wäre natürlich lieber darauf vorbereitet gewesen. Aber zwischen Eileen und mir ist nichts vorgefallen, was Morris nicht wissen dürfte.«

»Nichts? Gar nichts, Jeff?« fragte Pamela forschend.

»Nein!«

»Aber wie du jetzt aussiehst! Demnach liebst du Eileen Morris, nicht wahr, Jeff?«

»Ja, aber ich fürchte, ich habe keine Chance gegen ihren Mann. Eileen ist möglicherweise schwanger von ihm!«

»Du lieber Himmel! Hättest du das etwa in Kauf genommen, Jeff?«

»Ja! Ich würde alles in Kauf nehmen!«

»Hm. Vielleicht ist es, weil du noch nicht ... Weil ihr beide noch nicht ... Manchmal kommt danach die Ernüchterung.«

»Nein, das glaube ich nicht bei Eileen. Sie selbst scheint auch so etwas zu befürchten. Cliff Morris hat ihr alles Selbstbewußtsein genommen.«

»Er ist offensichtlich hier, um es ihr wiederzugeben.«

»Ja! Ja, dieser unverschämte Kerl! Er hat sie jahrelang betrogen. Eileen ist kürzlich dahintergekommen. Diese andere Frau hat sie angerufen und es ihr gesagt. Demnach war Morris schon zwei Jahre vor seiner Heirat mit Eileen mit dieser Sarah King zusammen. Und es überdauerte die vier Jahre ihrer Ehe.«

»Oh, so etwas zu erfahren muß schlimm sein.«

»Ja, das ist es!«

»Wie hast du Mrs. Morris kennengelernt, Jeff?« fragte Pamela, die sich selbst einen Drink zubereitet hatte und sich jetzt auf der Ledercouch ihm gegenüber niederließ.

Es tat gut, darüber mit Pamela zu sprechen. Es lenkte ab von einem ganz schrecklichen Gedanken, nämlich daß Eileen gerade ... Daß sie sich vielleicht eben jetzt mit ihrem Mann einließ, ihm alles verzieh, vielleicht ein neues Gefühl zu ihm fand.

Jeff erzählte schnell und rauchte dabei hastig. Nein, dieser Gedanke ließ sich einfach nicht zurückdrängen. Die beiden waren zusammen, jetzt, allein im Bungalow!

Pamela sprach es aus, als Jeff schon eine ganze Weile still dasaß, nicht redete, aber vor Aufregung fast zersprang:

»Jeff, mach' dich jetzt nicht verrückt! Die Dinge geschehen, wie sie uns vorbestimmt sind. Und falls sich Eileen noch einmal mit ihrem Mann einläßt, vielleicht würde gerade das die Entscheidung bringen? Eine Entscheidung für dich, meine ich. Ich stelle mir vor, daß sie genau von diesem Mann ihr Selbstbewußtsein zurückbekommen muß, der es ihr genommen hat.«

»Was meinst du, Pamela?« hörte sich Jeff kurzatmig fragen.

»Ich meine, danach sähe sie die Dinge vielleicht klarer. Und falls deine Saat inzwischen aufgegangen ist, kann sie sich freier für dich entscheiden. Ein Problem ist allerdings diese Schwangerschaft. Sie entscheidet sich womöglich für den Vater ihres Kindes. Die Sache ist kompliziert, das mußt du einsehen. Vielleicht ist Cliff Morris aber nur hierhergekommen, um einen endgültigen Strich unter seine Ehe mit Eileen zu ziehen.«

»Nein, das glaube ich nicht! Das Gegenteil war ihm anzusehen!« sagte Jeff aufgeregt.

»Hm ja, das fürchte ich auch.«

In das folgende Schweigen hinein betrat Jim das Schlafzimmer seiner Frau. Sein Blick fiel sofort auf Jeff.

»Ich habe gehört, daß Cliff Morris gekommen ist. Ich hoffe, du bekommst keine Schwierigkeiten, Jeff.«

»Jim, laß ihn in Ruhe«, sagte Pamela dazwischen.

Jim trat noch einmal ins Fettnäpfchen. Er sagte:

»Nimm es nicht so tragisch, Kleiner!«

*

Etwas hatte sich geändert, seit Cliff da war. Eileen fühlte sich nicht mehr so verloren. Was das bedeutete, wußte sie nicht. Sie hatte keine Zeit, sich darüber Gedanken zu machen. Aber auf dem Weg zum Bungalow hatte sie an Jeff gedacht, der still weggegangen war. Jeff! Er hatte ihr in den bittersten Stunden zu helfen versucht! Sie hatte ihm gestern irgendwann angedeutet, daß sie vielleicht ein Baby erwartete, und er hatte sich danach genauso nett um sie gekümmert wie zuvor. Im Gegenteil, er hatte sie kurz an sich gedrückt und ihr sehr viel Wärme gegeben.

Aber jetzt war Cliff da! Seine Koffer standen mitten im Wohnraum. Als Eileen diese Koffer sah, durchzog sie die Erinnerung an ihre schlimmsten Stunden, nachdem Sarah King sie angerufen hatte.

Cliff wollte sie im Wohnzimmer sofort in die Arme nehmen. Es war ihm anzusehen, was er wollte: eine Versöhnung im Bett.

»Nein!« hörte sich Eileen sagen. »Du wolltest mit mir reden.«

»Okay, reden wir.«

Cliff ließ sich seufzend auf die Ledercouch fallen und griff nach einer Zigarette.

»Gibt es eine Bar in diesem Bungalow?«

Eileen nickte.

»Was willst du trinken?«

»Irgend etwas.«

Eileen ging in die Küche und versuchte sich erst einmal zu fassen.

»Eileen!«

Cliffs Stimme klang dicht hinter ihr. Er legte seine Arme um ihre Taille.

»Nein, laß, mich in Ruhe!«

Sie fühlte seine Lippen an ihrem nackten Rücken.

»Eileen, du bist wahnsinnig süß! Ich sehne mich nach dir. Ich habe auf dem ganzen Flug an nichts anderes gedacht.«

»Nein, Cliff!«

Sie erhob sich aus ihrer kauernden Stellung und drehte sich dabei um. Cliffs Lippen blieben auf ihrer Haut, lagen jetzt auf ihrer Schulter.

»Du sollst mich in Ruhe lassen, Cliff!«

Sie drückte ihm die Scotchflasche in die Hand, entwand sich seinem Zugriff und verließ die Küche.

Cliff kam ihr nach, stellte die Flasche auf den Tisch, griff nach ihrem Arm und zog sie ins Schlafzimmer.

»Nein, Cliff«, sagte Eileen, als er sich mit ihr auf das Bett fallen ließ. Aber da war ihr Widerstand bereits geringer. Nicht, daß sie Cliff jetzt haben wollte, aber sie wollte wissen, wie sehr er sie begehrte.

»Geh zurück zu Sarah King! Sie muß dir sehr viel bedeutet haben, gerade in dieser Hinsicht, sonst hättest du wohl damals nicht noch eine Nacht im Grand Hyatt angehängt, sonst hättest du Schluß mit ihr gemacht, nachdem wir beide ...«

»Eileen!«

Cliff hatte angefangen, sie überall zu küssen, während er ihren Oberkörper aufhob, um ihr das Bikinioberteil abzunehmen.

»Darling, ich bin verrückt nach dir! Nur nach dir! Ich gebe zu, ich hatte viel Spaß mit Sarah! Aber das ist jetzt vorbei! Ich beweise es dir! Du wirst es sehen, Liebling!«

Cliff knöpfte sein Hemd auf, während seine Lippen ihre Brüste liebkosten!

Und er streifte alles andere ab und küßte sie dabei vom Nabel abwärts. Es tat gut und ließ Eileen doch seltsam kühl. Sie war sogar fähig, Cliffs Gesicht dabei kritisch anzusehen. Sie sah, daß es leicht verzerrt war. Seine Augenlider waren faltig.

Und trotzdem, sie konnte sich im Augenblick seiner Leidenschaft nicht entziehen, besonders als sie die Augen schloß und in Gedanken einen anderen Mann sah, einen Mann mit glatten Zügen und warmen, begeisterungsfähigen Augen, dazu einen makellosen Körper. Aber Cliff mußte ihr ihre Selbstsicherheit wiedergeben!

»Sarah King ist wohl sehr gut darin, nicht wahr?« hörte sie sich sagen.

Cliff gab ihr keine Antwort! Cliff war weggetreten, tat Dinge mit ihr, die sie noch nicht kannte! Eileen wollte sich in Gedanken an Jeff dagegen wehren. Es sollte ihr gelingen! Es mußte ihr gelingen! Cliff hatte Dinge gesagt und getan ... Aber er sollte nicht wissen, daß es ihr gefallen hatte! Es sollte ein anderer vollenden, was jetzt so aufgewühlt war! Jeff!

Aber sie wollte es jetzt! Aber nicht mit Cliff!

Als Cliffs Kopf dann über ihr auftauchte und sein Knie ihre Beine auseinanderdrängen wollte, um ...

Sie hätte es nicht geschafft, hätte sich in diesem Moment nicht etwas in ihrem Leib gelöst, etwas Warmes, das ihren Körper verlassen wollte.

»Warte, ich muß ins Badezimmer!«

»Nein!« sagte Cliff noch, aber es gelang ihr, sich seinen Armen zu entwinden und das Bett zu verlassen.

»Eileen!« hörte sie Cliff danach noch aufstöhnen.

*

Eileen war aus dem Badezimmer nicht zurückgekommen. Sie hatte sich dort eingeschlossen. Er hatte an die Tür geklopft, dann dagegen geschlagen.

»Eileen! Ich bitte dich!«

»Nein!« Ihre Stimme von drinnen klang bestimmt.

»Eileen! Du wolltest es doch! Ich habe es gespürt!«

»Nein, ich wollte nicht!«

»Darling, ich liebe dich! Es wird nie wieder eine Frau neben dir geben, glaub' mir! Aber jetzt komm! Ich bitte dich!«

Sie antwortete ihm nicht.

Er ging ins Wohnzimmer und griff nach der Flasche. Und dann machte er den einen Koffer auf und griff nach einer Badehose.

Er hörte Eileen viel später hinter der Schlafzimmertür. Sie trat in einem hübschen Badekleid ins Wohnzimmer. Cliff hatte inzwischen ein Drittel der Flasche geleert und fühlte sich zum Streiten aufgelegt.

»Du hast etwas mit dem Kerl, nicht wahr?« Er wußte, wie bösartig er sie jetzt ansah! Aber sie hatte ihn eiskalt alleingelassen, als er sie am nötigsten brauchte.

Eileen blieb seltsam ruhig.

»Und wenn ich etwas mit ihm hätte?«

»Ich bringe den Kerl um!«

Eileen lächelte:

»Warum? Ich habe deine Sarah auch nicht umgebracht.«

»Das ist etwas anderes!«

»Wieso? Ich sehe da keinen Unterschied.«

»Du bist eine Frau, das ist der Unterschied.«

»Sarah King ist auch eine Frau.«

»Aber nicht meine Frau.«

»Das ist dir erst nach vier Jahren eingefallen, Cliff!«

»Aber es ist mir eingefallen! Und jetzt ist Schluß mit dem Theater! Du packst sofort deine Sachen und kommst mit mir nach Hause!«

»Ich komme nicht mit, Cliff. Du kannst dich auf den Kopf stellen!«

Wie sie es sagte, fühlte er sich auf einmal schwach! Der verdammte Alkohol!

Er sagte resignierend:

»Es ist wegen dieses Kerls, nicht wahr? Sarah hat es mir sofort gesagt! Sie wußte, daß du nicht allein auf Hawaii bist.«

»Sieh an, wie klug deine Sarah doch ist.«

Cliff sagte finster:

»Ich habe sie rausgeworfen. Du kommst nicht mit mir zurück?«

»Nein.«

Er legte die Beine auf den Couchtisch, ließ sich in die Polsterung fallen, spürte den Scotch in seinem Gehirn.

»Okay, dann bleibe ich hier. Er kriegt dich auch nicht, ich verspreche es dir!«

*

Jeff traf Eileen am Strand. Sie lag im Schatten einer Palme und machte zum ersten Mal seit Tagen einen zufriedenen entspannten Eindruck.

Eileen sah Jeff mit großem Blick entgegen.

»Sie sind allein? Ist er abgereist?« Eine überflüssige Frage. Jeff wußte es. Wenn Cliff Morris weggefahren wäre, hätte er es im Hotel erfahren.

Eileen richtete sich auf und schüttelte den Kopf.

»Nein. Cliff hat eine halbe Flasche Scotch geleert und ist eingeschlafen.«

Jeff setzte sich neben sie in den Sand.

»Und was geschieht jetzt?«

Eileen lächelte ein bißchen.

»Er möchte, daß ich mit ihm nach Hause komme. Er sagte, er hätte sich von Sarah getrennt. Er wollte, daß ich sofort mitkomme, aber ich habe mich geweigert, und jetzt will auch er hierbleiben.«

Jeff fühlte sein Herz klopfen.

»Mit Ihnen zusammen im Bungalow?« fragte er schnell.

»Darüber konnten wir nicht mehr sprechen.«

Es entstand ein langes Schweigen während Eileen die Beine anzog und die Arme darum legte. Sie trug ein hübsches kurzes Badekleid und ihr Haar fiel weit über ihren Rücken hinab. Jeff mußte den Arm ausstrecken und nach einer Strähne dieses Haares greifen, sie um seine Hand wickeln. Sie sah ihm dabei zu.

Später war seine Hand an ihrer Schläfe, strich dort das Haar zurück. Ihm wurde warm dabei und schließlich heiß, als er seinen Kopf zu ihr hinüberbeugte und ihre Schläfen küßte.

»Gehen wir schwimmen?« fragte er dicht an ihrem Ohr.

Eileen sagte leise:

»Nein, ich möchte nicht.«

»Eileen, ich ...« Jeff konnte nicht anders. Er mußte anfangen, ihr Gesicht mit seinen Lippen abzutasten. Irgendwann dazwischen ließ sich Eileen mit dem Rücken auf den Sand gleiten, und Jeff kam mit seinem Oberkörper über sie.

Ihr Gesicht lag dicht unter ihm. Ihr Blick verschwamm mit seinem. Und ihre Lippen! Sie lagen dicht unter ihm schimmerten, öffneten sich ein bißchen, zogen ihn an wie ein Magnet!

»Eileen, Liebling!« hörte er sich noch sagen.

»Jeff!«

Als er anfing, sie zu küssen, fühlte er sofort den heißen Strom, der seinen Körper durchzog, fühlte eine wahnsinnige Sehnsucht, als sie ihre Arme um seinen Hals legte.

Irgendwann zwischen diesem leidenschaftlichen Kuß hörte Jeff sich fragen:

»Du hast nicht mit ihm geschlafen?«

Sie gab ihm die Antwort nicht mit Worten, nur mit den Händen, die sich in seinem Haar verfingen, und mit den Lippen, die unbeschreiblich süß waren!

»Eileen!«

Er hörte irgendwann auf, sie zu küssen, aber er ließ seinen Arm über ihrer Brust liegen, bis er sich ein wenig beruhigt hatte.

*

Cliff sah auf die Uhr, als er wieder aufwachte. Es war gegen sechzehn Uhr.

Er rappelte sich von der Couch auf und streckte sich.

»Eileen?«

Keine Antwort!

Er sah im Schlafzimmer nach und im Bad. Dann ging er durch die offenstehende Tür hinaus auf die Veranda, stieg die Stufen hinunter.

Ein paar Minuten später sah er Leute am Strand und im Wasser. Eileen war nicht darunter und ihr Freund war auch nicht zu sehen.

Cliff ging in den Bungalow zurück, griff nach der Flasche und nach einer Zigarette.

Ein paar Minuten später meldete er ein Gespräch nach New York an. Er nannte die Nummer seines Penthouses.

Cliff rauchte gedankenverloren, bis das Telefon läutete. Eigentlich hatte er erwartet, daß die Vermittlung ihm sagte, in seinem Apartment in New York würde nicht abgehoben.

Aber Sarah war noch da, und er war froh darüber.

»Sarah?«

»Cliff!« Ihre Stimme klang verschlafen.

»Du bist noch da!« stellte er fest.

Sarahs Stimme wurde aggressiv.

»Ja, wie du hörst. Und ich sage dir gleich, so einfach lasse ich mich nicht abschieben, hörst du?«

»Okay. Okay!«

»Was ist mit dir? Du klingst deprimiert.«

»Oh, ich bin nur betrunken.«

Sarah in New York bekam hörbar Oberwasser, aber es machte Cliff im Augenblick nichts aus. Er brauchte sie, brauchte jemanden, um sich auszusprechen.

»Du bist betrunken? Was ist los? Ging nicht alles so, wie du es dir vorgestellt hattest?«

»Hm.«

Sarahs Stimme kippte fast ein bißchen um vor Schadenfreude.

»Es ist so, wie ich dir gesagt habe, nicht wahr? Sie ist nicht allein nach Hawaii geflogen.«

»Hm.«

»Ist es so, Cliff?«

»Sie sagte, sie sei allein geflogen, aber er sei ihr nachgekommen.«

»Sie lügt natürlich. Aber es läuft auf dasselbe hinaus, nicht wahr?«

»Ja.«

»Und was willst du jetzt von mir?«

»Nichts, ich will gar nichts von dir. Ich wollte nur sehen, ob du noch in meiner Wohnung bist.«

»Ich bin noch da, wie du hörst. Ich dachte, ich hätte noch ein paar Tage Zeit, bis du zurückkommst.«

»Ja, das hast du.«

»Wo bist du eigentlich, Cliff? Wie heißt das Hotel? Wo genau ist es?«

»In der Nähe von Wailuku. Das Hotel heißt Paradise Star.«

»Klingt verlockend.«

»Mir kann diese ganze verdammte Insel gestohlen bleiben. Ich möchte, daß Eileen mit mir zurückkommt, aber sie weigert sich.«

»Natürlich, weil ihr Freund auch da ist. Hast du ihn gesehen?«

»Natürlich, habe ich ihn gesehen. Frag' nicht so dämlich!«

Sarah überging seine Bosheit. Sie fragte sogar freundlich, ja mitfühlend:

»Wie heißt er eigentlich?«

»Jeff Landers. Tja, nachdem das Hotel seinem Bruder Jim Landers gehört, muß der Kerl Jeff Landers sein!«

»Jeff Landers, hm. Ich hab's dir gesagt, Cliff! Er ist ihr Liebhaber. Für solche Dinge habe ich einen Riecher. Und er ist es noch länger, das sage ich dir. Die Geschichte mit uns beiden muß ihr sehr gelegen gekommen sein!«

»Nein, verdammt, das ist er nicht!«

»Du lieber Himmel, bist du vernagelt! Was glaubst du denn, was die beiden miteinander gemacht haben. Rosenkränze gebetet vielleicht?«

»Hör' auf, Sarah!«

»Wozu hast du mich angerufen? Nur damit ich dir bestätige, daß deine heißgeliebte Eileen dir treu ist? Das glaubst du doch selbst nicht, Cliff! Hast du mit ihr geschlafen, ja oder nein?«

Cliff fuhr auf:

»Was geht dich das an?«

»Also nicht, wie ich höre.«

»Nein! Ich hatte sie fast soweit, aber dann ...« Cliff schrie in den Apparat, nachdem er sie unterbrochen hatte:

»Es geht dich wirklich einen feuchten Staub an!«

Sarah in seiner New Yorker Wohnung lachte ein bißchen.

»Du scherst dich raus aus meinen vier Wänden, verstanden?« wurde er daraufhin noch wütender. Aber er dachte nicht ans Auflegen. Sarah war immerhin der einzige Mensch, der ihm zuhörte.

Sie sagte nach einer Weile ganz leise:

»Laß Eileen sausen, Cliff! Du bildest dir doch nur ein, daß du sie liebst, weil du sie an einen anderen verloren hast. Es ist nur dein Stolz glaube, mir!«

»Nein, sie ist meine Frau!«

»Wie du willst. Was wirst du jetzt tun?«

»Ich bleibe hier, bis sie zur Vernunft kommt.«

»Du bleibst im Hotel? Wie lange?«

»Ich weiß nicht, wie lange es dauert!«

Irgendein Geräusch kam in die Leitung, und Sarahs Stimme klang weit entfernt.

»Cliff! Denk an die schöne Zeit, die wir hatten! Denk daran, wieviel Spaß wir beide im Bett haben. Cliff, bist du noch da?«

»Ja«, sagte er leise.

*

Als Eileen gegen achtzehn Uhr in den Bungalow zurückkehrte, lag Cliff auf dem Sofa und sah ihr ziemlich streitsüchtig entgegen.

»Wo warst du die ganze Zeit?«

»Ich bin spazierengegangen.«

Cliff fragte prompt:

»Allein?«

Eileen gab keine Antwort. Sie ging ins Schlafzimmer und von dort ins Badezimmer.

Aus dem Spiegel sah ihr ein bronzebraun getöntes Gesicht entgegen. Aber dahinter tauchte jetzt Cliffs Gesicht auf.

Cliff trat dicht hinter sie und legte schnell die Arme um sie, verschränkte die Hände vor ihrer Brust. Und dann war sein Gesicht an ihrem Hals.

»Laß das! Ich will das nicht!«

»Aber ich!«

Cliffs Lippen saugten sich an ihrem Hals fest und Eileen hatte die größte Mühe, sich wieder zu befreien.

»Bitte laß mich allein. Ich möchte duschen.«

Als sie sich zu Cliff umdrehte, stand eine gefährliche Entschlossenheit in seinem lauernden Blick.

»Ich will dich haben, Eileen! Jetzt!«

Etwas in Eileen erstarrte für Sekunden, während sie daran dachte, wie es war, als Jeff sie vor ein paar Stunden am Strand küßte. Hätte Jeff sich nicht zusammengerissen und würde sich die Umarmung nicht am hellichten Strand abgespielt haben ... Sie war zu allem bereit gewesen, hatte sich sogar wahnsinnig danach gesehnt. Aber da war noch ein Rest von Loyalität für Cliff gewesen. Oder war es Anhänglichkeit, vielleicht gar noch ein Rest Liebe zu Cliff? Nein, es waren die Umstände! Ja, wichtige befreiende Umstände, die an diesem Tag eingetreten waren. Von nun an konnte sie sich frei entscheiden!

Cliff hatte wieder angefangen, sie zu küssen, am Hals, am Ohr, und er hatte sie fest in die Arme genommen!

Eileen stemmte ihre Hände gegen seine Brust.

»So laß mich doch in Ruhe, Cliff! Ja, ich bin mit Jeff Landers spazieren gewesen. Wir gingen am Strand entlang.«

»Meinetwegen. Wenn es sonst nichts war«, sagte Cliff an ihrem Ohr.

»Ich habe nicht gesagt, daß sonst nichts war. Jeff liebt mich. Was glaubst du, wie ich mich gefühlt habe, als mich deine Miß King anrief und mir sagte, daß sie lange vor mir deine Freundin gewesen sei und du ihr nach unserer Heirat gesagt hättest, daß sich nichts zwischen euch ändern würde?«

Cliff hörte endlich auf, sie zu bedrängen. Statt dessen wurde er wütend:

»Der Anruf von Sarah muß dir ziemlich gelegen gekommen sein.«

Eileen verstand nicht.

»Wie meinst du das?«

»Ich meine, daß er dir den Aufhänger verschafft hat, dich mit deinem Liebhaber nach Hawaii abzusetzen«, schrie Cliff sie an.

»Ich habe mich nicht mit Jeff abgesetzt. Ich habe es dir schon erklärt, wie es kam, daß wir beide hier sind.«

»Ach ja, die Geschichte mit dem Zufall? Daß dieser Kerl dir zufällig in New York begegnet ist und dich zum Airport gebracht hat.«

»Ja, genauso war es!«

»Dann beantworte mir endlich die eine Frage: Hast du etwas mit ihm? Hast du mit ihm geschlafen?«

Jetzt war es Eileen, die die Augen zusammenkniff.

»Warum willst du das wissen, Cliff?«

»Weil Sarah behauptet ...« Cliff hatte es schnell gesagt, sich dann mit dunkel werdenden Wangen unterbrochen.

Eileen hörte sich lauernd nachhaken:

»Was behauptet Sarah?«

Cliffs Blick flackerte.

»Und wann hat sie es behauptet, hm? Laß mich raten, Cliff: Sie hat dich angerufen, nicht wahr? Du kannst mir ruhig die Wahrheit sagen, denn ich brauche nur ins Hotel hinüberzugehen und an der Rezeption fragen, welche Gespräche durchgestellt wurden.«

Cliff sah sie noch ein paar Sekunden mit schmalem Blick an, dann senkte er die Augen:

»Ich habe Sarah angerufen. Ich wollte nur wissen ... Das heißt, ich wollte mich vergewissern, daß sie die Wohnung verlassen hat.«

»Aber sie war noch da!« stellte Eileen jetzt ganz ruhig fest.

»Ja. Aber ich sagte ihr, sie solle endlich verschwinden!«

»Cliff, weißt du, was ich glaube?« Eileen hörte sich zu Cliff sprechen, wie sie es niemals getan hatte, nämlich wie eine Mutter zu ihrem Sohn.

»Ich denke, du liebst diese Frau wirklich. Sie ist dir vertrauter als ich. Sie hat einen Platz in deinem Leben, den ich niemals hatte.«

Cliff hob den Blick und sagte fast hilfesuchend:

»Nein, das stimmt nicht, Eileen!« Er umklammerte ihre Oberarme.

»Darling, es stimmt wirklich nicht! Schlafe mit mir und ich beweise es dir! Vielleicht habe ich es lange Zeit nicht gewußt. Aber jetzt weiß ich es, Liebling! Ich liebe dich! Ich begehre dich!«

»Aber du mußtest damals noch eine Nacht in New York mit Sarah anhängen, nicht wahr? Obwohl ihr vermutlich in London zusammengewesen seid, konntest du nicht sofort nach Hause kommen! Und das nennst du Liebe?«

»Da war mir vieles noch nicht klar.«

Schweigend sahen sie sich in die Augen.

Schließlich sagte Eileen:

»Weißt du, was ich denke, Cliff? Ich denke, du interessierst dich erst für mich, seit du mich mit einem anderen Mann gesehen hast, mit einem jüngeren Mann, mit einem gut aussehenden. Da fiel dir auf einmal auf, daß ich überhaupt existiere. Wie war es denn zwischen uns in den letzten Jahren? Weil wir schon beim Thema sind: Wie war es im Bett zwischen uns?«

»Sag, wie es war?« antwortete Cliff dunkel.

»Hm, auf alle Fälle unpersönlich. Ja, das ist das richtige Wort dafür: Unpersönlich! Wenn ich so zurückdenke, ich glaube, ich wußte immer schon, daß du in gewissen Situationen nicht bei mir warst, und ich war fast jedes Mal enttäuscht und deprimiert nachher. Wir waren uns in der Liebe fremder als im täglichen Umgang ...«

»Du warst immer sehr zurückhaltend, Eileen!«

»Ich war unerfahren. Wirfst du mir das vor?«

»Nein, das meine ich nicht. Du bist sehr süß im Bett. Aber ich wagte es einfach nicht, gewisse Dinge mit dir zu tun, einfach aus mir herauszugehen, verstehst du?«

»Warum wagtest du es nicht? Ich sag es dir: Da war Sarah, und mit ihr bist du vertraut. Ich schätze, sie ist ziemlich ordinär, und du bist es auch, Cliff.«

»Das glaubst du?« fragte Cliff jetzt gefährlich.

»Ja, das glaube ich. Pack deine Sachen und fliege schleunigst nach New York zurück! Flieg in ihre Arme und laß, mich in Ruhe!«

Eileen fühlte Tränen in ihre Augen treten.

Cliff sah ihr daraufhin unsicher in die Augen. Er wollte sie wieder in die Arme nehmen, das spürte Eileen genau. Und irgendwie fühlte sie sich hin- und hergerissen zwischen Sehnsucht und Abneigung. Sehnsucht nach wem? Nach Cliff oder nach Jeff?

Sie wußte es nicht und wich noch einen Schritt gegen das Waschbecken zurück.

Cliff sagte:

»Ich bleibe solange, bis du noch einmal mit mir geschlafen hast. Und ich verspreche dir, es kommt dazu! Und wenn es soweit ist, wirst du merken, daß ich der bessere Mann bin.«

Eileen zwang sich zum Spott:

»Wenn das so ist, muß ich schleunigst mit Jeff schlafen?«

Und sie setzte hinzu, als Cliff sie verständnislos anstarrte:

»Um eine Vergleichsmöglichkeit zu haben, verstehst du?«

*

Jeff erkannte Sarah King auf den ersten Blick, als sie die Hotelhalle durchquerte und an die Rezeption trat. Sein erster Impuls war, Hank zu bedeuten, daß er kein freies Apartment für Miß King habe.

Aber er blieb auf dem Ledersofa sitzen und tat gar nichts. Man mußte dem Schicksal seinen Lauf lassen.

Vielleicht würde Miß Kings Anwesenheit die Dinge klären, sie ins rechte Lot bringen.

Sarah King bemerkte Jeff, während sie auf den Boy wartete, der sie zu einem der Bungalows führen sollte. Daraufhin lächelte sie ein bißchen, nickte Jeff unmerklich zu. Aber er tat, als hätte er nichts bemerkt.

Jeff dachte an Eileen. Sie hatte die Nacht zusammen mit ihrem Mann im Bungalow verbracht, und Jeff hatte mit diesem Gedanken sehr schlecht geschlafen. Immerhin war Eileen noch immer mit diesem Mann verheiratet, wenn sie ihm auch gestern abend noch versichert hatte, daß nichts zwischen ihr und Cliff passieren würde. Vielleicht war sie aber trotzdem schwach geworden. Eileen war eine leidenschaftliche Frau. Er hatte es gestern am Strand gespürt! Ja, sie hatte sich nach ihm gesehnt! Aber vielleicht hatte sie diese Sehnsucht mit ihrem Mann ausgelebt?

Jeff warf aus dem Augenwinkel einen Blick auf Sarah King, auf die gerade ein Hotelboy zugetreten war. Sie war eine gutaussehende Frau Anfang Dreißig! Hatte Cliff Morris sie gerufen? Wohl kaum. Sie war aus eigenem Antrieb hier und würde Eileen noch weiter von ihrem Mann entfernen. Oder war vielleicht das Gegenteil der Fall?

Als Sarah King sich anschickte, mit dem Boy die Halle zu verlassen, sah Jeff Pamela vom Speisesaal herkommen.

»Du siehst aus, als hättest du einen Geist gesehen!« rief Pamela viel zu laut. Sarah King drehte sich daraufhin noch einmal um und lächelte ihm zum zweiten Mal zu, ehe sie die Halle verließ.

»Was ist los? Wer ist die Frau?« fragte Pamela.

»Das ist die Freundin von Cliff Morris.«

»Du lieber Himmel? Und Hank hat ihr ein Apartment gegeben? Warum hast du nichts dagegen getan?«

Jeff seufzte und zog an seiner Zigarette. Pamela verstand ihn erst nach einigen Sekunden:

»Oh, du denkst, sie treibt Eileen in deine Arme!«

»Ja, liege ich da falsch?«

Pamela setzte sich auf die Armlehne der Ledercouch.

»Warum regst du dich auf?«

Pamela sagte kurzatmig:

»Ich weiß nicht! Vielleicht, weil mir Eileen leid tut. Und du tust mir leid, Jeff! Du hast dich da auf etwas eingelassen, fürchte ich. Cliff Morris hat im Bungalow mit Eileen zusammen geschlafen und sagtest du nicht etwas von einer Schwangerschaft, Jeff?«

»Ich hoffe, es beeinflußt nicht ihre Entscheidung. Ich liebe sie, und ich werde um sie kämpfen!«

Daraufhin streckte Pamela ihre Hand aus und kraulte in Jeffs Haar.

»Oh, Junior, so deutlich hast du es noch nie ausgesprochen. Bist du sicher, daß du dich nicht in etwas verrennst? Ich meine, weil Cliff Morris jetzt hier ist.«

Jeff zwang sich ein Lächeln ab.

»Ich weiß, was du meinst. Du denkst, Eileen Morris und ich fechten eine Art Platzkampf aus, wie Hirsche zum Beispiel.«

»Hm, könnte es nicht so sein? Und da Cliffs Freundin jetzt hier ist, könnte Eileen vielleicht ähnlich reagieren und versuchen, die Rivalin aus dem Feld zu schlagen.«

»Wenn das ihre Reaktion wäre, dann wüßte ich, daß sie mich nicht liebt.«

Pamela schüttelte den Kopf:

»So einfach ist es nicht, Junior. Man kann durchaus einen Menschen lieben und mit einem anderen ins Bett gehen. Eileen hat sich und Cliff und auch dieser Frau etwas zu beweisen. Du dürftest es nicht persönlich nehmen.«

Jeff antwortete Pamela mit einem dumpfen Schmerz in der Brust:

»Ich fürchte, ich kann dir nicht folgen, Pamela.«

»Doch, du weißt genau, was ich meine. Und wenn du Eileen wirklich liebst, sie hatte etwas wenig Zeit, sich zu fangen, findest du nicht auch? Cliff Morris ist ihr viel zu schnell nachgereist! Und jetzt auch noch seine Freundin!

Ich hoffe für dich, daß Eileen sich jetzt endgültig von ihrem Mann abwendet. Das Problem ist nur die mögliche Schwangerschaft.«

»Ich liebe sie samt dem Baby.«

»Hast du ihr das gesagt?« fragte Pamela schnell.

»Hm, ich weiß nicht. Zumindest muß sie es so empfunden haben.« Jeff dachte daran, wie sie sich gestern geküßt hatten, wie Eileen ihn geküßt hatte. Er hatte danach eine ganze Weile gebraucht, um sich wieder zu beruhigen, und später waren sie Arm in Arm in der untergehenden Sonne über den Strand gewandert.

»Ich denke, sie weiß es.«

»Das ist schon sehr viel, Junior«, sagte Pamela, als sie sich erhob. Ein paar Minuten später trat Jeff in seinem Zimmer ans Telefon und ließ sich von der Vermittlung Eileens Bungalow geben. Während er auf das Gespräch wartete, dachte er daran, daß möglicherweise Cliff Morris an den Apparat kam. Und genau das war auch der Fall. Jeff fühlte sein Herz klopfen, als Morris sich meldete.

»Jeff Landers hier. Ich möchte Eileen sprechen!«

Cliff Morris schnappte offensichtlich nach Luft und sagte dann:

»Scheren Sie sich zum Teufel, Landers.«

Aber gleich darauf war Eileen am Apparat.

»Jeff?« sagte sie mit ihrer unvergleichlich süßen Stimme.

»Ich wollte dich nur auf eine unangenehme Situation vorbereiten. Sarah King ist hier. Ich sah sie in der Halle. Sie hat den Bungalow neben dir, du verstehst, Liebes? Reg dich bitte nicht auf. Ich liebe dich!«

Jeff legte auf und griff nach einer Zigarette.

*

Cliff fragte: »Was hat er gewollt?«

Cliff hatte die Nacht auf der Couch im Wohnraum zugebracht. Eileen hatte ihn nicht ins Schlafzimmer gelassen, sie hatte die Tür verschlossen.

Eileen, in einem raffiniert geschnittenen, rosafarbenen Seidenoverall, sah heute morgen besonders süß aus.

»Was hat der Kerl gewollt?«

Sie stand am Telefon, hatte noch immer den Hörer in der Hand und rührte sich nicht. Schließlich sagte sie:

»Deine Sarah ist hier. Jeff hat mich nur gewarnt.«

Cliff fühlte, wie er einen roten Kopf bekam.

»Wer ist hier?«

»Sarah King!« schrie ihm Eileen entgegen.

»Ich bringe sie um! Wo ist sie?«

»Nebenan, links oder rechts, das weiß ich nicht. Ruf die Rezeption an.«

Eileen überreichte ihm den Hörer mit beängstigender Ruhe. Ein paar Minuten später wußte Cliff, daß es der Bungalow rechts war und verließ das Apartment.

Er traf Sarah noch auf der Veranda, während der Boy gerade ihr Gepäck ins Haus schaffte.

Sarah sah ihm ziemlich entschlossen entgegen, auch noch, nachdem er im Laufschritt die Stufen genommen und sie angeschrien hatte:

»Mach' sofort, daß du von hier wegkommst! Was fällt dir ein, mir nachzukommen?«

Sie lächelte sogar, als sie antwortete:

»Dies ist ein freies Land, nicht wahr? Jeder kann gehen, wohin er will.«

Cliff konnte nicht anders, er mußte Sarah ins Gesicht schlagen.

»Hast du nicht schon genug kaputtgemacht?«

Sarah hatte den Schlag erstaunlich gelassen ertragen. Sie lächelte sogar.

»Habe ich das? Wie schön? Übrigens habe ich gerade Eileens Liebhaber in der Hotelhalle gesehen. Gegen den Typ hast du keine Chance, Darling. Ich glaube, das sagte ich dir schon! Schlag' mich nicht noch einmal! Du änderst nichts damit!«

Cliff fühlte den Zorn in sich zusammenbrechen wie ein Kartenhaus, und dann kam eine seltsame Schwäche. Er mußte sich auf das Geländer der Veranda setzen; während Sarah in einer schwarzen Leinenhose und einer getigerten Wickelbluse lässig am Türrahmen lehnte.

»Ich bin hier, Cliff! Das wolltest du doch, nicht wahr? Darum hast du mich angerufen! Du brauchst mich! Du fühlst dich allein! Du brauchst mich im Bett, und ich verspreche dir, wir werden mehr Spaß haben als je zuvor. Wir gehören zusammen, Cliff! Das war immer so, und das wird immer so sein!«

Sarah verließ ihren Platz und betrat den Bungalow.

»Cliff!« rief sie von drinnen.

Sollte sie nur rufen!

»Cliff!«

Er machte eine halbe Minute später die Verandatür hinter sich zu.

Aber sie war nicht im Wohnraum! Sie war im Schlafzimmer und hatte die Rolläden geschlossen.

Sarah wand sich wie eine Schlange aus der Badezimmertür, sie war splitternackt und frisch geduscht. Das Wasser glänzte auf ihrem Körper.

Cliff sagte sich ein paar Minuten später, daß alles Eileens Schuld sei. Hätte sie heute nacht mit ihm geschlafen ... Aber er hatte keine Kraft, Sarah zu widerstehen, die ihm das Hemd aufknöpfte, die seinen Gürtel öffnete und deren Hände wissend und zielstrebig waren.

»Komm, mach' schnell! Ich halte es keine Minute länger aus ohne dich!«

Er landete in der nächsten Sekunde auf dem Bett und Sarah kam über ihn!

*

Jeff hatte sich Jims Wagen geborgt und war mit Eileen zum Haleakala unterwegs.

Eileen hatte noch nicht viel gesprochen, dafür erzählte ihr Jeff von dem erloschenen Vulkan, zu dem sie unterwegs waren.

Eileen wirkte abwesend. Sie war, kurz nachdem er sie angerufen hatte, ins Hotel herübergekommen, und Jeff hatte sofort gewußt, was zu tun sei.

»Willst du mit mir eine Autotour machen?«

Sie hatte genickt, und keine zehn Minuten später saßen sie bereits in Jims weißem Cabrio.

Irgendwann auf der Fahrt begann Eileen dann zu sprechen.

»Cliff ging zu ihr hinüber, und dann haben sie sofort zusammen geschlafen.« Sie sagte es leise, monoton, während sie durch die Windschutzscheibe starrte.

Jeff fuhr zusammen.

»Woher weißt du es?«

Eileen zuckte die Achseln.

»Ich weiß es eben! Ich kann es dir nicht erklären. Zuerst hörte ich, wie er sie beschimpfte, dann ging er zu ihr hinein und es wurde still. Ich weiß es! Es ist nicht anders, glaube mir, Jeff!«

Jeff fand eine ganze Weile keine Worte.

»Und was fühlst du bei dem Gedanken!«

»Ekel!«

»Ekel vor Cliff?«

»Ich weiß nicht. Nein, eher vor mir selbst.«

»Eileen, um Himmels willen! Wieso Ekel vor dir!«

Eileen schüttelte den Kopf.

»Ich weiß es nicht.«

»Vielleicht irrst du dich. Ich kann mir nicht vorstellen, daß die beiden diese Geschmacklosigkeit haben!«

Vor ihnen ragte der Kegel des Haleakala aus dem Morgendunst.

Jeff löste die Rechte vom Volant und tastete auf Eileens Schoß nach ihrer Hand. Die Straße war schnurgerade, Jeff fand Zeit, immer wieder das zarte Profil Eileens zu betrachten.

Eileens Hand fühlte sich kühl und kraftlos an, als Jeff sie drückte.

»Eileen, ich bitte dich!«

Er hielt den Wagen am Straßenrand an, griff unter ihr Kinn und zwang sie, ihm in die Augen zu sehen.

Die Sonne schien ihr ins Gesicht.

»Liebling, wie kannst du dich vor dir ekeln? Du bist das süßeste Mädchen, das ich je gesehen habe!«

Er mußte anfangen, dieses Gesicht zu streicheln, mit der anderen Hand ihr Haar bis weit über den Rücken hinab. Und er mußte seinen Kopf vorbeugen, mit seinen Lippen ihre Wangen berühren, ihre Augen. Etwas später legte er den Arm um ihren schmalen Rücken und fing an, sie zu küssen.

Zuerst waren ihre Lippen kühl und abwehrend. Aber er gab ihr Zeit, forderte nichts, ließ nur seine Lippen sanft über ihren Mund gleiten.

Irgendwann fühlte er, wie dieser Mund immer wärmer wurde. Und dann legte Eileen ihren Arm um seinen Hals, und sie war es, die zuerst die Leidenschaft in diesen Kuß einbrachte.

»Liebling!«

Jeff hauchte es irgendwann zwischen den Küssen und dann immer wieder. Und er sagte:

»Verlaß ihn und heirate mich! Und sorge dich nicht wegen des Babys, das du erwartest. Es wird nie zu spüren bekommen, daß ich nicht sein Vater bin!«

*

Eileen kam mit der untergehenden Sonne nach Hause und fand Cliff etwas angetrunken auf der Couch liegend.

»Wo warst du?«

Es klang nicht aggressiv, eher deprimiert.

Eileen antwortete ihm ruhig:

»Ich war mit Jeff am Haleakala.«

»Was ist das?«

»Ein erloschener Vulkan. Er ist dreitausendfünfhundert Meter hoch und ...«

Eileen unterbrach sich, als Cliff auffuhr und nach der Flasche auf dem Tisch griff.

Eileen wunderte sich, daß Cliff ihr in diesem Augenblick leid tat. Zum ersten Mal in ihrem Leben sah sie ihn als normalen Menschen, mit dem man reden konnte. Früher hatte sich jede Konversation zwischen ihnen immer nur an der Oberfläche abgespielt.

Sie blieb vor dem Tisch stehen und sagte:

»Du kommst nicht los von ihr, nicht wahr? Ihr habt heute morgen zusammen geschlafen.«

Cliff sah unsicher zu ihr auf, ehe er die Flasche absetzte.

»Woher weißt du das?«

Eileen zuckte die Achseln.

»Ich weiß es, das genügt.«

»Und wie denkst du darüber?«

»Ich denke, sie bedeutet dir ganz einfach mehr als ich.«

»Nein!«

Eileen sah den Groll in seinem Blick aufkommen.

»Ich will dir mal was sagen: Es war deine Schuld! Hättest du heute nacht mit mir geschlafen!«

Etwas brach auf und machte einem natürlichen Gefühl Platz. Eileen fühlte zum ersten Mal in ihrem Leben eine gesunde Wut in sich aufsteigen!

»Oh! So ist das also! Weil ich mich nicht bereit fand! Ich will dir einmal etwas sagen, Cliff Morris! Ich fürchte, du bist ein Schwächling! Ich fürchte, du weißt nicht mal, was du willst! Gestern noch lagst du buchstäblich vor mir auf den Knien, hast Stein und Bein geschworen! Ach verdammt, wozu rede ich! Es ist einfach zu häßlich, darüber zu reden. Ich bitte dich, nimm deine Sarah und verschwinde von hier!«

»Nein! Sarah soll sich zum Teufel scheren. Ich liebe dich, Eileen. Du kannst sie fragen. Ich habe es ihr gesagt.«

Cliff sah ihr flehend in die Augen, bittend, und Eileen fand es äußerst widerlich.

Etwas später sagte sie: »Ich will deine Liebe nicht mehr, Cliff. Ich habe mich zu lange Zeit danach gesehnt!«

»Aber ich liebte dich immer. Du warst von Anfang an etwas ganz Besonderes in meinem Leben. Eileen, heute, als du mit diesem Kerl wegfuhrst, hast du da ... Habt ihr ...?«

Eileen ging nicht darauf ein.

»Ich war etwas Besonderes in deinem Leben? Wie meinst du das?«

»Du warst meine Insel, verstehst du? Eine Insel inmitten von häßlichen Sümpfen.«

»In denen du dich aber sehr gern herumgetrieben hast, nicht wahr? Cliff, wenn ich mir vorstelle, daß du all die Jahre mit Sarah King zusammen warst! Ich kann mir nicht helfen, mich ekelt vor dir. Heute morgen, als ich begriff, daß du nichts Eiligeres zu tun hattest, als mit ihr ins Bett zu hüpfen, da war mir, als ekele ich mich vor mir selber. Ich sagte es Jeff, und er hat mir darüber hinweggeholfen. Er sagte mir, daß er mich heiraten möchte, samt dem Baby ...« Eileen unterbrach sich erschrocken, als Cliff sofort auffuhr:

»Was für ein Baby? Du bekommst ein Baby? Von mir?«

Eine Sekunde später war Cliff um den Tisch herum und riß Eileen in die Arme, fing an, sie abzuküssen. Aber seine Lippen empfand Eileen als viel zu kalt und zu feucht. Sie fing an, sich dagegen zu wehren, stemmte die Hände gegen die Brust.

»Laß mich in Ruhe! Du hast mich nicht aussprechen lassen!«

»Du bekommst ein Baby! Das ändert alles. Ich erwürge Sarah, wenn sie nicht auf der Stelle verschwindet!«

»Nein, du kannst sie ruhig hierlassen. Es läuft nichts mehr zwischen uns, mit oder ohne Baby, verstehst du?«

»Und ob das was ändert! Wir fahren nach Hause, und dann machen wir irgendwo Ferien, wo du willst, Liebling! Und du kannst alles von mir haben!«

»Ich will nichts von dir, Cliff, nicht das Geringste!«

*

Eileen hatte Susan am Apparat. Susan seufzte:

»Eileen, mußt du mich immer mitten in der Nacht stören? Weißt du, wie spät es in New York ist?«

»Ja, aber jetzt bin ich gerade allein. Ich habe Cliff überredet ...«

»Cliff!« fuhr Susan auf und hörte sich auf der Stelle munterer an.

»Siehst du, ich wußte doch, daß dich das interessiert!«

»Sag bloß, Cliff ist dir nachgereist.«

»Nicht nur er. Heute morgen kam auch Sarah King hier an.«

»Du machst Witze!«

»Nein! Sie ist hier und Cliff auch!«

»Mahlzeit, dann wärt ihr ja alle miteinander glücklich vereint. Jeff Landers ist auch noch da?«

»Ja.«

»Und Cliff hat hoffentlich gemerkt, daß du und Jeff ...?«

»Das hat er.«

»Wunderbar!« jubilierte Susan in New York. »Und? Wie hat er reagiert?«

»Eifersüchtig!«

»Obwohl seine Freundin mitgekommen ist?«

»Sie ist nicht mit ihm gekommen, sie ist ihm nachgereist. Eine peinliche Situation, Susan! Cliff wollte heute abend mit mir zum Dinner gehen, aber ich paßte natürlich. Ich nehme an, jetzt hockt er mit Sarah zusammen drüben auf der Hotelterrasse.«

»Es hört sich an, als mache es dir nichts aus.«

»Im Augenblick macht es mir auch nichts aus. Ich war heute mit Jeff am Mount Haleakala und anschließend im Nationalpark ...«

»Wie romantisch! Und was ist dabei geschehen?«

»Nichts. Jeff hat mich nur gefragt, ob ich ihn heiraten würde!«

»Und das nennst du nichts?« Susans Stimme klang mächtig aufgekratzt.

»Was hast du ihm geantwortet?« fragte sie schnell.

»Ich habe ihm noch keine Antwort gegeben.«

»Warum nicht? Du hängst doch nicht etwa noch an Cliff?«

»Er tut mir leid. Zum ersten Mal merke ich, was für ein schwacher Mensch er ist. All die Jahre dachte ich, Cliff sei stark, so stark, daß er sich einem anderen Menschen überhaupt nicht öffnen könne. Und jetzt erkenne ich zum ersten Mal, daß er schwach ist, verwundbar.«

»Ich verstehe dich nicht! Was ist mit der Schwangerschaft? Denkst du noch immer, daß du ein Baby bekommst?«

»Nein, das denke ich nicht mehr. Das hat sich erledigt.«

»Oh, phantastisch!«

»Aber Cliff denkt es und ich habe beschlossen, ihn noch eine Weile in dem Glauben zu lassen.«

»Das verstehe ich nicht.«

»Ich verstehe es selbst nicht.«

»Eileen, du denkst doch nicht etwa daran, ihn zurückzunehmen?«

»Nein, aber ich möchte Sarah King ärgern. Oh, ich weiß nicht, was ich möchte.«

»Und Jeff? Weiß er wenigstens, daß du kein Kind bekommst?«

»Jeff weiß es auch nicht.«

»Und trotzdem will er dich heiraten? Der Junge ist goldrichtig, sage ich dir!«

»Ja, das ist er wohl.«

»Oh, Eileen! Warum machst du dann nicht Schluß mit der Komödie und konzentrierst dich voll auf Jeff Landers?«

»Weil die beiden anderen hier sind, denke ich.«

»Du willst so etwas Ähnliches wie Rache, nehme ich an?«

»Oh, Susan, du weißt nicht, wie ich in diesen letzten Tagen in New York gelitten habe, wie schlimm es mir jetzt noch geht bei dem Gedanken, daß mein Mann und diese Frau ...«

»Du müßtest mal mit Jeff Landers schlafen, dann würden dir all diese Gedanken vergehen.«

»Ja, vielleicht. Aber nicht, solange Cliff hier ist, und Sarah King.«

»Ich an deiner Stelle würde zusammen mit Jeff Hawaii verlassen und woanders hingehen, an einen Ort, wo dich Cliff nicht findet.«

»Vielleicht tun wir das auch, wenn Jeff es mir vorschlägt.«

»Also liebst du ihn?« fragte Susan schnell und aufgeregt.

»Ich weiß nicht, Susan.«

»Aber das mußt du doch wissen!«

»Ich bin noch ganz durcheinander. Ich weiß nur eins, daß ich es liebe, wenn Jeff mich küßt, während ich bei Cliff zunehmend Abscheu verspüre. Nur am ersten Tag, da wäre ich fast schwach geworden. Aber seit Sarah King hier ist und er sofort mit ihr geschlafen hat ...«

»Das hat er getan? Woher weißt du es?«

»Ich weiß es eben. Und Cliff hat es auch nicht geleugnet.«

»Ihr wohnt zusammen in einem Bungalow, du und Cliff?«

»Ja.«

»Wie geht das?«

»Cliff schläft im Wohnraum auf der Couch.«

Susan lachte.

»Oh, wie pikant!«

Eileen fühlte auf einmal Schwäche in sich aufkommen, körperliche Schwäche und Resignation.

»Susan, das ist gar nicht so lustig, wie es sich anhört.«

*

Sarah sah Jeff Landers auf die Hotelterrasse kommen, sah seinen Blick über die Tische schweifen.

Sarah hatte sich vorhin einfach an Cliffs Tisch gesetzt, er hatte sie aber bis jetzt ignoriert, kein Wort mit ihr gesprochen. Dabei war es heute morgen zwischen ihnen wahnsinnig aufregend gewesen.

Sarah war an den Strand gegangen und hatte für den Rest des Tages über Cliff nachgedacht. Wieso auf einmal die eingebildete Leidenschaft für Eileen? Zugegeben, Eileen war sehr schön, so schön, daß Sarah Tage gebraucht hatte, um mit dieser Tatsache fertig zu werden. Aber sie war nicht für Cliff geschaffen, schon eher für einen Träumertyp wie Jeff Landers.

»Er ist da!« sagte Sarah im nächsten Moment.

Cliff antwortete gedankenabwesend:

»Wer?«

Sarah fühlte sich augenblicklich glücklich. Wenigstens hatte er ein Wort gesagt …

»Na wer schon! Landers!«

Cliff drehte kurz den Kopf, mußte Jeff Landers gesehen haben, griff dann nach einem Aperitif.

»Landers hat keine Chance. Eileen bekommt ein Baby. Und du haust morgen von hier ab, Sarah, verstanden?«

Cliff hatte sie bei diesen Worten nicht angesehen. Eigentlich überhaupt nicht, seit sie an seinen Tisch gekommen war. Das hätte sie noch verkraftet! Aber was Cliff soeben gesagt hatte …

»Nein, das glaube ich nicht!«

»Glaub, was du willst! Zwischen uns ist es jedenfalls vorbei.«

»Cliff!« hörte sich Sarah ausrufen.

Cliff reagierte nicht mehr. Er zuckte nur die Schultern. Ein indischer Boy schob gerade den Servierwagen an den Tisch. Aber Sarah war jeglicher Appetit vergangen. Sie sprang auf und verließ den Tisch.

Ein paar Minuten später erreichte sie ihren Bungalow und lief daran vorbei. Sie wußte eigentlich nicht, was sie wollte! Doch, sie wußte es! Sie mußte mit Eileen Morris sprechen! Es ging um Cliff, um alles, was in den letzten Jahren Bedeutung für sie gehabt hatte. Cliff und sie! Sie waren sich so ähnlich, sie gehörten einfach zusammen! Und noch nie hatte es im Bett zwischen ihr und einem Mann so phantastisch geklappt wie mit Cliff!

Sarah betrat den anderen Bungalow und fand ihn leer.

»Eileen!«

Sarah nahm die Stufen von der Veranda mit einem Satz und lief gegen den Strand zu.

Sarah erkannte Eileen nicht sofort. Eileen lehnte am Stamm einer Palme und sah mit dem gelben Tuch um die Hüften wie ein Hula-Mädchen aus.

Sarah fühlte sich etwas hilflos bei diesem Anblick, und das machte sie aggressiv.

»Sie sehen aus, als gingen sie zu einem Kostümfest.«

Eileen lächelte gelassen.

»Das haben Jeff und ich im Nationalpark gekauft. Gefällt es Ihnen nicht, Miß King?«

Sarah trat noch einen Schritt an Eileen heran und sah ihre Haut im Abendrot schimmern.

Eileen sah phantastisch aus. Aber Cliff hatte immer gesagt, daß er im Bett nicht viel mit ihr anzufangen wüßte.

»Was für ein Spiel spielen Sie? Sie haben ein Verhältnis mit Landers und erzählen Cliff, daß Sie ein Kind von ihm erwarten. Was wollen Sie eigentlich? Wen wollen Sie? Cliff oder Jeff Landers? Oder alle beide?«

Eigentlich hatte Sarah ganz anders mit Eileen sprechen wollen. Sie hatte ihr erklären wollen, was sie mit Cliff verband, wie sehr sie ihn brauchte und daß Eileen auf Cliff verzichten solle.

»Warum nicht alle beide? Cliff hat mir schließlich gezeigt, wie man das macht. Warum soll ich jetzt nicht mit Cliff verheiratet bleiben und trotzdem ein Verhältnis haben? Was denken Sie, was mich davon abhalten sollte, Sarah?«

»Ihre angebliche Schwangerschaft vielleicht?« fragte Sarah hintergründig.

»Oh, ich verstehe, Sarah. Aber Jeff weiß Bescheid.«

»Darüber, daß Sie ein Baby erwarten? Oder daß es eine Finte von Ihnen ist, um Cliff an Sie zu binden.«

»Sie sind unlogisch, Sarah. Das würde Jeff wohl kaum verstehen. Ich will Cliff außerdem gar nicht mehr an mich binden. Sie können ihn haben, Sarah. Aber Cliff ist nicht dazu zu bewegen, mich aufzugeben, Sie verstehen?«

»Weil Sie ihm gesagt haben, daß Sie ein Baby erwarten, und weil er denkt daß er der Vater ist. Das ist ein ganz gemeiner Trick von Ihnen, Eileen.«

Eileen lächelte und lehnte den Kopf an den Stamm der Palme zurück.

»Ah, ist es das? Und was haben Sie sich dabei gedacht, als Sie nach Cliffs Heirat mit mir Ihr Verhältnis mit ihm einfach fortsetzten?«

Eine Minute später sagte auch Sarah ruhig:

»Ich habe mir gar nichts gedacht. Sie existierten nicht für Cliff und mich, wenn wir zusammen waren. Genau gesagt existierten Sie überhaupt nicht für mich. Cliff und ich ... Uns verbindet etwas, was Sie mit ihm nie haben werden. Wir verstehen uns, wir kennen uns, wir wissen was wir aneinander haben.«

»Oh, ja! Aber das hat sich geändert verstehen Sie? Jetzt ist es soweit, daß sie ihn anwidern. Er hat es mir heute mit genau diesen Worten gesagt!«

»Hat er das? Aber heute morgen kam er zu mir ins Bett, wissen Sie das?« Sarah dachte, diese Worte würden Eileen Morris treffen, aber sie lächelte nur.

»Ich weiß.«

»Sie wissen es?« entfuhr es Sarah.

»Ja, natürlich. Aber Cliff gab mir eine Erklärung dafür.«

»Eine Erklärung? Was gäbe es da noch zu erklären?«

»Das wissen Sie sicher besser als ich Sarah. Sie wissen ...«

Eine Männerstimme unterbrach Eileen Morris. Sie gehörte nicht Cliff.

»Eileen?«

Sarah fuhr herum und sah Jeff Landers unter den Palmen hervortreten.

*

Jeff! Er war genau der Mensch, den Eileen jetzt brauchte. Und er kam im richtigen Augenblick!

»Jeff!«

Eileen löste sich von der Palme und lief an Sarah King vorbei auf Jeff zu.

Jeff legte den Arm um ihre Schultern und ging weg mit ihr, auf dem hell schimmernden Sand entlang.

»Du warst nicht beim Dinner auf der Hotelterrasse. Du mußt hungrig sein. Pamela lädt uns zu sich privat ein.«

Es war Jeff, der sich noch einmal nach Sarah King umdrehte.

»Was hat sie dir gesagt, Eileen?«

»Oh, so genau weiß ich es eigentlich nicht. Sie war ziemlich gemein. Du bist im richtigen Augenblick gekommen.«

Jeff sagte nichts. Aber seine Hand spielte an der Schulter in ihrem Haar. Und er lächelte sie beim Gehen an. Später sagte er:

»Du siehst reizend aus, richtig exotisch. Gelb steht dir gut. Aber dir steht jede Farbe.«

Eileen sagte nach einer Weile:

»Sarah ist ziemlich verzweifelt, denke ich.«

Jeff sah Eileen verständnislos an.

»Wer?«

»Sarah. Sie gab sich überheblich, aber sie ist verzweifelt.«

Jeff wollte offensichtlich nicht darüber reden. Er sagte dumpf:

»Ist das unser Problem, Eileen?«

»Hm.«

Es war Jeff, der den Schritt verhielt und Eileen ebenfalls zum Stehenbleiben zwang. Und dann stand sein Gesicht dicht über ihrem.

»Du hast mir heute vormittag keine Antwort auf meine Frage gegeben. Ich habe das Gefühl, du spielst irgendein Spiel, Eileen.«

»Nicht mit dir, Jeff.«

»Dann mit Cliff und Sarah?« Jeffs Augen forschten in ihrem Blick.

»Ja«, mußte Eileen zugeben.

»Warum tust du das? Brauchst du das?«

»Ja, ich glaube schon.«

Jeff wirkte nach ihrer Antwort etwas verwundert. Es stand in seinem Blick.

Eileen konnte nur eines tun: Ihre Arme um seinen Hals legen, ihm mit dem Gesicht ganz nahe kommen.

»Verstehst du das nicht? Das hat nichts mit dir und mir zu tun? Aber die beiden haben mich so sehr gedemütigt.«

»Wäre es nicht besser für dich und mich, wir würden unsere Zelte hier abbrechen und zusammen irgendwo hingehen, an einen Ort, wo Cliff dich nicht findet?«

»Das hat Susan auch gesagt.«

»Du hast mit ihr telefoniert?«

»Ja, vorhin, als Cliff zum Essen ging.«

Schweigen zwischen Jeff und Eileen, dazwischen das Rauschen des sich über dem Riff brechenden Wassers.

»Laß uns von hier weggehen, Eileen! Gib' mir eine Chance, Liebling!«

Eileen schüttelte den Kopf.

»Ich glaube, das ist nicht gut, Jeff. Ich muß Cliff hier und jetzt überwinden.«

»Liebst du ihn noch?«

»Ich will jedenfalls nicht, daß er mich anfaßt. Seltsam, an dem Tag, als er hier ankam, da war ich fast bereit ... erkannte aber, daß ich nur Selbstbestätigung suchte.«

»Such diese Bestätigung bei mir, Liebling! Aber eigentlich brauchst du sie nicht mehr zu suchen! Du hast sie! Ich liebe dich, Kleines!« hauchte Jeff dicht über ihr. Und dann fing er an, sie zu küssen. Jeff küßte ganz anders als Cliff, immer zart zuerst, bis die Sehnsucht kam und Eileens Lippen öffnete.

*

Sarah ging zurück zu ihrem Bungalow, griff zum Telefon und bestellte eine Flasche Scotch. Der Boy brachte die Flasche und das Eis keine fünf Minuten später.

Sarah setzte sich auf die Veranda und begann zu trinken. Etwas später hörte sie Schritte auf dem Weg vom Hotel her. War es Cliff?

Ja, Cliff rief wenig später im Nachbarbungalow nach Eileen.

Sarah lehnte sich in die Hollywoodschaukel zurück und zog an ihrer Zigarette.

Sie wußte, Cliff würde in ein paar Minuten herüberkommen.

Sie sah ihn die Verandatreppe heraufkommen, als sie die Zigarette fast zu Ende geraucht hatte. Cliff, in hellen Hosen und einem dunklen Jackett. Viel mehr als das und seine Konturen konnte Sarah nicht erkennen. Und trotzdem sah sie in Gedanken sein verwegenes Gesicht, sah die tief eingegrabene Falte an seiner Wange und die Lippen, die so wahnsinnig küssen konnten.

»Sarah?« fragte er noch, dann erkannte er sie wohl auf der Schaukel.

»Wo ist Eileen?«

»Warum fragst du das ausgerechnet mich?«

»Du bist schon eine Weile aus dem Hotel zurück. Du mußt sie gehört oder gesehen haben.«

Sarah fühlte, wie der Alkohol wirkte. Es war auf einmal alles so einfach!

»Tja, ich habe sie nicht nur gehört oder gesehen. Ich habe sogar mit ihr gesprochen.«

Cliff zuckte zusammen.

»Worüber habt ihr geredet?«

»Über dich natürlich, Darling!«

»Was hat Eileen gesagt?«

»Hm, laß' mich überlegen. Was hat sie eigentlich gesagt? Ach ja, daß sie beabsichtige, von nun an ebenso zweigleisig zu fahren, wie du es getan hast. Sie will dich als Mann und Jeff Landers als Liebhaber behalten.«

»Nein, das hat sie nicht gesagt, und wenn, dann nur, um dich zu ärgern.«

»Warum mich? Das geht auf dich, Cliff! Auf alle Fälle ist sie anschließend mit Jeff Landers abgezogen. Sie gingen den Strand entlang.«

»Sarah, daran bist nur du schuld! Ich weiß genau, daß Eileen sich nur deinetwegen so benimmt!«

»So, meinst du?«

»Selbstverständlich! Sie will mich auf die Palme bringen!«

»Dann klettere doch hoch! Wenn's nur das ist, Palmen gibt es hier genug.«

»Verschwinde endlich von hier, Sarah!«

Sarah erhob sich aus der Schaukel.

»Okay, wenn es nur das ist?«

Sarah fühlte den Boden unter ihren Füßen schwanken, als sie den Knopfverschluß ihres Overalls öffnete. Darunter war sie nackt, aber es war bereits dunkel, und nur Cliff würde sie sehen.

»Was tust du da? Denkst du, du kannst mich wieder herumkriegen wie heute morgen?«

»Das könnte ich, wenn ich wollte. Aber ich denke nicht daran«, hörte sich Sarah wie aus weiter Ferne sagen.

Beim Überqueren der Veranda kam sie an Cliff vorbei, ganz nahe sogar. Und sie verspürte die Sehnsucht, an seine Brust zu sinken, sich an ihn zu klammern. Aber irgendwo in ihren geheimsten Gedanken hatte sie einen ganz anderen Plan gefaßt.

Sie trat auf die Stufen der Veranda, nackt.

»Was tust du? Bist du verrückt geworden?«

»Ich gehe nur ein bißchen schwimmen.«

»Okay! Mach, was du willst. Aber pack heute nacht noch deine Koffer, verstehst du?«

»Vielleicht«, hörte sich Sarah noch sagen. »Vielleicht auch nicht.«

Kam Cliff ihr an den Strand nach? Nein, es hörte sich nicht danach an.

Als Sarah Minuten später ihren Fuß ins Wasser setzte, drehte sie sich noch einmal um.

Der Strand schimmerte im Mondlicht. Dahinter stand wie eine Mauer der Palmengürtel, und hier und da schimmerte Licht dazwischen, auch aus der Richtung, wo Cliffs und Eileens Bungalow lag. Cliff war also in sein Ferienquartier zurückgekehrt. Auch gut. Sarah setzte Schritt für Schritt ins seichte Wasser, bis es tief genug war, daß sie schwimmen konnte.

Draußen beim Riff schäumte das Meer zu einem hell schimmernden Streifen auf. Sarah nahm Kurs auf diesen Streifen und begann zu kraulen.

*

Cliff hatte Eileen nicht zurückkommen gehört. Er hatte sich drüben bei Sarah die halbleere Scotchflasche gegriffen und sie leergetrunken, nachdem er sich auf die Couch gelegt hatte.

Als er aufwachte, saß Eileen im hellen Sonnenschein auf der Veranda und frühstückte.

Cliff trat mit einem dumpfen Gefühl im Schädel unter die Tür.

»Guten Morgen!«

Eileen sah ihm mit ruhigem Blick entgegen.

»Guten Morgen, Cliff.«

»Du bist spät nach Hause gekommen.«

»Ich war mit Jeff zum Abendessen bei Mrs. Jim Landers eingeladen.«

»Oh, ganz familiär!«

Cliff zog sich von der Tür zurück und ging ins Badezimmer. Er duschte lang, abwechselnd heiß und kalt, bis es in seinem Kopf aufklarte. Dann schlüpfte er in eine Badehose und zog den Bademantel darüber.

Wenig später setzte er sich Eileen gegenüber zum Frühstück. Eileen griff nach der Kaffeekanne. Während sie eingoß, versuchte er, ihren Blick zu bannen. Aber Eileen sah nur auf die Tasse.

»Du hast gestern abend mit Sarah gesprochen. Was hat sie dir gesagt?«

»Oh, nichts Besonderes«, sagte Eileen aufreizend ruhig und unbeteiligt.

Cliff griff nach der Kaffeetasse.

»Es ist auch nichts mehr von Bedeutung, was sie dir sagen könnte. Ich nehme an, sie reist heute ab. Und ich hoffe, dann bringe ich dich dazu, mit mir von hier wegzufahren. Warst du eigentlich beim Arzt? Weißt du das mit dem Baby ganz genau?«

»Cliff, ich ...«, begann Eileen schnell, unterbrach sich aber dann und sah ihn eigenartig an.

»Ich will darüber jetzt nicht mit dir reden«, sagte sie nach einer Weile.

»Aber wir müssen! Es ist wichtig für uns. Du glaubst nicht, wie wichtig es mir ist!«

»Das Baby, meinst du?«

»Ich meine dich. Du bist meine Frau. Du bist immer ein Teil von mir gewesen, auch wenn ich mit Sarah zusammen war.«

»Sarah war auch ein Teil von dir, nicht wahr, Cliff?« fragte Eileen reichlich hintergründig.

»Nein, das war sie nie!«

Eileen schüttelte den Kopf.

»Du bist unehrlich zu dir. Du hast die ganzen Jahre nicht gewußt, was du willst. Und du weißt es auch jetzt noch nicht.«

»Doch, ich weiß es!«

Er bekam Eileens Hand zu fassen, er drückte sie am Handgelenk.

»Ich möchte es dir beweisen, Liebling. Komm mit mir ins Schlafzimmer! Ich bitte dich!«

»Nein«, sagte Eileen etwas zu überlegen. Cliff packte der Zorn.

»Dann scher dich zu diesem verdammten Landers! Wann bist du eigentlich heute nacht zurückgekommen? Gegen Morgen? Kamst du aus seinem Bett?«

»Und wenn es so wäre?«

Es war seltsam, aber der Gedanke steigerte seine Lust nach Eileen.

»Und wie war er? Sag es mir!«

Eileen verzog das Gesicht vor Schmerz, als er ihre Hand noch fester drückte. Und dann sagte sie angewidert:

»Du bist pervers, Cliff! Ja, das bist du! Darum verstehst du dich so gut mit Frauen wie Sarah!«

»Was heißt pervers! Ich will dich! Jetzt! Und es wird dir gefallen, Eileen! Ich fasse dich nicht mit Glacéhandschuhen an wie sonst. Schließlich hast du mich betrogen!«

Eileen begann zu schreien:

»Laß mich los, Cliff. Du tust mir weh!«

»Nein, ich lasse dich nicht los! Du wirst mich kennenlernen!«

Aber im nächsten Moment mußte er Eileen loslassen. Sie hatte ihr glimmendes Zigarettenende auf seine Hand gedrückt.

»Verdammt!« zischte er, während Eileen vom Tisch aufsprang und die Verandastufen mit einem Sprung nahm. Sekunden später hörte und sah er nichts mehr von ihr, während Cliff noch fluchte und sich die versengte Haut rieb.

Dann stand er auf, daß der Tisch wackelte, verließ selbst den Bungalow und suchte Sarah.

*

Kurz nach Mittag gab es Alarm im Hotel. Jeff und Eileen waren um diese Zeit im Pool auf der Hotelterrasse, als Pamela an den Rand des Beckens trat.

»Eileen, haben Sie Sarah King heute schon gesehen?«

Eileen schwamm an den Beckenrand.

»Nein! Was ist mit ihr?«

»Sie ist verschwunden«, sagte Pamela.

Jeff rief hinter Eileen:

»Was heißt verschwunden, Pamela?«

»Sie ist nicht in ihrem Bungalow, aber all ihre Sachen sind da. Der Bungalow ist nicht verschlossen, und Mr. Morris sagte mir eben, daß sie gestern nacht noch schwimmen ging, wobei er sie zum letzten Mal sah. Der Boy, der das Frühstück auf der Veranda abstellte, brachte es eine Stunde später unberührt wieder zurück.«

»Mein Gott!« entfuhr es Eileen betroffen, ehe sie aus dem Becken kletterte. Jeff kam ihr nach.

Eileen traf Cliff in der Hotelhalle, als er gerade mit Jim sprach. Cliff sah grau und eingefallen aus.

»Ich sah heute morgen nach dem Frühstück nach ihr, dachte mir aber nichts dabei, als ich sie nicht traf. Aber später fiel mir ein, daß sie ziemlich betrunken gewesen sein muß, als sie gestern nacht noch schwimmen ging.«

»Ich verständige sofort die Küstenwache«, sagte Jim, ließ Cliff stehen und lief zur Rezeption, um zu telefonieren.

Eileen stand Cliff gegenüber und merkte kaum, daß Jeff neben sie trat.

»Cliff! Du mußt es wissen! Konnte sie gut schwimmen?«

Cliff nickte, aber er schien Eileen überhaupt nicht zu sehen, schaute durch sie hindurch.

»Sie schwamm sehr gut.«

»Aber sie war betrunken, sagst du?«

Cliff nickte, wandte sich dann ab und ging an die Hotelbar. Eileen folgte ihm.

»Cliff, du glaubst doch nicht ...«, hörte sie sich betroffen sagen. Sarah King ertrunken? Meine Güte! Hätte sie gestern abend doch anders mit ihr gesprochen, ihr Hoffnungen auf Cliff gemacht!

»Glaubst du, daß sie absichtlich ...«

Cliff bestellte Whisky und antwortete so lange nicht, bis er ihn bekommen und das Glas mit einem Zug leergetrunken hatte.

»Kann sein! Ich hab sie vielleicht dazu getrieben! Ich sagte ihr, sie solle endlich abhauen.« Cliff wandte sich an den Barkeeper und hielt ihm sein Glas entgegen.

»Sarah«, sagte er nach dem zweiten Glas Whisky mehr zu sich selbst. »Sie liebte mich und ich ...«

Cliff war nicht mehr ansprechbar, nachdem er das zweite Glas geleert hatte.

Eileen verließ die Bar und ging neben Jeff aus dem Hotel.

Eine halbe Stunde später begann die Suchaktion der Küstenwache. Unter den übrigen Hotelgästen war es inzwischen bekanntgeworden, daß eine junge Frau vermißt wurde. Daß die Küstenwache in Aktion war, ließ sich weder übersehen noch überhören. Die Boote operierten außerhalb des Riffs, während Patrouillen den Strand absuchten.

Eileen sagte irgendwann zu Jeff:

»Ich muß mich um Cliff kümmern.«

Cliff saß an der Bar und war inzwischen stockbetrunken. Er lallte nur noch:

»Sarah! Hatten eine schöne Zeit zusammen!«

Eileen gelang es schließlich, Cliff in den Bungalow zu bringen. Pamela half ihr dabei. Sie betteten Cliff auf die

Couch, dann ging Eileen an den Strand zurück und trat neben Jeff.

»Sie haben sie noch immer nicht gefunden, nicht wahr?«

Jeff schüttelte den Kopf.

»Die Polizei durchsucht gerade den Bungalow.«

Jim brachte später alarmierende Neuigkeiten:

»Es ist alles da, ihr Paß, ihre Schecks, ihr ganzes Gepäck. Man kann nur hoffen, daß sie bloß einen Tagesausflug unternommen hat. Aber die Aussichten dafür stehen schlecht. Die Polizei hat in der ganzen Gegend herumtelefoniert, ob eine Miß Sarah King einen Wagen oder dergleichen gemietet hat.«

»Wie ist es, wenn hier jemand ertrinkt? Findet man die Leiche wieder?«

Jim wiegte den Kopf.

»Normalerweise wird sie in der Kuala-Bucht angeschwemmt. Aber da haben sie schon gesucht und nichts gefunden.«

Eileen fühlte, wie Jeff bei diesen Worten seines Bruders seinen Arm um ihre Schultern legte. Jeff! War Sarahs Unfall das Ende ihrer Beziehung zueinander? Mußte sie jetzt bei Cliff bleiben, ihm zur Seite stehen? Konnte das jemand von ihr verlangen?

Die Suche nach Sarah King wurde in der Abenddämmerung abgebrochen. Die Boote entfernten sich, die Menschen am Strand gingen zur Tagesordnung über, ein paar gingen sogar ins Wasser.

Eileen warf einen unsicheren Blick in Jeffs Augen.

»Ich muß nach Cliff sehen.«

Jeff sah betroffen aus.

»Eileen, ändert das alles zwischen uns beiden?«

»Ich weiß nicht. Ich fing an, dich zu lieben, aber ...«

Eileen entfernte sich einen Schritt von Jeff, aber er hielt noch immer ihre Hand und ließ sie erst gehen, als Eileen sich mit einem bedauernden Blick einen weiteren Schritt entfernte.

*

Cliff saß auf der Couch und hielt sich den Kopf. Das Abendrot fiel durch die großen Fensterscheiben in den Raum.

»Cliff!«

Er sah zu Eileen auf. Sein Gesicht wirkte verwüstet.

Er sagte:

»Laß mich in Ruhe!«

»Cliff, gibst du mir die Schuld?«

»Ja, verdammt! Wärst du nicht hierhergeflogen, wäre ich dir nicht nachgekommen, dann wäre Sarah nicht auf diese verdammte Insel.«

Eileen verteidigte sich schwach:

»Hätte sie mich nicht in New York angerufen und mir alles über euch beide gesagt, wäre ich nicht so kopflos hierhergereist. Du kannst mir nicht die Schuld geben!«

»Nein«, sagte Cliff diesmal kleinlaut. »Man hat sie nicht gefunden, nicht wahr?«

»Bis jetzt nicht. Aber vielleicht ist sie nur heute morgen irgendwo hingefahren.«

»Vielleicht«, sagte Cliff und griff nach einer Zigarette.

»Kannst du mir etwas zu trinken besorgen, Eileen? Ein Bier vielleicht?«

Eileen nickte und griff nach dem Telefon, um für Cliff ein Bier zu bestellen.

Danach trat sie ans Fenster und starrte lange Zeit hinaus, bis Cliff sagte:

»Eileen, kommst du zu mir zurück?«

Sie drehte sich langsam zu Cliff um.

»Was wäre, wenn Sarah zurückkäme?«

Als Cliff nichts sagte, sich nur das Haar raufte, wiederholte sie ihre Frage:

»Was wäre dann, Cliff? Bist du dir inzwischen klargeworden?«

»Sie kommt nicht zurück. Sie ist ertrunken«, stöhnte Cliff auf.

»Aber du hast sehr an ihr gehangen, gib es zu!«

»Vielleicht, ich weiß es nicht. Wir kennen uns schon ziemlich lange, hatten viel Spaß miteinander. Ja!« fuhr Cliff auf. »Ich glaube, ich hing irgendwie an ihr. Sie war unkompliziert, ein richtiger Kumpel. Ich kann nicht sagen, daß ich sie liebte, aber sie wird mir fehlen. Sie kannte meine Fehler und Schwächen und akzeptierte mich, wie ich bin.«

»Die Frage, ob ich zu dir zurückkomme, erübrigt sich damit, nicht wahr, Cliff?«

Cliff sah auf. Vorhin, da hatte er mehr zu sich selbst gesprochen als mit Eileen.

»Du sagtest doch etwas von einem Baby!«

»Das hat sich erledigt, Cliff, und zwar genau an dem Tag, als du hier ankamst. Ich dachte, ich sei schwanger. Aber es war wohl nur eine Hormonstörung und die ganze Aufregung.«

»Kein Baby?« sagte Cliff fast hilflos.

»Nein.«

Cliff seufzte und griff nach einer Zigarette.

*

Pamela hatte Jeff gesagt:

»Eileen hat angerufen. Sie möchte das Dinner für Cliff Morris und sich im Bungalow serviert bekommen. Jeff, was bedeutet Sarah Kings Verschwinden für dich und Eileen?«

Jeff zuckte die Achseln.

»Ich weiß es nicht, Pamela!«

Es war dunkel geworden. Im Hotel herrschte Hochbetrieb. Eine Band spielte auf der Terrasse, die Leute tanzten und amüsierten sich, viele nahmen noch ein Bad im Pool.

Jeff stand eine Weile an der Terrassenbrüstung und starrte über die Palmen hinweg in den glutroten Abend.

Eileen hatte gesagt:

»Ich fing an, dich zu lieben.« Aber dann sagte sie, sie müsse sich um Cliff kümmern. Cliff Morris, dem der Tod von Sarah King sichtlich nahegegangen war. Würde Eileen sich opfern? Kehrte sie zu Cliff zurück, weil die andere Frau nicht mehr zwischen ihnen stand und sie schließlich ein Kind erwartete?

Jeff fühlte sich elend, so elend, daß er auf das Abendessen verzichtet hatte. Zu elend, um die Musik und das Lachen der Leute ertragen zu können!

Er verließ die Hotelterrasse und machte sich auf den Weg zum Strand. Er kam an dem leeren Bungalow vorüber, den Sarah bewohnt hatte, verließ den Hauptweg und trat an die Veranda. Die Polizei hatte die Türen versiegelt, und in der Dunkelheit wirkte das Gebäude irgendwie gespenstisch.

Ein Schritt ließ Jeff zusammenfahren. Er fuhr herum und erkannte Eileen. Sie war ein bißchen außer Atem.

»O Jeff, du bist es! Ich saß drüben im Dunkeln und hörte hier das Unterholz knacken. Ich dachte ... Oh, ich hatte die Hoffnung, daß Sarah zurückgekehrt wäre.«

Jeff hörte sich fragen:

»Was ist mit Cliff?«

»Er schläft. Er ist ziemlich fertig, weißt du?«

Eileen stand dicht vor ihm, trotzdem wagte er es im Augenblick nicht, sie anzufassen.

»Möchtest du ... Kannst du mit mir spazierengehen, ein Stück den Strand entlang?«

Er sah, wie Eileen nickte.

Später legte er doch den Arm um ihre Schultern, aber sie redeten lange nicht miteinander, bis Eileen anfing:

»Ich bekomme kein Baby, Jeff. Und ich muß dir noch sagen, daß ich es wunderbar fand, daß du mich trotzdem heiraten wolltest.«

»Wolltest, Eileen? Du sagtest: Wolltest? Ist es denn mit Sarahs Verschwinden mit uns zu Ende?«

Jeff war stehengeblieben. Eileens Kopf sank gegen seine Schulter und ihre Arme legten sich um seinen Hals.

Und dann war sie es, die anfing, ihn zu küssen. War das die Antwort auf seine Frage?

»O Liebling, gib mich nicht auf! Ich bitte dich! Cliff ist es nicht wert. Entschuldige, wenn ich damit deine Gefühle für ihn verletzt haben sollte!«

Gleich darauf mußte Jeff Eileen an den Schultern fassen und sie etwas von sich halten, um ihr ins Gesicht sehen zu können. Er sah in der Dunkelheit ihre Augen schimmern.

Er erkannte, daß Eileen überlegte und sich dabei auf die Unterlippe biß.

»Ich weiß nicht ... Als ich gestern abend mit ihr sprach, da hätte ich ihr sagen können, daß sie Cliff haben kann. Statt dessen wollte ich ihr noch eins auswischen und sagte, ich würde Cliff nicht freigeben. Ich klärte auch nicht auf, daß Cliff irrtümlich annahm, ich bekäme ein Baby. Er muß nach meiner Begegnung mit ihr noch ziemlich brutal mit ihr umgesprungen sein!«

»Aber das ist doch nicht dein Problem, Liebling? Damit muß Cliff fertig werden.«

»Ja, aber ich fühle mich trotzdem schuldig. Du selbst hast mich gestern noch gefragt, was für ein Spiel ich spiele.«

»Ich dachte dabei an mich, nicht an Sarah King.«

»Aber es ist wahr! Ich spielte ein Spiel mit ihr!«

Hinter einer Gruppe von sich wiegenden Palmen hatte sich der Mond erhoben. Das milchige Licht überzog Eileens Gesicht, die Stirn, die Augen, die kleine Nase und den süßen Mund!

»Liebling, die beiden spielten ein übles Spiel mit dir!« Jeff legte seine Hand um ihre rechte Wange, sein Daumen berührte ihre Lippen und er fühlte daß sie ihn küßte und wie sehr das seine Sehnsucht aufweckte.

»Eileen!«

Er zog sie wieder an seine Brust und drückte ihren Körper an sich.

»Eileen, ich liebe dich so sehr!«

*

Es war gegen zwei Uhr morgens. Eileen hatte nicht einschlafen können. Sie war mit Cliffs Zigaretten und einem Orangen-Drink, den sie im Eisschrank gefunden hatte, auf die Veranda gegangen und hatte sich auf den weißen Schaukelstuhl gesetzt, der neben der Tür stand.

Um diese Zeit war eine seltsame Stille um sie. Das Meer war außergewöhnlich ruhig. Und nur dann und wann war der Pfeifton eines Nachtvogels zu hören.

Eileen zündete sich eine Zigarette an. Das Rauchen sollte sie sich schleunigst wieder abgewöhnen, ging es ihr kurz durch den Kopf. Dann kamen andere Gedanken. Konnte sie Cliff jetzt verlassen? Cliff hatte zugegeben, daß ihm Sarah mehr bedeutet hatte, als er bis jetzt wußte. Damit gewann das jahrelange Verhältnis zwischen den beiden ein Gewicht, das einer Weiterführung dieser Ehe sowieso keine Chance gab. Andererseits war da Jeff, der sie liebte, der ihr geholfen hatte, als ihr Leben am schwierigsten war, der ihr einen Heiratsantrag gemacht hatte, als er noch annahm, daß sie Cliffs Kind bekam.

Jeff! Für einen Augenblick sah ihn Eileen vor sich, wie er leibte und lebte ganz deutlich. Sie sah sein Gesicht, das so gut und sympathisch aussah! Sie sah seinen Oberkörper, nackt, breitschultrig und warm! Ja, sie fühlte seine Wärme, obwohl er gar nicht da war, eine Wärme, die ihren ganzen Körper durchflutete und Sehnsucht aufkommen ließ.

In Jeffs Umarmung fühlte sie sich zärtlich geborgen. Und sie hatte auch die Angst abgelegt, ihm als Frau nicht zu genügen.

»Liebe ist kein Sport, ist keine Frage der Technik oder der Erfahrung. Liebe ist Liebe. Sie schließt alles ein!« hatte Jeff noch heute abend zu ihr gesagt.

Eileen horchte auf aus ihren Gedanken, als irgendwo in der Nähe ein Schritt zu hören war. Drüben, bei Sarah Kings Bungalow! Ja, da war noch ein Tritt auf den Brettern des Verandabodens!

Eileen fühlte ihr Herz klopfen, spürte, wie sich etwas an ihrem Hals zusammenzog, während sie sich behutsam von ihrem Stuhl erhob, so langsam, daß sie kein Geräusch machte!

Wer war da drüben? Irgendein Neugieriger? Die Polizei? Oder wer sonst?

Eileen bemühte sich, so leise wie möglich mit ihren nackten Füßen aufzutreten, während sie zu den Verandastufen ging.

Kurz darauf fühlte sie Kies unter ihren Sohlen, aber auch jetzt achtete sie instinktiv darauf, daß sie nicht zu hören war, während sie angestrengt nach drüben horchte. Drüben, das waren kaum zwanzig Meter weiter, ein kurzer Weg zwischen Palmen und tropischem Unterholz.

Eileen unterdrückte die Aufregung, während sie Schritt für Schritt nach drüben ging. Schon sah sie die weiß getünchte Seitenwand des Bungalows, an die sich die Blätter eines Gummibaumes lehnten. Sie sah auch das seitliche Geländer der Veranda. Und sie hörte etwas, glaubte zu hören, wie jemand die Tür aufmachen wollte.

Ein paar Sekunden später lugte Eileen über das Gebüsch zur Veranda hin und sah ein paar nackte Beine, Frauenbeine, und sie ahnte den dazugehörenden Körper im Schatten des Baldachins der Hollywoodschaukel!

Danach war nur noch wilde Hoffnung in ihr! Ihr war

ein wenig unheimlich, als sie hinter dem Gebüsch hervortrat.

»Sarah!« Sie hatte es leise gerufen, während sie schon die Verandastufen hinaufstieg, langsam, weil etwas ihre Beine zu lähmen schien.

Die Beine leuchteten im Mondlicht. Aber sie standen jetzt still, nachdem sie die Schaukel gebremst hatten.

Eileen machte einen Schritt und noch einen. Sie erkannte Sandalen an den Füßen und Shorts, wo Mondlicht und Schatten einander trafen. Der Körper der Frau war nur zu ahnen.

»Sarah!«

Die Beine bewegten sich wieder, und die Schaukel begann leise in den Angeln zu quietschen.

»Was wollen Sie, Eileen!«

Sarah! Es war ihre dunkle und etwas rauhe Stimme.

»Meine Güte, Sarah, wo sind sie gewesen? Die Polizei war hier, die Küstenwache! Cliff – ist vollkommen erschlagen!«

»Ist er das?«

Ein Feuerzeug klickte und beleuchtete Sarahs Züge. Ja, es war Sarah, jetzt sah es Eileen ganz genau. Und trotzdem konnte sie es noch immer nicht fassen.

»Ja, Cliff ist ... Ich wußte von Anfang an, daß er sehr an Ihnen hängt. Sie können ihn haben, Sarah! Ich werde Jeff Landers heiraten.«

»So? Auf einmal?« sagte Sarah kalt. »Und das Baby?«

»Ich bin nicht schwanger. Ich bekam meine Regel, als Cliff hier ankam.«

»Weiß er es schon?« fragte Sarah dunkel.

»Ja. Sie haben die ganze Sache inszeniert, nicht wahr? Wo waren Sie den ganzen Tag? Cliff sagte, sie wären in der Nacht noch schwimmen gegangen, und alle nahmen an, daß Sie ertrunken seien.«

Jetzt lachte Sarah auf.

»Ich bin nicht ertrunken. Ich hatte zwar ziemlich viel getrunken, aber das Schwimmen machte mich wieder klar. Was Sie mir da über Cliff erzählen, daß er zu mir gehört, das wußte ich immer. Aber er mußte sich darüber klarwerden.«

»Deshalb sind Sie verschwunden, nicht wahr?«

»Ich kam vom Schwimmen zurück, zog etwas an, steckte ein paar Dollar zu mir und machte mich auf den Weg landeinwärts. Ich trampte den ganzen Tag über die Insel. Ich wußte, mein Verschwinden würde Alarm auslösen und wollte eigentlich morgen noch einmal für einen Tag verschwinden. Ich kam zurück, um mir noch etwas Geld zu holen, beziehungsweise meine Scheckkarte. Aber ich kam nicht ins Haus.«

»Sarah! Ich wecke Cliff!« hörte sich Eileen ausrufen.

Diesmal war Sarahs Stimme freundlicher:

»Moment mal, Eileen! Sind Sie sicher daß die Sache bei Cliff gewirkt hat? Und daß Sie ihn freigeben werden?«

»Ja! Ja, ich bin ganz sicher! Ich brauchte diesen Tag auch, um mir klarzuwerden, daß ich mit Cliff nicht mehr leben kann. Ich gehe jetzt! Warten Sie hier! Okay, Sarah?«

Eileen sah Sarah King nicken, als das Ende ihrer Zigarette aufglimmte.

Eine halbe Minute später beugte sich Eileen über Cliff:

»Cliff!«

Er brummte nur und drehte sich auf die andere Seite. Eileen rüttelte ihn an der Schulter.

»Cliff! Wach auf! Sarah ist zurückgekommen!«

Es dauerte Minuten, bis Cliff begriff. Im Aufspringen sagte er:

»Eileen, du träumst doch nicht? Wie spät ist es überhaupt?«

Cliff war ziemlich durcheinander, fuhr sich durch die Haare und wußte nicht, was er tun sollte.

»Sie wartet drüben auf dich!«

Cliff ging endlich zur Tür, drehte sich aber im Rahmen noch einmal um.

»Was hast du ihr gesagt, Eileen?«

»Daß ihr beide zusammengehört, und daß ich Jeff heiraten werde.«

Daraufhin verzog Cliff das Gesicht. Aber dann wurde sein Blick heller.

»Sarah! Diese Hexe! Sie ist nur verschwunden, um mich kleinzukriegen.«

*

Stetig wehte der Wind vom Meer landeinwärts, wiegte die Palmen am Strand und strich weiter über die Insel.

Jeff war vorhin mit Eileen aus dem Wasser gekommen, und sie waren den Strand entlanggelaufen, bis der Wind sie abgetrocknet hatte.

Als sie an ihren Platz unter einer Palme zurückkehrten, hörten sie drüben, wo Sarah gewohnt hatte, Stimmen: die des indischen Boys Kara und eine fremde Männerstimme; dann eine Frauenstimme.

Cliff und Sarah waren gestern abgereist, nachdem Eileen mit Cliff noch ein längeres klärendes Gespräch bezüglich ihrer Scheidung gehabt hatte.

Eileen hatte Cliff gefragt:

»Macht es dir etwas aus, wenn Jeff die Scheidung durchführt? Schließlich ist er Anwalt.«

Cliff hatte das Gesicht verzogen, sich aber dann mit allem einverstanden erklärt.

Cliff hatte zuletzt gesagt:

»Ich liebte dich die ganze Zeit, Eileen, das mußt du mir glauben. Aber Sarah paßt besser zu mir. Sie ist wie ich.«

»Laß es gut sein, Cliff!« hatte Eileen zum Abschied gesagt.

Und heute morgen hatte sie überhaupt nicht mehr an Cliff gedacht, nur noch an den bevorstehenden Tag mit Jeff, einen ungestörten unbeschwerten Tag!

Aber Jeff sah ihr gerade sehr ernst in die Augen. Und sein Blick wurde noch dunkler, als er an ihrem Körper entlangglitt!

»Was denkst du?« hörte sie sich fragen.

Jeff gab ihr keine Antwort.

Eileen ließ ihren Oberkörper auf den Sand zurückgleiten, als Jeff sich über sie beugte. An seiner linken Schulter sah sie noch das Sonnenlicht schimmern, dann schloß sie die Augen und empfing suchende zärtliche Männerlippen.

»Liebling, ich möchte ...«, sagte Jeff irgendwann an ihrem Ohr. Und Eileen, die seinen Körper fühlte und ersehnte, hörte sich sagen:

»Ja!«

Im Schlafzimmer des Bungalows kam nur noch wenig Licht durch die Ritzen der Jalousien. Aber es war hell genug, um Jeffs Augen zu sehen, als er zu ihr kam.

Danach sah sie nichts mehr. Sie fühlte nur noch! Fühlte den Mann, seine Zärtlichkeit und seine Leidenschaft! Und ihr eigenes unbeschreibliches Glück, als etwas in ihrem Körper aufklang, das sie bei Cliff niemals erlebt hatte.

»Jeff!«

»Liebling!«

Als Eileen viel später ihre Augen öffnete, hatte Jeff ihren Kopf auf seinem Arm gebettet und seinen Arm um ihre Taille gelegt. Sein Gesicht stand dicht über ihrem und seine warmen zärtlichen Augen. Er sagte:

»Ich wußte, daß du wunderbar bist, Eileen!«